I0669351

Veröffentlicht von
DREAMSPINNER PRESS

5032 Capital Circle SW, Suite 2, PMB# 279, Tallahassee, FL 32305-7886 USA
www.dreamspinnerpress.com

Feuer und Regen
Urheberrecht der deutschen Ausgabe © 2022 Dreamspinner Press.
Originaltitel: Fire and Rain
Urheberrecht © 2016 Andrew Grey
Original Erstausgabe. Januar 2016
Übersetzt von Anna Henriksen.

Umschlagillustration
© 2018 Kanaxa
Umschlaggestaltung
© 2022 L.C. Chase
http://www.lcchase.com

Deutsche ISBN. 978-1-64108-407-9
Deutsche eBook Ausgabe. 978-1-64108-406-2
Deutsche Erstausgabe. April 2022
v 1.0

Gedruckt in den Vereinigten Staaten von Amerika.

FEUER UND REGEN

ANDREW GREY

Dieses Buch ist allen Polizisten gewidmet, die mit ihrer schwierigen Arbeit helfen, die Sicherheit aller zu gewährleisten.

1

„ICH ERTRAGE das nicht mehr!" Jeffrey schrie so laut, dass es Kip Rogers kalt den Rücken runterlief. Die Stimme hatte den gleichen Effekt auf ihn wie Fingernägel, die über eine Schultafel gezogen wurden.

„Dann geh halt. Es ist ja nicht so, als würdest du hier wohnen", konterte Kip. Dieser Mist fing jetzt schon wieder an und dabei war Jeffrey gerade erst vor einer Stunde durch die Tür gekommen. „Du tauchst ein- oder zweimal im Monat aus heiterem Himmel hier auf und kannst dann nicht verstehen, warum ich mir nicht einfach freinehmen kann, um meine Zeit mit dir verbringen."

„Ich komme am Wochenende vorbei", entgegnete Jeffrey, als wäre damit alles gesagt. Jeffrey hielt sich streng an klassische Arbeitszeiten; in seiner Welt arbeitete niemand am Wochenende. „Ich weiß, dass du arbeiten musst und so, aber es ist Wochenende und ich habe dir vorher gesagt, dass ich vorbeikommen werde."

Vor drei Tagen. „Du hast es mir am Dienstag gesagt, und ich kann meinen Zeitplan nicht so schnell ändern. Außerdem hattest du doch viel zu tun, während ich bei der Arbeit war." Kip versuchte freundlich zu bleiben, aber selbst seine Geduld war irgendwann am Ende.

„Ich bin hergekommen, um Zeit mit dir zu verbringen." Jeffrey stürmte ins Schlafzimmer und kehrte mit seinem Rollkoffer zurück, den er hinter sich herzog, wobei er seine Hüften wie eine Stewardess der 60er Jahre hin und her schwang. Alles, was ihm noch fehlte, war die Hochsteckfrisur und ein Schal um seinen Hals.

„Nein. Du bist hierher gekommen, weil du Aufmerksamkeit wolltest und weil du scharf warst. Das ist alles. Und du bist wütend, weil ich nicht meine ganze Zeit mit dir verbringen kann, obwohl ich sogar den Rest meines Wochenendplans für dich umgestellt habe. Ich habe das Treffen mit meinen Freunden verschoben, weil du angerufen hast." Kip hielt inne und überlegte, Jeffrey noch eine Chance zu geben, aber er hatte genug. Auch er hatte einen Stolz, und er hatte seine Grenzen erreicht. Er ging zur Haustür und zog sie auf. „Lass mich dir helfen."

Jeffrey blinzelte ein paar Mal, und dann füllten Krokodilstränen seine eisblauen Augen. „Willst du wirklich, dass ich gehe?" Er drehte sich leicht zur Seite. Was zum Teufel war das jetzt? Jeffrey musste high sein, wenn er innerhalb von zwei Sekunden von Wut zu Verführung wechseln konnte. Kip dachte nach und erkannte dann, dass dies hier Teil seines Spiels war. Es war die Methode, mit der er immer bekam, was er wollte. Auf Wut folgte Vergebung und dann kam der Sex. Er hätte diesen Mist schon viel früher durchschauen sollen, aber er war zu sehr damit beschäftigt gewesen, das Denken seinem Schwanz zu überlassen. Im Moment war da unten tote Hose, und so wie es aussah, würde sich das auch nicht so schnell ändern – auf jeden Fall nicht durch Jeffrey.

„Ja", antwortete Kip eindringlich. „Geh zurück zu deiner Mama und deinem Papa und all deinen Freunden, die die Augen vor der Wahrheit verschließen. Wieso die nicht kapieren, dass du schwul bist, immerhin stolzierst du wie ein Pfau herum, ist mir schleierhaft. Die müssen alle dumm wie Bohnenstroh sein." Kip wartete, während die Tränen augenblicklich trockneten und aus der versuchten Verführung Wut wurde.

„Ich komme nicht mehr zurück, wenn ich jetzt durch diese Tür gehe", warnte Jeffrey.

„Wie alt bist du eigentlich, sechs? Jetzt geh und verschwinde. Oh, und ich schlage vor, dass du am besten gleich die Stadt verlässt."

„Soll das etwa eine Warnung sein, Officer?" fragte Jeffrey verführerisch.

Kip blinzelte, und dann verstand er: Jeffrey dachte, das hier sei eine Art Spiel. Er wusste, dass Jeffrey gerne Spiele spielte – Rollenspiele im Bett, Psychospiele außerhalb des Betts. Darin war er ganz große Klasse.

„Nein. Dein Auto ist illegal geparkt, und wenn du nicht in zwei Minuten weg bist, rufe ich jemanden an, und du bekommst einen Strafzettel. Ich frage mich, wie viele nichtbezahlte Knöllchen und Verstöße sie wohl finden werden, wenn sie dein Nummernschild überprüfen. Vielleicht landest du sogar im Gefängnis. Ich kann dafür sorgen, dass du ein paar sehr starke Zellengenossen bekommst. Vielleicht Jungs, die schon etwas länger drin sitzen, als ihnen gut tut." Kip wedelte mit der Hand in Richtung Tür. „Das ist kein Spiel, Jeffrey. Ich habe in meinem Leben mehr als genug Spiele gespielt." Er sah ihn mit festem Blick an, so emotionslos, wie er es nur konnte. „Es ist Zeit für dich zu gehen und jemand anderen zu finden, mit dem du Spiele spielen kannst. Ich bin damit fertig." Gott, er hatte von alledem so genug.

„Du verarschst mich doch", kreischte Jeffrey. „Meinst du das etwa ernst?!?"

„Oh ja, das tue ich. Sieht aus, als hättest du diesmal zu hoch gepokert." Kip verschränkte die Arme vor der Brust. „Ich bin fertig mit dir. Ich weiß nie, wann du eines deiner verdammten Spiele spielst und wann du es ernst meinst, und ehrlich gesagt, ist es mir auch egal. Du bist egoistisch, verletzend und die ganze Zeit eine Nervensäge. Es reicht mir. Ich bin kein Spielzeug." Es fühlte sich so gut an, das auszusprechen.

Jeffrey machte ein paar Schritte auf ihn zu. „Gut", sagte er und reckte seine Nase in die Luft. Er ging an Kip vorbei und hinaus auf die Veranda. „Du warst für mich eh nur ein Zeitvertreib. Ganz gut im Bett und mehr auch nicht."

2

„Du warst egoistisch im Bett und hast es selbst wenn du unten lagst, geschafft, eine fordernde Nervensäge zu sein." Sobald Jeffreys Koffer die Schwelle überschritten hatte, warf Kip die Tür zu und hängte das Schloss davor. Ein Donnerschlag rollte über das Haus hinweg, und Mutter Natur wählte genau diese Minute, um den Himmel zu öffnen. Der Regen hatte den ganzen Tag über gedroht, war bis jetzt aber ausgeblieben. Kip zog die Vorhänge beiseite und sah zu, wie Jeffrey zu seinem Porsche eilte. Er öffnete den Kofferraum und ließ seine Tasche hineinfallen. Als er hastig seine Autotür öffnete, war Jeffrey bereits durchnässt. Kip erwägte, Mitleid mit ihm zu haben, konnte sich aber nicht dazu durchringen. Wenn er noch einmal hören musste, wie Jeffrey ihn wegen seiner Arbeitszeiten anschrie oder sich darüber beschwerte, dass Kips Haus nicht so großartig war wie das von Jeffreys Freunden, die alle ihre Homosexualität versteckten … Es war an der Zeit, einen klaren Schlussstrich zu ziehen und seine Selbstachtung zu stärken.

Warum er so verdammt lange gebraucht hatte, um zu verstehen, dass Jeffrey ihn nur für gelegentlichen Wochenendspaß benutzte, war ihm ein Rätsel. Er war Polizist – er hätte genauer hinsehen und erkennen müssen, was Jeffrey wirklich war: ein Ausbeuter und ein Manipulator. Verdammt, er hatte ja sogar die Kreditkartenabrechnungen, um den Manipulator-Teil zu beweisen. Jedes Mal, wenn Jeffrey ihn besuchte, gingen sie in teure Restaurants, für die Jeffrey die Reservierungen vornahm. Aber immer, wenn die Rechnung kam, klimperte er mit den Wimpern, und Kip zahlte, um eine Szene zu vermeiden. Das gleiche hatte er in Geschäften gemacht. Letztes Wochenende hatte Jeffrey fast 500 Dollar allein für Essen und Trinken ausgegeben. Es war gut, dass es vorbei war.

Kip beobachtete, wie Jeffrey davonfuhr und die Straße hinunterraste. Er war sich nicht sicher, wohin er wollte, aber Jeffrey war erwachsen und musste auf sich selbst aufpassen. Hoffentlich würde er einfach nach Pittsburgh fahren und sich hier eine Weile nicht zeigen. Aber wahrscheinlicher war es, dass er in die Innenstadt fuhr und darauf warten würde, dass die Clubs öffneten, damit er versuchen konnte, einen anderen Kerl, einen anderen Trottel, abzuschleppen, der bereit war ihn auszuhalten.

Kip seufzte erleichtert auf und die Anspannung, die sich seit Tagen in ihm aufgebaut hatte, glitt von ihm. Mann, wie gut es tat, sich endlich wieder entspannen zu können. Jeffrey war so aufgedreht, dass er Kip immer ganz nervös machte, sodass er nach seiner Abreise Tage brauchte, um sich wieder zu entspannen. Mit einem zweiten Seufzer drehte er sich um und ging durch den Flur zur Treppe, stieg sie langsam hinauf und ging dann ins große Schlafzimmer. Kip fühlte sich manchmal immer noch unwohl, wenn er diesen Raum benutzte. Als er hier aufgewachsen war, war es das Schlafzimmer seiner Eltern gewesen, und nachdem sie gestorben waren und ihm das Haus überlassen hatten, war er eingezogen, weil er es nicht ertragen konnte, dass es leer stand.

Für ihn allein war das Haus viel zu groß: eine riesige Küche, ein Wohn- und ein Esszimmer, ein formelles Wohnzimmer und vier Schlafzimmer im

3

Obergeschoss. Dazu kam noch das ehemalige Dienstmädchenzimmer im dritten Stock. Das Haus war vor einem Jahrhundert gebaut worden und war solider als alles, was heute gebaut wurde. Freunde hatten ihm geraten, es zu verkaufen, als sein Vater gestorben war. Aber da er einen Job in Carlisle gefunden hatte, kam es ihm dumm vor, ein abbezahltes Haus zu verkaufen, das seiner Familie gehört hatte. Die besten Häuser der Stadt kamen nur selten auf den Markt. Sie wurden privat verkauft oder blieben im Familienbesitz, und Kip hatte ein tolles Haus. Zugegeben, es kostete ihn viel Freizeit, um es instand zu halten, und als er in sein Schlafzimmer ging, um sich für die Arbeit fertig zu machen, bemerkte er, dass die Farbe im Flur und im Schlafzimmer aufgefrischt werden musste. Ein weiteres Projekt, das er auf die lange Liste setzen musste.

Kip zog seine Jeans und sein Hemd aus, und zog dafür eine seiner Polizeiuniformen an. Er mochte, wie er in seiner Uniform aussah. Jeffrey hatte ihm einmal gesagt, dass sein Hintern darin großartig aussah und er sehr sexy war. Kip war sich natürlich nicht sicher, ob er das wirklich dachte oder ob es nur Teil von Jeffreys Psychospielen war.

Er verließ das Schlafzimmer und ging hinunter in die Küche. Er machte sich etwas zu Essen für seine Pause. Dank der Schichten, die er arbeitete, wusste er nicht, ob er es Mittag- oder Abendessen nennen sollte. Er wusste nur, dass er immer hungrig war, wenn Zeit für seine Pause war. Als er alles zusammengesammelt hatte, was er brauchte, schloss Kip das Haus ab und eilte zu seinem Auto. Er war dankbar, dass der Regen ein wenig nachgelassen hatte.

Bei durchgängigem Regen war ihm eine miserable Schicht garantiert, und während er zur Polizeistation fuhr, war sich Kip bewusst, dass ihm eine solche sowieso bevorstand. Es war erst nachmittags, aber es fühlte sich nach viel später am Tag an. Die niedrig hängenden dicken Wolken ließen eher an den Spätherbst denken als an September, genauso wie die Kälte, die in der Luft hing. Normalerweise blieb ihm dieses Wetter noch für ein paar weitere Wochen erspart.

Kip parkte auf dem Parkplatz und ging in die Polizeistation. „Hey, Red", rief er mit einem Lächeln, das erwidert wurde. Red lächelte jetzt öfter. Kip hatte ihn lange gemieden, aber jetzt sprach er gerne mit ihm. „Wie geht es Terry?"

„Der trainiert die ganze Zeit. Er hat es sich in den Kopf gesetzt, bei den Olympischen Spiele mitzumachen und er hat sich fürs Team qualifiziert, also werden er und ich nächsten Sommer nach Rio fahren." Red grinste breit. „Er möchte sich für eine Reihe von Disziplinen qualifizieren, deshalb arbeitet er die ganze Zeit an seinen Schwimmzügen." Reds Partner Terry war ein Schwimmer und ein verdammt guter, wie man an seinem Erfolg sehen konnte.

„Ich werde ihn ganz sicher anfeuern." Kip wünschte, er könnte auch an einen so aufregenden Ort wie Rio fahren, um dort die Olympischen Spiele anzusehen. Aber näher als durch seinen Fernseher würde er der Olympiade nicht kommen.

Red nickte. „Fängt deine Schicht gerade an?"

„Ja." Kip ging mit Red hinein, sie stempelten ein und gingen dann weiter, um ihre Aufgaben für den Tag zu erhalten. Kip war schon ein paar Jahre hier, aber er war noch kein Urgestein, also bekam er immer noch hauptsächlich den Patrouillendienst zugewiesen. Das war in Ordnung, und in einer Nacht wie dieser war er zumindest in einem Auto unterwegs, anstatt in einem der Viertel zu Fuß zu patrouillieren.

„Ich auch. Ich hasse es, die späte Schicht zu arbeiten."

Kip nickte. Er hasste es vor allem, weil es bedeutete, dass er seine Freunde so gut wie nie zu Gesicht bekam. Seine Arbeitszeiten passten nicht zu ihren. Zum Glück war dies seine letzte Woche in der späten Schicht, und dann wechselte er für eine Weile zur früheren Schicht. Er brauchte ein wenig Normalität in seinem Leben. „Wann wechselst du zur anderen Schicht?"

„Ich hab noch etwa eine Woche übrig", antwortete Red. Sie setzten sich hin und warteten aufs Briefing des Captains. Er würde sie darüber informieren, was gerade draußen los war und worauf sie achten sollten. Meistens war es das übliche Zeug: Berichte über Drogengeschäfte, widerspenstige Kinder, hier und da etwas Vandalismus. Drogen waren in der Stadt wieder auf dem Vormarsch, aber sie hatten gerade eine Verschnaufpause, nachdem Red geholfen hatte, einen der Anführer im Drogengeschäft dranzubekommen. Sie waren in der Lage gewesen, einen Großteil der Organisation zu verhaften.

„Wir haben Meldungen bekommen, dass Dealer nach Einbruch der Dunkelheit im Thornwald Park unterwegs sind, also wenn ihr in dieser Gegend auf Patrouille seid, solltet ihr da unbedingt durchgehen. Nicht, dass es in einer Nacht wie dieser wahrscheinlich ist, dass da etwas los ist, aber wenn der Regen nachlässt, dann schon. Habt ihr noch Fragen?"

Kip hob die Hand. „Am Ende der Gasse hinter der Ridge Street liegt ein Ästehaufen, der als toter Briefkasten verwendet wird. Einer meiner Nachbarn hat das heute Morgen gesehen und mir davon erzählt."

„Das ist ziemlich dreist", sagte der Captain. Er warf einen Blick auf die versammelte Mannschaft. „Gut, lasst uns loslegen." Er trat zurück, und Kip holte die Schlüssel zu seinem Streifenwagen und begann seine Schicht. Er loggte sich an seinem Computer ein und ließ über Funk wissen, dass er jetzt zu arbeiten begann.

Kip war erleichtert, dass er heute nicht im Straßenverkehrsdienst arbeiten musste. Er hasste es, eine ganze Schicht am gleichen Ort zu verbringen und darauf zu warten, dass irgendwer ein bisschen zu schnell fuhr. Er verstand, dass es im Interesse der öffentlichen Sicherheit war, aber es war einfach extrem langweilige Arbeit.

Er war der Nordseite der Stadt zugewiesen worden, also begann er seine Patrouille, um die Polizeipräsenz dort sichtbar zu machen. Er nahm Anrufe entgegen und half einem Paar, dessen Auto kaputt gegangen war. Auch löste er einen häuslichen Streit auf. Er wünschte, die Frau wäre bereit gewesen, Anklage zu erheben. Häusliche Streitigkeiten waren die schlimmsten, weil Kip wusste, dass früher oder später erneut ein Polizist gerufen werden würde. Aber solange keine Anklage erhoben wurde, konnte er nur wenig tun. Es war einer der frustrierendsten Teile des Jobs, zu wissen, dass jemand verletzt wurde und auch wieder verletzt werden würde, aber man nicht helfen konnte. Kip hielt in seiner Pause an der Polizeistation an und aß sein spätes Abendessen, bevor er wieder losfuhr.

Dank des anhaltend schlechten Wetters war nur wenig Verkehr und nur wenige Leute waren draußen, selbst in den belebteren Gegenden der Stadt wie vor dem Theater und den Restaurants. Dank der dicken Wolkendecke wurde es früh dunkel. Kip nahm seine Patrouille wieder auf. Er fuhr durch die Seitenstraßen und hielt die Augen auf nach irgendwem, der Ärger machte. Die Straßenlaternen gingen an und Kip war dankbar, dass alle Menschen sich drinnen aufhielten. Er mochte es nicht gerne, durch den Regen stapfen zu müssen.

„Uns wird berichtet, dass jemand im Eingangsbereich von Hansen's Mens Wear schläft", wurde ihm über den Funk mitgeteilt.

„Ich mach mich auf den Weg", sagte Kip ins Funkgerät und lenkte das Auto zurück zur Hauptstraße der Stadt. Da das Wetter so schlecht war und der Laden einer dieser altmodischen Läden mit tiefen Schaufenstern, suchte dort wohl jemand Schutz vor dem Regen. Kip fuhr um die letzte Kurve und fand den Laden. Er fuhr daran vorbei, konnte aber niemanden entdecken, also fuhr er einmal um den Block herum und hielt den Wagen an. Die Bäume, die die Straße säumten, warfen Schatten auf die Fenster. Kip stöhnte, als er seinen Hut und seinen Regenmantel anzog, bevor er aus dem Auto stieg und den Mantel fest um sich zuzog. Die Kälte und Nässe durchdrangen den Mantel sofort, und der wirbelnde Wind blies Wasser in alle Richtungen.

Er ging langsam und legte seine Hand auf seine Waffe, als er sich der Vorderseite des Ladens näherte. Tatsächlich lag eine dunkle Gestalt gegen die Tür des geschlossenen Geschäfts gedrückt. Sie war mit einer dunklen Decke bedeckt. Als Kip näher kam, hörte er etwas, das er nicht erwartet hatte: Gesang. Der Gesang war so leise, dass er dank des lärmenden Regens und des Wassers, das durch die Dachtraufen ran und durch Abflussrohre stürzte, fast nicht wahrnehmbar war. Aber es war eindeutig Gesang. Es war ein Wiegenlied.

„Es tut mir leid. Du musst wo anders hin", sagte Kip so sanft wie möglich. Er wollte niemanden erschrecken. Er zog seine Taschenlampe heraus und leuchtete auf die Gestalt. Die Wolldecke senkte sich und enthüllte ein Paar erschrockene blaue Augen. Kip achtete darauf, das Licht nicht genau in sein Gesicht zu leuchten, aber es war wichtig, dass er den Mann sehen konnte. „Dies ist Privateigentum und du kannst hier nicht übernachten. Ein paar Blocks weiter ist die Heilsarmee. Sie haben ein Obdachlosenheim."

„Die sind schon voll", sagte der Mann, obwohl er eher wie ein Kind klang. „Wir wurden dort vor ein paar Stunden abgewiesen."

6

Kip wurde misstrauisch. Wer war wir? Was genau geschah da unter dieser Decke? Kip wartete, und der Mann senkte die Decke weiter, bis ein kleiner blonder Kopf auftauchte. Der Mann – obwohl Kip jetzt erkennen konnte, dass er nicht viel älter als ein Kind sein konnte, vielleicht neunzehn oder zwanzig – drückte den kleineren Jungen an sich.

Ein Paar Augen, die denen des älteren Kindes ähnelten, schaute zu ihm auf. Dann versteckte er sich wieder unter der Decke. Kip schaffte es gerade noch, einen überraschten Ausruf zu unterdrücken. Dann folgte schnell die Wut. „Die Heilsarmee hat euch abgewiesen?" Er fragte, ob sie gesehen hatten, dass er ein Kind dabei hatte.

„Ja. Anscheinend versucht heute jeder in der Stadt, da reinzukommen, und sie sind total überrannt. Ich habe an der Tür geklopft, aber sie haben sofort gesagt, sie seien voll. Sie haben uns nicht mal wirklich angesehen."

Kip trat zurück und nahm sein Funkgerät in die Hand. „Ich habe mir Hansen's angeschaut."

„Ist es geräumt?"

„Nein", antwortete er und wartete auf eine Antwort.

„Wir gehen", sagte der Junge. Er stand langsam auf und hob dann das Kind in seine Arme, das aussah als sei es etwa 3 Jahre alt. Er wickelte das Kind in eine blaue Decke, die unter der dunkleren versteckt lag, und zog schließlich die andere Decke über sie beide. „Sie müssen mich nicht festnehmen oder so. Ich habe keinen Ärger gemacht." Der Junge trat in den Regen und ging die Straße hinunter in Richtung des Hauptplatzes.

„Sie sind weitergezogen", sagte Kip in sein Funkgerät und beobachtete sie, während er unter dem Schutz des Wandvorsprungs stand. Dann drehte er sich um und leuchtete mit seiner Taschenlampe in den Laden. Etwas glitzerte auf dem Boden, als der Lichtstrahl darauf fiel. Kip trat näher, bückte sich und hob eine Goldkette mit einer Münze daran hoch. Er wusste nicht, ob es echtes Gold war oder nicht. Kip drehte sich um und eilte zurück auf den Bürgersteig, aber der Junge war nicht mehr in Sichtweite.

Kip stieg in sein Auto und fuhr los. Sie konnten noch nicht sehr weit gekommen sein. Er fuhr um den Platz herum und sah den Jungen unter einem Dachvorsprung zusammengekauert sitzen, mit dem Kind in seinen Armen. Er fuhr auf einen Parkplatz, um sie nicht zu erschrecken, scrollte durch sein Telefon und tätigte einen Anruf. „Carter, es ist Rogers von der Arbeit."

„Hallo. Was gibt es?"

„Ich muss dich um einen Gefallen bitten, oder zumindest …"

„Was ist los?"

„Ich hab einen Anruf wegen eines der üblichen Obdachlosentreffs bekommen. Hansen's Mens Wear. Als ich dort ankam, war da ein Typ um die zwanzig und ein Kind, vielleicht drei oder vier. Sie saßen unter einer Decke und …" Er wollte nicht, dass seine Stimme brach, aber sie tat es trotzdem. „Ich weiß jetzt, glaube ich, wie du dich gefühlt hast, als du Alex letztes Jahr gefunden hast."

„Man kann fast alles ertragen. Aber wenn es Kinder sind …"

„Dann reißt es einem das Herz heraus", beendete Kip den Satz. „Ja. Ich hatte gehofft, du könntest dich vielleicht mal mit Donald in Verbindung setzen. Als ich mit dem Jungen gesprochen habe, sagte er, die Heilsarmee habe sie abgewiesen. Sie brauchen einen trockenen Platz für die Nacht und wahrscheinlich noch für weitere Nächte. Es geht ihnen echt schlecht, und die Situation auf der Straße wird sich nur noch verschlechtern, wenn es kälter wird."

„Lass mich ihn anrufen. Kann ich ihm diese Nummer geben?"

„Klar. Ich sehe die beiden gerade. Im Moment stehen sie unter einer der Bankmarkisen in der High Street. Sie sind vorerst im Trockenen, aber der Typ sieht aus, als würde er gleich zusammenbrechen. Als wäre er am Ende seiner Kräfte … Scheiße." Kip sah, wie der Typ die Wand hinunterrutschte und auf dem Bürgersteig zusammenklappte, den Jungen immer noch in seinen Armen haltend. Das kleine Kind weinte, als Kip sich näherte.

„Mir geht es gut", sagte der ältere Junge. Er versuchte vergeblich, aufzustehen, und blieb auf dem Bürgersteig sitzen, mit dem Kind auf seinem Schoß.

„Jos, öffne deine Augen. Mach es nicht wie Mama." Das jüngere Kind fing an zu weinen, und Kip hob ihn in seine Arme.

„Ist schon gut. Ich werde dir nichts tun", sagte Kip zu ihm, während er ihm sanft den Rücken rieb. Der Typ stand auf. Er war sehr wackelig auf den Beinen und schien betrunken zu sein, aber er roch überhaupt nicht nach Alkohol. „Dir werde ich auch nichts tun." Kip griff mit seiner freien Hand nach seinem Arm und führte ihn zum Auto. „Steig einfach ein. Da drin ist es warm und wir können in Ruhe reden. Ich verhafte dich nicht, und ich werde dich nicht verletzen. Das verspreche ich." Er brauchte ein paar Minuten, um Jos ins Auto zu locken, und sobald er saß, legte Kip den Jungen in seine Arme. Kip ließ die Tür offen und machte den Kofferraum auf, schnappte sich von dort einen großen Regenschirm und hielt ihn über sie alle.

Das Funkgerät meldete sich, aber Kip erklärte, dass er bereits beschäftigt sei. Er hörte, dass einer der anderen Polizisten sich darum kümmern würde. Dann öffnete er die Beifahrertür und schnappte sich eine seiner Wasserflaschen. Er reichte sie Jos, der sie öffnete und das Wasser trank, als wäre er dabei, zu verdursten.

„Wann hast du zum letzten Mal etwas gegessen?"

Der Typ zuckte mit den Schultern, die Augen ausdruckslos und leer. Kip holte eine Packung Erdnussbutter-Käsecracker aus seiner Tasche und gab sie Jos. Er blickte das Essen erstaunt an und öffnete dann die Packung. Er gab dem Kind die ersten beiden Cracker, bevor er selbst einen aß. Das Kind knabberte langsam an seinen Crackern, während Jos drei der vier Cracker in drei schnellen Bissen verschlang.

„Fühlst du dich jetzt etwas besser?", fragte Kip, und Jos nickte, bevor er das Wasser mit dem Kind teilte, das seine Cracker aufgegessen hatte und sich nach weiteren umsah.

„Ja. Vielen Dank. Können wir jetzt gehen?", fragte Jos, als er die Flasche Wasser ausgetrunken hatte.

„Nimm dir noch ein paar Minuten Zeit, um dich auszuruhen. Ich habe einen Freund angerufen, und er schaut nach, ob er dir helfen kann, einen Unterschlupf für die Nacht zu finden."

Panik stieg in Jos' Augen auf. „Ich muss gehen", sagte er und nahm das Kind auf seine Arme. „Ich lasse mir von niemandem Isaac wegnehmen. Er ist mein Bruder und ich werde mich um ihn kümmern. Diese Geier werden ihn bei Fremden unterbringen. Ich brauche einfach nur eine Chance, um wieder auf die Beine zu kommen."

„Niemand nimmt dir irgendwen weg", sagte Kip. „Donald ist ein Freund von mir und versucht nur, für dich eine Unterkunft zu finden. Er kann dir helfen, wenn du ihn lässt."

Jos schüttelte den Kopf. „Ich kenne die ganzen Geschichten. Ich weiß, was diese Typen tun." Er hielt Isaac fest umschlungen und lehnte sich von Kip weg. Wahrscheinlich hatte er Angst, er würde ihm Isaac wegnehmen. Kip hatte nicht die Absicht, irgendjemanden irgendwo anders hinzubringen, als an einen Ort, der sicher und trocken war und wo sie Nahrung und die Hilfe bekommen konnten, die sie brauchten.

„Niemand will dir Isaac wegnehmen. Ich versuche nur zu helfen", sagte Kip. Sein Telefon klingelte. Er zog es aus seiner Tasche und ging ran.

„Alle Unterkünfte, die ich kenne, sind voll", erklärte Donald. „Ich habe versucht, ein paar Leute daran zu erinnern, dass sie mir noch was schuldig sind, aber das hat auch nichts gebracht. Ich kann ihnen ein paar Vorräte geben, wenn du sie vorbeibringst. Ich kann ihnen auch eine warme Mahlzeit geben."

„Das ist zumindest ein Anfang", sagte Kip. „Ich bin in ein paar Minuten bei dir." Er legte auf und nahm sein Funkgerät in die Hand, um zu erklären, was passiert war und womit er beschäftigt war. Sein Anruf wurde bestätigt und er erhielt die Erlaubnis, den Jungen zu helfen, soweit er das konnte.

„Es gibt keinen Platz, stimmt's?", sagte Jos und begann über den Sitz zu rutschen, um aus dem Auto zu steigen. „Niemand war bereit zu helfen."

„Die Unterkünfte sind voll, aber mein Freund hat gesagt, dass er dir mit Vorräten helfen wird. Er kann euch auch eine gute warme Mahlzeit geben."

Jos stand auf und entzog Isaac Kip. „Und was will dein Freund für seine Hilfe? Meinen Mund? Meinen Hintern? Nein, danke."

Herrgott, wie lange waren die beiden schon auf der Straße? Was hatte er schon erleben müssen? Jos war eine Mischung aus Tapferkeit und hartem Kerl. Aber in seinen Augen leuchtete die Angst.

„Nein", sagte Kip. „Donald arbeitet beim Jugendamt und kann dir helfen. Er will dir helfen. Deshalb will er, dass ich dich zu ihm nach Hause bringe und er dort für dich und Isaac kochen kann. Wenn du also was Vernünftiges essen willst, dann komm mit. Wenn nicht, kannst du gehen. Ich halte dich nicht auf."

Jos stieg aus dem Auto und wickelte die größtenteils nasse Decke um ihn und Isaac. Dann begann er ohne ein weiteres Wort den Bürgersteig hinunterzuschlurfen. Kip wusste, dass er nichts daran ändern konnte und er wollte gerade wieder in sein Auto steigen, als ihm einfiel, was er gefunden hatte. „Jos, ist das deins?", fragte er. Er packte die Kette und eilte den Bürgersteig hinunter. Jos drehte sich um und seine Augen weiteten sich. Er stellte Isaac auf die Beine und klopfte seine Taschen ab. Dann streckte er seine Hand aus und Kip legte die Kette hinein.

„Danke", sagte Jos und nahm Isaac wieder auf seine Arme, bevor er den Bürgersteig hinuntereilte. Kip wusste nicht, was er sonst für sie tun konnte. Als er zu seinem Auto zurückgekehrt war, nahm er das Telefon in die Hand und rief Donald an.

„Sie haben sich dafür entschieden, ihren eigenen Weg zu gehen", sagte Kip.

„Okay", sagte Donald resigniert.

„Überrascht es dich nicht?"

„Nein. Viele Menschen auf den Straßen sind allen gegenüber misstrauisch. Sie wurden schon zu oft verletzt und enttäuscht. Einige von ihnen haben psychische Probleme. Wenn sie dafür professionelle Hilfe bekommen würden, könnten sie es schaffen, aber sie bekommen diese Hilfe nicht. So entfernen sie sich immer weiter vom Rest der Gesellschaft. Du hast ihnen geholfen und das ist alles, was du tun konntest, außer sie zur Polizeistation mitzunehmen. Das wäre noch traumatischer für sie gewesen."

„Was ist mit Isaac, dem Kind?"

Donald seufzte. „Das ist kompliziert. Sie könnten sie bei uns melden, und dann könnte das Amt ihn in eine Pflegefamilie geben. Ehrlich gesagt gibt es da keine einfache Antwort. Wenn sie das Kind der Familie wegnehmen, kann der Weg zur Wiedervereinigung fast unmöglich gemacht werden. Du hast gerade eine Entscheidung getroffen, und ich würde sagen, du hast für diesen Moment wahrscheinlich die richtige getroffen. Aber ich bin mir nicht sicher."

„Mhm. Danke für deine Hilfe", sagte Kip und beendete das Gespräch. Dann fuhr er los und ging wieder auf Patrouille. Aber während seiner restlichen Schicht blieben Jos und Isaac die ganze Zeit in seinen Gedanken.

Kip ging einen weiteren Anruf nach – eine ältere Dame hatte Angst, dass jemand in ihrer Garage war. Kip verscheuchte eine wilde Katze und half dabei, ein Loch in ihrem Garagentor zu schließen, damit die Katze nicht zurückkommen konnte. Die Dame dankte ihm überschwänglich und bot ihm sogar einen Kaffee an, den er ablehnte.

Als er ging, hatte der Regen aufgehört, und Kip freute sich auf das Ende seiner Schicht. Über Funk teilte er mit, dass er frei war, und beschloss, noch einmal durch die Stadt zu fahren. Er fuhr die Hannover Street hinunter und bog auf der High Street nach Westen in Richtung des Hauptplatzes ab. Nachdem er einen Häuserblock entlang gefahren war, bog er nach links in die Pitt Street ein und fuhr langsam, wobei er die Straßenränder nach Auffälligem absuchte.

Das letzte Haus im ersten Block stand schon seit einiger Zeit leer, und als Kip sah, dass sich dort etwas tat, bremste er. An der Seite der Veranda stand eine kleine Gestalt. Kip erkannte ihn als Isaac und hielt den Streifenwagen an. Er stieg aus, vergaß dabei seinen Hut und eilte auf die Veranda. Isaac trat einen Schritt zurück, bis er an die Hauswand gedrückt stand. Er hielt seine Decke fest, Panik in seinen Augen und einen Daumen im Mund.

„Alles ist okay. Wo ist Jos?", fragte Kip.

Isaac blinzelte ihn ein paar Mal an und zeigte dann zur Seite des Hauses.

Kip wollte gerade ums Haus herumgehen, als er Laute hörte, die nach einem Kampf klangen. Er rief nach Verstärkung und wandte sich dann an Isaac. „Kannst du da drüben sitzen bleiben und dich ganz klein machen?"

Isaac nickte und wich in der Ecke der Veranda zurück, rollte sich dort zu einer Kugel zusammen. Die Kampfgeräusche ertönten erneut, gefolgt von einem gedämpften Schrei. Kip zog seine Waffe und ging langsam um die Ecke.

Neben dem Haus standen zwei Gestalten, eine hatte die andere an die Wand gedrückt.

„Stehen bleiben!", schrie Kip und hob seine Waffe.

„Hier gibt es nichts zu sehen", knurrte eine schroffe Stimme zurück.

„Polizei. Treten Sie zurück und legen Sie sich auf den Boden", sagte Kip.

„Hier gibt es kein Problem, Officer. Mein Junge und ich haben uns gerade nur unterhalten."

Kip wünschte, er könnte seine Taschenlampe ziehen, aber er musste konzentriert bleiben. „Dann lass ihn für sich selbst sprechen. Bist du das, Jos?" Er hörte ein Gemurmel, aber das war alles. „Lassen Sie ihn los. Sofort!"

„Er und ich hatten nur ein bisschen Spaß." Die Stimme war jetzt sanfter, aber Kip war kein Idiot.

„Ich sagte, treten Sie einen Schritt zurück. Ich kann aus dieser Entfernung eine Fliege treffen, also habe ich sicher kein Problem damit, Ihnen eine Kugel ins Ohr zu schießen. Auf den Boden, Arme und Beine ausstrecken, wo ich sie sehen kann. Sofort!" In der Ferne ertönten Sirenen, und Kip war erleichtert, dass Verstärkung unterwegs war. Er sah, wie der Kerl in verschiedene Richtungen schaute. Er begann jetzt in Panik zu geraten. Kip kannte die Zeichen; er suchte nach einem Ausweg. „Wenn Sie versuchen abzuhauen, ist das das Letzte, was Sie tun."

Der Mann ließ Jos los und legte sich langsam auf den Boden. Kip sah, wie Jos nach unten griff und bemerkte, dass er seine Hose hochzog. Oh Gott, er hoffte inständig, dass er es rechtzeitig geschafft hatte. Die Hose des anderen Mannes war nicht offen, also bestand die Chance, dass noch nichts allzu Schlimmes passiert war. Andere Autos hielten an, und Kip sah, dass Jos so aussah, als würde er gleich wegrennen.

„Isaac", sagte Jos leise.

„Es geht ihm gut. Er ist oben auf der Veranda. Er hat mir gesagt, wo ich dich finden kann." Kip holte seine Handschellen und legte sie dem Mann um. „Stillhalten."

„Aber der Boden ist nass", grummelte er.

„Wenn Sie aufstehen, widersetzen Sie sich der Verhaftung. Dann muss ich Sie leider tasern. Ich hätte nichts dagegen." Andere Officers kamen in Sicht, und Kip steckte seine Waffe in den Holster. Gott sei Dank war einer der Polizisten Red. Er erzählte ihnen, was geschehen war, und bat sie, den Verdächtigen zum Auto zu führen. Red las ihm seine Rechte deutlich und sorgfältig vor, kurz bevor sie ihn ins Auto setzten.

„Gut, dass du schnell hier warst", sagte Kip zu Red.

„Was ist mit dem anderen Typen? Wusstest du, dass auch ein Kind auf der Veranda ist?"

„Ja. Ich bin ihnen vorhin schon begegnet, bei Hansen." Kip sah zu Jos hinüber, der sein Bestes tat, um Isaac zu trösten, der sich an ihn klammerte und wimmerte.

„Glaubst du, der Schlägertyp hat ihn erwischt?"

Kip würde vor seinem Kollegen nicht anfangen zu zittern. „Ich weiß nicht. Ich hoffe nicht. Jos scheint es nur um Isaacs Wohlergehen zu gehen. Wenn er dachte, es würde Isaac damit schützen, würde er vermutlich so ziemlich alles tun."

„Versuch, es herauszufinden. Denn wenn wir diesen Typen weg von der Straße haben wollen, müssen wir ihm etwas anderes als Hausfriedensbruch vorwerfen. Wir nehmen ihn mit und bringen ihn in eine schöne Zelle. Vielleicht wirst du, wenn er weg ist, etwas aus ihm herausbekommen." Red nickte in Richtung Jos, der mit Isaac in den Armen dastand und das gleiche Schlaflied sang wie vorhin.

Kip ging langsam zu den beiden hinüber. „Jos, was ist passiert?"

Er antwortete nicht, machte sich größer und versuchte Kip zu irritieren, indem er ihn anstarrte. Natürlich funktionierte es nicht, und Kip starrte einfach zurück und wiederholte die Frage, in einem festeren Tonfall, bis Jos anfing, von einem Fuß auf den anderen zu treten.

„Wollen Sie uns die ganze Nacht verfolgen?"

„Nur wenn ich muss. Und nun erzähle mir, was passiert ist."

„Ich bin nicht sein Junge", sagte Jos trotzig.

Kip wartete darauf, dass er fortfuhr, aber er tat es nicht. „Wie heißt er?"

„Tyler Adamson, aber ich weiß nicht, ob der Name echt ist oder nicht. Er hat seit ungefähr einer Woche ein Auge auf mich geworfen und ich habe seitdem versucht, Isaac und mich von ihm fernzuhalten. Das ging auch ganz gut, bis er mich vorhin gefunden hat."

„Hat er dir wehgetan?", fragte Kip.

„Du meinst, hat er es geschafft, mich zu ficken? Nein. Sie waren rechtzeitig da."

Kip unterdrückte einen Seufzer der Erleichterung. „Hat er dich geschlagen oder festgehalten?"

„Er hat mich gegen das Haus geschubst. Das tat weh. Er drohte mir, Isaac wehzutun, wenn ich nicht täte, was er wollte. Er sagte, er würde seinen … na ja, Sie wissen schon, abschneiden. Der Typ ist ein Perverser – mag Jungs und Mädchen, hab ich zumindest gehört, will es aber rau. Er mag sie nur, wenn sie es selbst nicht wollen, wenn Sie verstehen, was ich meine. Auf der Straße heißt es, dass er es umso mehr mag, je mehr sie sich wehren."

„Okay. Du musst mit mir zum Revier kommen, damit du mir erzählen kannst, was genau passiert ist. Auf diese Weise kann ich ihn im Gefängnis behalten."

„Was ist mit deinem Freund? Gilt das Essensangebot noch? Isaac ist wirklich hungrig, und …"

Kip würde dafür sorgen, dass sie etwas zu essen bekämen. Er fand, daran führte jetzt kein Weg mehr vorbei. „Also hör zu, so wird es jetzt laufen: Ich werde dafür sorgen, dass ihr beide so viel essen könnt, wie ihr wollt. Dafür musst du mir sagen, was passiert ist, damit ich deine Aussage aufnehmen kann."

„Und dann können wir gehen?"

„Dann musst du morgen früh auf der Polizeiwache auftauchen, damit du diesen Tyler Adamson identifizieren und offiziell gegen ihn Anklage erheben kannst. Ich habe genug, um ihn für Körperverletzung dranzukriegen, und auch für eine versuchte Vergewaltigung, aber vielleicht kann ich noch mehr hinzufügen, wenn ich deine Aussage habe." Kip trat näher an Jos heran. „Du musst mir einfach vertrauen. Ich werde keinem von euch wehtun, und wenn ihr mich lässt, werde ich versuchen zu helfen."

„Wieso?", fragte Jos. „Niemand hilft einem einfach so. So läuft das nie."

„Vielleicht tue ich es, weil ich nicht möchte, dass Isaac auf der Straße schläft. Isaac verlässt sich darauf, dass du dich um ihn kümmern kannst. Willst du ihm die Chance verwehren, dass er es warm genug hat und er sich wohlfühlt?"

„Also gut. Ich werde mit dir mitgehen."

Kip nickte und sah auf die Uhr. Seine Schicht war gerade zu Ende. „Dann bringen wir dich zum Auto. Ich muss mit euch zur Polizeistation fahren, damit ich mich von der Schicht abmelden und mein Auto holen kann. Ich rufe meinen Freund an, damit er euch helfen kann. Donald ist ein guter Typ, und er sagte, er kann dir ein paar Dinge für Isaac mitgeben – saubere Kleidung und solche Sachen."

„Sie wollen mir wirklich helfen?", fragte Jos.

„Ja."

„Und dafür erwarten Sie keine Gegenleistung?"

„Nein. Ich will nichts von dir, außer deiner ehrlichen Aussage. Jetzt lass uns ins Auto steigen, damit ihr was essen könnt und wir dann einen Platz zum Schlafen für euch finden können, okay?" Kip deutete auf den Streifenwagen, und Jos half Isaac hinein, ehe er sich dann ohne ein weiteres Wort neben ihn auf den Rücksitz setze.

Kip fuhr zur Polizeistation und brachte Jos und Isaac zu seinem eigenen Auto. Dann ging er in die Station und meldete sich ab. Unterwegs tief er Donald an. „Gilt das Angebot zum Abendessen noch?"

„Was ist passiert?", fragte Donald. „Und ja, klar. Natürlich bin ich noch bereit zu helfen. Ich werde sehen, was ich da habe. Bring sie vorbei. Carter ist zu Hause, also kann er auch helfen."

„Danke", sagte Kip, während er zu seinem Auto ging. Isaac war während der Fahrt unruhig. Jos tat sein Bestes, um ihn zu beruhigen, aber es gelang ihm nicht. Kip vermutete, dass er hungrig war. Als er vor Carters und Donalds Haus parkte, begrüßte Donald sie und führte die drei hinein.

„Ich habe Essen warm gemacht, also kommt alle zum Tisch."

„Das ist Jos und der Kleine ist Isaac", sagte Kip. „Das ist Donald und das ist Carter", fügte Kip hinzu, als Carter die Treppe herunterkam. Isaac klebte an Jos' Beinen und starrte zu den Neuankömmlingen hoch. „Alex ist sicher schon im Bett, stimmt's?" Der energische kleine Junge von Donald und Carter war etwas älter als Isaac.

„Ja, und er wird enttäuscht sein, wenn er erfährt, dass er jemanden verpasst hat, mit dem er hätte spielen können", sagte Carter.

„Bist du hungrig?", fragte Donald Isaac, der nickte. „Na dann, komm mit. Ich habe Mac and Cheese gemacht. Magst du das?" Isaac nickte wieder und sah zu Jos auf. „Es gibt auch Suppe und ich habe ein paar Sandwiches gemacht, also kommt mit in die Küche."

Jos nahm Isaacs Hand und führte ihn zum Tisch. Donald half Jos Isaac in einen Kinderstuhl zu setzen und stellte dann einen Teller vor ihm ab. Isaac sah Jos noch einmal an und begann dann zu essen. Donald stellte ihm noch einen Becher Milch hin, aber Isaac war so damit beschäftigt, sich Essen in den Mund zu schaufeln, dass er es kaum bemerkte. Jos saß neben ihm und Donald brachte ihm einen Teller mit Essen sowie eine Schüssel Suppe.

Kip setzte sich und Donald brachte ihm ein Sandwich, bevor er sich neben Carter setzte.

„Willst du mir deinen ganzen Namen verraten?", fragte Kip. Er war sich nicht sicher, wie Jos reagieren würde, aber er hoffte, dass Jos ihnen traute, nachdem er ihn und Isaac gerettet und ihnen zu Essen verholfen hatte.

„Josten Applewhite", antwortete er mit vollem Mund.

„Wie bist du auf der Straße gelandet?", fragte Donald Jos.

„Ich wurde rausgeschmissen." Er hielt kaum inne, um zu reden, bevor er wieder zu essen begann.

Kip warf Donald und Carter einen Blick zu, aß sein Sandwich und nahm eine Tasse Kaffee entgegen, während er Jos und Isaac beim Essen zusah.

Es dauerte nicht lange, bis Isaac müde wurde. Er aß viel für einen Jungen seiner Größe und trank zwei Gläser Milch. Als er fertig war, begann er auf seinem Stuhl einzuschlafen. Jos hob Isaac aus dem Stuhl und setzte ihn auf seinen Schoß. Isaac legte seine Arme um Jos' Taille und seinen Kopf auf dessen Brust und schlief ein. Bald hatte sich auch Jos sattgegessen und lehnte sich im Stuhl zurück.

„Danke", flüsterte er.

Kip war sich ziemlich sicher, dass Jos kurz davor war zusammenzuklappen.

„Gern geschehen", sagte Donald, entschuldigte sich dann und stand auf.

Kip warf Carter einen Blick zu. Dieser nickte und Kip folgte Donald aus dem Zimmer.

„Was sollte ich tun?", fragte er Donald leise im Flur. „Ich kann sie nicht wieder auf die Straße setzen, aber alle Notunterkünfte sind zum Bersten voll." Er hoffte, dass Donald ihnen anbieten würde, hier zu bleiben. Aber Alex war ja auch hier und Kip war sich nicht mal sicher, ob sie überhaupt Platz genug hatten.

„Es ist fast Mitternacht. Ich schlage vor, du nimmst sie mit nach Hause und lässt sie eine Nacht bei dir schlafen. Sie müssen sich ein bisschen erholen können. Ich komme morgen früh vorbei und schaue, was ich tun kann, um zu helfen." Donald führte Kip in einen kleinen Raum neben dem Wohnzimmer. „Hier sind einige Pyjamas, die Isaac passen sollten." Donald schnappte sich eine wiederverwendbare Einkaufstasche aus einem Lebensmittelgeschäft und begann Sachen hineinzupacken. „Ich habe saubere Kleidung für ihn, sowie einige andere Dinge, die du brauchen wirst. Wenn du was nicht brauchst, kannst du es später zurückgeben."

„Danke. Und was ist mit Jos?"

„Leih du ihm Kleidung. Du bist eher seine Größe." Donald grinste und reichte Kip die Tasche. „Die kippen beide gleich vor Müdigkeit um, also nimm sie mit nach Hause, bring sie ins Bett, und ich wette, du wirst stundenlang keinen Piep von beiden hören."

„Ich hoffe, du hast recht", sagte Kip und nahm die Tasche, bevor er in die Küche zurückkehrte. Isaac schlief noch und auch Jos schien kurz davor einzuschlafen. „Kommt. Ich nehme euch mit zu mir nach Hause, damit ihr beide etwas schlafen könnt." Er half Jos auf die Beine und trug die Sachen.

„Danke", sagte Jos zu Donald und Carter, als sie das Haus verließen.

„Du brauchst einen Kindersitz", sagte Donald, als er zum Auto eilte. Er machte einen Kindersitz für Isaac auf dem Rücksitz fest. „Wir können dich ja nicht gegen das Gesetz verstoßen lassen, Officer", neckte Donald ihn. Er sah zu, wie Jos Isaac anschnallte und dann neben ihm einstieg.

„Ich weiß eure Hilfe zu schätzen", sagte Kip.

„Wir sehen uns morgen früh", rief Donald und Kip winkte, bevor er die Autotür zuzog und wegfuhr.

Er war hundemüde und froh, dass er nur noch auf die andere Seite der Stadt musste. Die fünfminütige Fahrt raubte ihm den Rest der Energie, die ihm

15

noch geblieben war. Kip parkte vor seinem Haus und Jos stieg aus, Isaac in seinen Armen.

„Wohnst du hier?", fragte Jos.

„Ja. Das war das Traumhaus meiner Mutter", sagte Kip und sah zu Jos, der auf dem Bürgersteig stand und zu dem großen Haus vor ihm aufblickte.

„Ich mag die Veranda. Ich wette, da ist es schön in Sommernächten. Ich erinnere mich –" Jos brach ab und hob Isaac an seine andere Schulter. Kip schloss sein Auto ab und ging zur Haustür, dann ließ er sie hinein. Er schaltete das Flurlicht ein, aber nicht das zu den anderen Zimmern. Kip wollte sie alle ins Bett bringen, also ging er direkt auf die Treppe zu.

„Ich bringe euch beide ins Gästezimmer. Ich gehe davon aus, dass Isaac am besten bei dir in der Nähe schlafen kann." Kip öffnete die erste Tür, die von der Treppe abging, und machte das Licht an. „Macht es euch bequem." Er stellte die Tasche auf das Bett. „Da sind Pyjamas für Isaac und frische Kleidung für morgen drin."

„Kann ich duschen?", fragte Jos sehnsüchtig.

„Klar. Ich hole dir etwas, in dem du schlafen kannst. Das Badezimmer ist gleich da drüben." Kip öffnete eine Tür auf der anderen Seite des Flurs und holte ein paar Handtücher für Jos heraus. Dann ging er in sein Zimmer und fand ein bequemes T-Shirt und eine leichte Jogginghose. Die Kleidung war sicherlich zu groß für Jos, aber zumindest war sie sauber. „Ich kann deine Klamotten in die Waschmaschine werfen, wenn du willst. Gib sie mir einfach, wenn du im Bad fertig bist, und ich pack sie in die Maschine, bevor ich ins Bett gehe."

Kip ließ Jos allein und hörte, wie er sanft zu Isaac sang. Kip ging in sein Zimmer und zog sich bequemere Kleidung an. Als er zurückkam, lag Isaac bereits im Bett und war fast eingeschlafen. Jos sah aus wie ein wandelnder Toter, als er ins Badezimmer schlurfte und die Tür hinter sich schloss. Kip klopfte und reichte Jos die sauberen Klamotten, als er die Tür einen Spalt breit öffnete. Dann ließ er ihn allein, damit er sich in Ruhe waschen konnte.

Kip ließ Jos absichtlich genau dieses Badezimmer benutzen. Darin befand sich nichts außer den grundlegenden Dingen für Besuch. Er kannte ihn nicht so gut und wollte nicht, dass er das andere Bad benutzte, in dem er seine verschiedenen Medikamente aufbewahrte. Er hoffte, dass Jos keine Drogen nahm, aber er wollte ihn nicht in Versuchung bringen.

Als Jos eine Weile später mit dem Duschen fertig war, sah er ein wenig erholt aus und roch außerdem um einiges besser. Kip nahm seine Kleider und trug sie nach unten in den Keller, startete die Waschmaschine und legte die Kleider hinein. Er schrieb sich außerdem eine Notiz, daran zu denken, Jos für Morgen etwas zum Anziehen rauszulegen. Die Wäsche, die er wusch, schien nicht so, als würde sie noch lange halten. Als er die Treppe hinaufstieg, fand Kip die Zimmertür geschlossen und die Badezimmertür offen vor. Die Handtücher waren zum

16

Trocknen aufgehängt, und das Waschbecken und die Wanne waren sauber. Jos war ordentlich – das musste Kip ihm lassen.

Kip ging in sein Zimmer und machte sich bettfertig. Er glitt unter seine frischbezogene saubere Decke und merkte, wie viel er doch für selbstverständlich hielt. Er wollte nicht daran denken, wann Jos und Isaac das letzte Mal in einem sauberen Bett geschlafen hatten. Und er hasste es schon, wenn seine Laken mal kratzig waren. Kip rollte sich auf die Seite und versuchte einzuschlafen, aber schaffte es nicht und lauschte stattdessen den Geräuschen des Hauses. Natürlich wusste er, dass er versuchte, nach Jos und Isaac zu lauschen, aber sie waren still.

Er schlief ein, schreckte aber mitten in der Nacht aus dem Bett auf. Etwas stimmte nicht, aber er konnte nicht genau sagen, was es war. Er verstummte und lauschte. Dann drang ein leises Geräusch an seine Ohren.

Kip stand auf und verließ sein Zimmer. Die Tür zum Gästezimmer war geschlossen, und von dort kam das Geräusch. Kip trat zur Tür und blieb stehen. Es war ein Wimmern – er hörte ein leises Wimmern. Er seufzte. Jemand schluchzte und das Geräusch wurde durch eine Decke gedämpft. Es waren Tränen, von denen jemand nicht wollte, dass sie gehört wurden. Die Person versuchte, so leise wie möglich zu sein.

Kip griff nach dem Türknauf, dann hielt er inne. Er wollte sich nicht einmischen. Selbst wenn er versuchen wollte zu helfen, es gab Grenzen. Er konnte nichts tun, außer ihnen einen Platz für die Nacht zur Verfügung zu stellen und dafür zu sorgen, dass sie beide in Sicherheit waren. Er ging zurück in sein Zimmer, legte sich ins Bett und fragte sich, wieviel er bereit war zu riskieren, um ihnen zu helfen.

2

JOSTEN SCHRECKTE aus dem Schlaf hoch. Es war noch dunkel, aber ihm war zu warm und hier war es definitiv viel zu bequem. Irgendetwas stimmte nicht. Als er die Augen öffnete und den von Straßenlaternen beleuchteten Raum mit seinem Kamin und den schönen Vorhängen sah, erinnerte er sich wieder. Isaac schlief noch. Er hatte sich tief unter der Decke vergraben, lag dicht an ihn gedrängt, ehe er begann sich zu rühren. Josten wollte in Tränen ausbrechen, aber das hatte er schon einmal getan und das musste reichen. Er und Isaac hatten Essen und einen Schlafplatz erhalten, der nicht auf der Straße oder in einem dieser Obdachlosenunterkünfte war, in denen immer dutzende Leute schnarchten, weinten oder einfach nur mitten in der Nacht vor Angst und Schrecken aufschrien.

„Josten", jammerte Isaac neben ihm. „Ich muss mal."

„Okay", sagte Jos und hob Isaac aus dem Bett. Er öffnete leise die Tür und ging so vorsichtig er konnte durch den oberen Flur zum Badezimmer, in dem ein Nachtlicht brannte. Er setzte ihn auf die Toilette, damit er pinkeln konnte.

„Ich mag es hier. Es ist warm und es gibt keine gruseligen Menschen."

„Ich weiß."

„Können wir hier bleiben? Der Herr Polizist scheint nett zu sein."

„Ich glaube nicht", sagte Jos. Sie würden hier wahrscheinlich nur für diese eine Nacht bleiben und nachdem Kip ihnen irgendwas zum Frühstück gegeben hatte, würden er und Isaac sich wieder auf den Weg machen müssen. Vielleicht konnte er irgendwie einen Weg finden, etwas Geld zu verdienen, damit die beiden an einen Ort gelangen konnten, an dem sie eine Chance hätten. Was er brauchte, war ein Job und eine Wohnung. Er hatte beides vor nicht allzu langer Zeit gehabt, aber dann war in zwei Tagen alles kaputt gegangen. Zwei verdammte Tage waren genug gewesen, um sein Leben zu zerstören und ihn und Isaac auf die Straße zu befördern. Er hatte nicht gewusst, dass so etwas so schnell passieren konnte, aber so war es gewesen. Jos wusste nicht, was er tun sollte, um diese Probleme zu lösen.

„Bist du fertig?"

Isaac nickte und Jos hob ihn von der Toilette und half ihm beim Abwischen. Dann zog Jos seine Pyjamahose hoch und nahm ihn in seine Arme. Als er die Tür öffnete, sah er Kip mit einem Glas Wasser die Treppe heraufkommen. Jos lächelte und brachte Isaac zurück ins Schlafzimmer und schloss die Tür. Er hörte, wie Kip in sein Zimmer zurückging, und dann war das Haus wieder still.

„Es ist wirklich schön hier", sagte Isaac, während er sich unter der Bettdecke vergrub.

„Ich weiß, dass es schön ist, aber wir dürfen uns nicht daran gewöhnen, hörst du? Ich weiß nicht, wo wir morgen schlafen werden, aber ich werde mein Bestes tun. Das verspreche ich dir." Jos zog Isaac an sich. „Schlaf jetzt wieder ein, in Ordnung?"

„Okay", sagte Isaac und legte seinen Kopf aufs Kissen. An so weiche Kissen waren sie nicht gewohnt. Es war schon lange her, dass Jos an einem so schönen Ort wie diesem geschlafen hatte. Seine Angst vor dem Morgen hielt ihn eine Weile wach, aber die Müdigkeit siegte schließlich.

JOS WACHTE mit einem knurrenden Magen und dem Geruch von Essen in der Nase auf. Als nächstes bemerkte er, dass er allein war. Er warf die Decke zurück und sprang aus dem Bett, dann rannte er in blinder Panik die Treppe hinunter. Sie hatten ihm also doch Isaac weggenommen. Kip hatte versprochen, dass ihnen nichts passieren würde, und jetzt … Er hätte niemals einem Polizisten vertrauen dürfen, egal wie nett er auf den ersten Blick auch scheinen mochte.

Gelächter ertönte vom unteren Ende der Treppe, und Jos' Schritte verlangsamten sich, während er dem Geräusch entgegenlief, das nun wieder ertönte. „Das gefällt dir, oder?", hörte er Kip sagen und verdammt, der Klang von Isaacs Lachen bohrte sich tief in Jos' Herz. Dieses Geräusch hatte er schon so lange nicht mehr gehört. „Du kannst noch mehr nehmen, wenn du willst."

Jos ging in die Küche und blieb überrascht stehen. Isaac saß auf einem Hocker am Tisch und schaufelte sich Speck in den Mund, während er ein weiteres Stück in der Luft schwenkte.

„Ich mag Speck", sagte Isaac, als er Jos sah und streckte ihm dann seine Hand entgegen, um ihm das Stück anzubieten.

„Iss du es ruhig", sagte Jos und sein Magen rebellierte, weil das Haus so gut roch und Essen auf dem Tisch und auf dem Herd stand. Er hatte vor einiger Zeit gelernt, Restaurants wie die Pest zu meiden, wenn er nichts zu essen hatte. Der Geruch machte ihn nur noch hungriger und obwohl dort das Essen nur wenige Meter von einem entfernt war, war nichts davon für ihn bestimmt … oder für Isaac.

„Setz dich", sagte Kip und deutete auf den Tisch. „Ich habe Rührei gemacht, falls du davon was willst."

Jos nickte nur, weil er Angst hatte, etwas zu sagen, sonst würde er … Mann, er hatte keine Ahnung, wie er reagieren würde, und das machte ihm Angst, also setzte er sich und Kip stellte ihm einen Teller mit Rührei, Toast und Speck hin. Dazu schenkte er ihm sogar noch ein riesiges Glas Saft ein. „Fang ruhig an."

Das musste Jos sich nicht zweimal sagen lassen. Gierig begann er zu essen. Sein Bauch wusste nicht recht, was er von zwei großen Mahlzeiten so kurz hintereinander halten sollte. „Danke ... Sowohl für das Essen für mich als auch für ihn."

Kip setzte sich mit einer Tasse Kaffee hin. „Ich habe vorhin mit ihm zusammen gegessen", sagte Kip und schnitt Isaac Grimassen, die ihn noch mehr zum Lachen brachten. „Wie lange habt ihr beide schon nichts mehr gegessen?"

„Ich kümmere mich gut um ihn. Das ist meine Aufgabe und ich tue wirklich mein Bestes." Jos ging sofort in die Defensive.

„Wow, mach mal langsam. Ich habe doch nur gefragt. Ohne zu urteilen", sagte Kip und entwaffnete ihn sofort mit seinem freundlichen Ton. „Ich mache mir nur Sorgen."

„Einen Tag lang, schätze ich. Ich habe einen Dollar gefunden, also habe ich Isaac bei diesem Laden in der Pomfret Street etwas besorgt. Sie haben da diese Käsecracker, die Isaac gerne mag, und ich habe ihm zwei Packungen gekauft, die er dann gegessen hat", antwortete Jos schnell. „Es hat ein Dollar und einen Cent gekostet, aber der Typ hinter der Theke hat mir den Cent geschenkt. Du kannst ihn fragen. Ich stehle nie."

„Das hab ich auch nicht gedacht, sonst hätte ich dich nicht bei mir zu Hause schlafen lassen", sagte Kip.

Jos nickte. „Entschuldigung."

„Wann hast du selbst das letzte Mal gegessen?", fragte Kip.

Jos zuckte mit den Schultern. „Gestern früh. Ich habe im Obdachlosenheim gefrühstückt, und dann mussten wir gehen. Man muss da immer gehen, und dann kann man abends zum Abendessen zurückkommen, wenn man schnell genug ist. Gestern Abend war ich nicht schnell genug. Sie haben früh aufgemacht und Isaac und ich hatten kein Glück ... na ja, bis wir dich getroffen haben."

Kip nickte und nippte an seiner Tasse, wofür Jos dankbar war, denn es gab ihm Zeit zum Essen. Sein Magen knurrte und als er seinen Teller geleert hatte, füllte Kip ihn wieder auf.

„Iss langsamer. Es ist genug da und niemand wird es dir wegnehmen." Kip stand auf und öffnete die Kühlschranktür, dann holte er eine riesige Schüssel Erdbeeren heraus, die Isaacs Augen größer werden ließen. Jos wusste, dass sein Halbbruder Erdbeeren liebte und Isaac griff in die Schüssel, sobald sie in seine Nähe kam.

„Na, schmecken sie?", fragte Kip, als Isaac bereits eine in den Mund gesteckt hatte und nach einer weiteren griff. „Lass dir Zeit, Kleiner."

Jos aß seinen zweiten Teller auf, aber keine der Beeren. Kip schob die Schüssel in seine Richtung und Jos sah ihn an, griff nach einer Beere und erwartete schon halb die Ohrfeige oder Zurechtweisung, die immer kam, wenn er nach etwas griff, von dem jemand dachte, dass es ihm nicht zustand. Die Leute erklärten sich nie, sie schlugen ihn einfach unerwartet. Deshalb wusste er nie, wann er einen Schlag zu erwarten hatte. Jos biss in die Beere und grinste. Sie war lecker und kühl,

20

und glitt ihm leicht die Kehle hinunter. Er nahm die Schüssel in die Hand und gab sie zurück.

„Willst du keine mehr?", fragte Kip und Jos blinzelte ein paar Mal. „Iss sie – ich kann noch mehr holen."

Isaac warf seine Hände in die Luft, als hätte er einen Preis gewonnen und aß weiter. Bald tat Jos dasselbe und er spürte, wie er lächelte. Verdammt, wie erbärmlich war es, dass eine Schüssel Erdbeeren ihn so lächerlich glücklich machte.

Es klingelte an der Tür und sofort war Jos wieder auf der Hut. Er trat näher an Isaac heran, der völlig in sein Essen vertieft war, beobachtete die geöffnete Tür und fragte sich, was als nächstes passieren würde.

„Hey, Donald, komm rein. Wir essen grad." Kips Stimme dröhnte durch das Haus und Jos drehte seinen Stuhl leicht, damit er besser sehen konnte. Der Typ von gestern Abend kam mit einer Tasche im Arm in die Küche. Er ging näher und reichte Jos die Tasche.

„Ich habe dir ein paar Dinge mitgebracht, die du vielleicht brauchen kannst. Zahnpasta und so. Ich hab auch Händedesinfektionsmittel und zusätzliche Kleidung zum Wechseln für Isaac reingetan." Donald drehte sich um und sprach mit jemandem außerhalb von Jos' Sichtweite. „Du kannst auch reinkommen. Sei nicht schüchtern."

Ein Junge, der etwas älter als Isaac war, kam ins Zimmer. Er blieb neben Donald stehen, starrte zu ihm hoch und dann zu Isaac, der wimmerte und auf den Boden schaute. Alex ging zu Isaac und fing an zu reden. Nach ein paar Hallos und einem zaghaften Lächeln fragte Alex, ob Isaac mit ihm Legos spielen wollte und dann waren sie verschwunden.

„Seid nett zueinander", sagte Donald sanft und setzte sich an den Tisch.

„Wo sind die beiden hin?", fragte Jos.

„Alex holt nur seine Legos", sagte Donald und tatsächlich kam sofort Alex mit Isaac im Schlepptau zurück ins Zimmer. Er suchte einen Teil des Bodens der großen Küche ab, entleerte dort die Tasche mit den Legos und die Jungs begannen zu spielen.

Donald beugte sich über den Tisch und wandte seine Aufmerksamkeit Jos zu. „Ich bin vom Jugendamt, und der Grund, warum ich hier bin, ist, weil ich versuchen will, dir zu helfen. Aber dafür brauche ich einige Informationen von dir."

Jos war sich nicht sicher, ob er irgendjemandem etwas über sich oder Isaac erzählen wollte. „Muss ich Ihnen diese Informationen geben?"

„Nein. Ich würde mich aber freuen, wenn du es tätest. Wenn du dich um Isaac kümmern willst und ihm eine Chance auf ein Leben weg von der Straße geben möchtest, musst du jemandem vertrauen und dir von uns helfen lassen. Ich weiß, du hast viel durchgemacht –"

„Sie haben keine Ahnung, was ich durchgemacht habe", entgegnete Jos. „Sie wissen überhaupt nichts über mich."

„Ach nein. Du bist ungefähr zwanzig. Du hattest früher einen Job, aber dir wurde letztens gekündigt. Du warst gerade erst eingestellt worden, also warst du der erste, der gehen musste. Du hattest eine Wohnung, aber sobald der Vermieter erfuhr, dass du deinen Job verloren hast, hat er dich rausgeschmissen."

„Woher wissen Sie das?"

„Gordon Powers, richtig?"

„Ja."

„Der Mann ist ein Slumlord. Er steckt so viele Leute wie möglich in seine Gebäude, indem er ihnen winzige Wohnungen vermietet. Lass mich raten, er hat dir gesagt, du hättest so ein ehrliches Gesicht, da sei ein Mietvertrag oder so was ähnliches gar nicht nötig. Er sei schließlich dein Freund."

„Verdammt", hauchte Jos.

„So macht er das immer. Wenn man um einen Mietvertrag bittet, sagt er, er habe sich gerade doch noch erinnert, dass er die Wohnung am Vortag schon an jemand anderen vermietet hat und es täte ihm sehr leid. Er ist ein echt schlimmer Typ, und Kip und seine Kollegen versuchen seit Jahren, ihn für irgendwas dranzubekommen."

„Okay, na gut, du hast also einiges über mich erraten."

„Stimmt. Aber was ich wirklich wissen muss, sind Dinge über dich und Isaac. Ich brauche eure vollständigen Namen und eure Sozialversicherungsnummern, falls ihr welche habt. Außerdem muss ich wissen, was mit Isaacs Eltern passiert ist."

„Na ja, sein Vater ist schon immer weg. Meine Mutter ..." Jos zuckte mit den Schultern. „Sie hat Loser wie ein Magnet angezogen. Wenn es irgendwo im Umkreis von zehn Meilen einen Loser gab, hat er sie gefunden. Ich glaube, mein Vater war Loser Nummer drei. Isaacs war Verlierer Nummer sechs oder sieben. Sie starb vor ein paar Monaten nach Loser Nummer neun oder so. Ich hab irgendwann den Überblick verloren. Er hat sie erschossen und dann, als er kapiert hat, was er getan hat, hat er sich selbst auch erschossen. Ich habe also eine echt wundervolle Familie."

„Also hast du Isaac in Obhut genommen?", fragte Donald.

„Ja. Er hat sonst niemanden. Mom hatte eine Schwester, mit der sie seit Jahren nicht gesprochen hatte, und ich kenne sie kaum. Kurz nach Isaacs Geburt hab ich meine Mom gebeten, ein Testament zu schreiben. Darin überließ sie mir das Sorgerecht für Isaac. Wir mussten das Haus, in dem wir wohnten, verlassen, weil ich es mir alleine nicht leisten konnte. Ich glaube, sie hat immer Geld von ihren Losern bekommen, um das zu bezahlen." Jos zuckte mit den Schultern. „Ich wusste, was im Testament stand, also habe ich Isaac mitgenommen."

„Wo ist das Testament?"

„Es war in der Wohnung, und als ich all meine Sachen verloren hab ..."

„Ich verstehe", sagte Donald und wandte sich an Kip. „Das ist eine seiner weiteren Maschen. Er wirft Leute ohne Vorankündigung raus und benutzt dann deren Sachen, um seine Wohnungen damit einzurichten, damit er mehr Mieter bekommt. Dieser Typ ist echt fies."

„Die Wohnung war nicht so toll, aber es war alles, was ich mir leisten konnte, und ich hatte dort genug Platz für Isaac. Ich habe für ihn sogar während meiner Arbeitszeit einen Kitaplatz gefunden. Ich war mir nicht sicher, wie ich das bezahlen sollte, aber irgendwie habe ich es geschafft."

Donald nickte. „In Ordnung. Als erstes brauche ich Isaacs Sozialversicherungsnummer und die seiner Mutter. Außerdem müssen wir versuchen, das Testament zu finden. Kip, vielleicht kannst du dabei helfen. Gordon hat das Zeug wahrscheinlich einfach dort gelassen."

„Du meinst, wenn die Wohnung noch nicht weiter vermietet ist, könnten die Papiere da sein?", fragte Kip. „Gibt es noch eine Kopie des Testaments? Zum Beispiel bei dem Anwalt, der es erstellt hat?"

Jos schüttelte den Kopf und zuckte die Schultern. „Warum brauchen wir all das Zeug?"

„Deine Mutter hat gearbeitet, stimmt's?"

„Ja."

„Wenn ich den Papierkram habe, kann ich dir helfen, Hinterbliebenenleistungen für Isaac zu beantragen. Ich kann mit dem Sozialamt zusammenarbeiten, um zu versuchen, euch beide von der Straße zu holen. Sie können dir bei der Jobsuche helfen. Es ist nicht alles hoffnungslos."

„Warum sind dann so viele Menschen auf der Straße?", fragte Jos. „Man sieht sie doch überall."

„Das System ist nicht perfekt und ich arbeite nur fürs Jugendamt, aber dank Isaac kann ich versuchen auch dir zu helfen. Aber dafür musst du mir und Kip vertrauen."

Jos war sich nicht sicher, ob er bereit war, zu vertrauen. „Kann ich darüber nachdenken?", fragte er. Er brauchte Zeit, um nachzudenken.

„Gib mir wenigstens deine alte Adresse, damit ich versuchen kann, deine Sachen zu finden", sagte Kip.

Jos dachte ein paar Minuten darüber nach, dann sagte er Kip, wo das Gebäude war. „Es liegt im dritten Stock. Im Winter friert da alles ein und im Sommer ist es total heiß. Aber es war eben meins und…"

Isaac musste seinen klagenden Tonfall gehört haben, eilte durch den Raum und blieb zwischen seinen Knien stehen. „Sei nicht traurig", sagte er. „Ich habe das für dich gemacht. Es ist ein Pferd." Das Ding aus roter und blauer Legos sah nicht nach einem Pferd aus, aber Jos lächelte und umarmte Isaac fest.

„Danke. Warum baust du nicht einen Stall, in dem die Pferde leben können?" Jos beobachtete, wie Isaac zurücklief und sich neben Alex auf den Boden fallen ließ. Er starrte ihn an und seine Augen füllten sich mit Tränen. Er wünschte sich für seinen Bruder so viel mehr. Isaac verdiente ein Leben wie dieses, in dem er spielen und Freunde haben konnte. Er war nicht richtig, dass er hungern musste und nie wusste, wann er seine nächste Mahlzeit bekommen würde. Er verdient es, in einem Haus zu wohnen, anstatt auf der Straße zu leben und dort unter irgendwelchen Hauseingängen Schutz vor dem Regen zu suchen. „Ich habe versprochen, mich um ihn zu kümmern", sagte Jos leise. „Er vermisst Mom immer noch so sehr, und ich habe versucht, mich gut um ihn zu kümmern."

„Das bezweifelt niemand", sagte Donald.

„Letzte Woche war da eine Frau, die es angezweifelt hat. Sie kam ins Obdachlosenheim, in dem wir übernachteten, und fing an, über die Sünden des Fleisches zu predigen. Nachdem sie uns gesagt hatte, dass niemand von uns Sex haben sollte, weil wir kein Zuhause hatten, kam sie auf mich zu und sagte, dass Isaac in einer Pflegefamilie besser dran wäre. Wenigstens würde er ein Zuhause und Essen haben. Ich sagte ihr, dass wir beide ohne selbstgerechte Arschlöcher wie sie besser dran wären, aber ich war einfach nur sauer und …" Jos blinzelte ein paar Mal. „Vielleicht hat sie recht."

„Das glaube ich nicht", sagte Donald. „Sie wäre wahrscheinlich viel weiter gekommen, wenn sie dir Hilfe angeboten hätte, anstatt nur zu verurteilen. Aber solche Sachen habe ich auch schon oft gehört."

„Wieso?"

„Manche Leute denken, dass Obdachlose aufgrund ihres eigenen Versagens obdachlos und nur sie selbst schuld an ihrer Situation sind. Menschen wie diese Frau denken höchstwahrscheinlich, obdachlos zu sein, ist Gottes Strafe für ein sündiges Leben. In meinem Job habe ich schon öfter so einen Mist gehört." Donald warf Kip einen Blick zu. „Wir können dir helfen, aber du musst die Hilfe auch wollen. Es erfordert Mut und Entschlossenheit, dein Leben neu aufzubauen, und es ist nicht leicht. Ich kann dir helfen, Hinterbliebenenleistungen zu beantragen, aber da das alles amtlich läuft, brauchen wir den ganzen Papierkram. Und ein eiserner Wille ist auch ganz wichtig."

„Ich werde ein paar Leute anrufen", sagte Kip. „Ich weiß, dass es mehr als einen Beamten in der Abteilung gibt, der etwas über unseren örtlichen Slumlord wissen möchte."

„Schmeißt er nicht einfach alles weg, mit was er nichts anfangen kann?", fragte Jos.

„Wahrscheinlich schon. Aber wenn wir es nicht versuchen, werden wir es nie genau wissen. Sag mir, wo deine Mutter gewohnt hat. Wenn das Testament von einem Anwalt erstellt worden ist, ist es vielleicht beim County registriert worden und dann könnten wir uns dort auch eine Kopie besorgen."

„Aber wo sollen wir in der Zwischenzeit wohnen?" Er hatte früher geglaubt, dass es ist nicht allzu schlimm war auf der Straße zu leben, aber jetzt wusste er, dass dem ganz und gar nicht so war. Er und Isaac waren da draußen verwundbar, wie der Angriff in der Nacht zuvor bezeugte. Jos hatte sein Bestes getan, um sich von den Leuten fernzuhalten, von denen er wusste, dass sie gefährlich oder einfach nur verrückt waren, aber es war nicht immer möglich.

„Lass mich mal machen", sagte Donald und wandte sich an Kip. „Du hast hier genug Platz. Können die beiden ein paar Tage hier bleiben, bis ich die Dinge ins Rollen bringe?"

Kip antwortete nicht sofort und Jos stand von seinem Stuhl auf. „Ist schon gut. Du hast getan, was du konntest, und ich mache dir keine Vorwürfe, dass du keine Fremden in deinem Haus haben willst." Er ging zu Isaac und nahm sanft seine Hand. „Wir müssen nach oben gehen und unsere Sachen holen. Es ist Zeit, dass wir gehen."

Isaac ließ die Legos los, die er in seinen Händen hielt und drehte sich mit zitternder Unterlippe zu ihm um. Jos wusste genau, wie Isaac sich fühlte, aber sie hatten keine andere Wahl. Die Leute sagten oft, sie wollten einem helfen, aber dafür musste man immer entweder einen Preis bezahlen oder sie machten einem nur leere Versprechen, nur um die Hoffnung dann wieder zu zerstören. Er nahm Isaac in seine Arme und trug ihn die Treppe hinauf. Er hatte jetzt ein paar Tüten mit Sachen, aber er war sich nicht sicher, was er damit anfangen sollte. Vielleicht konnte er irgendwo einen Einkaufswagen oder so etwas finden.

„Ich möchte bleiben und Legos spielen", sagte Isaac.

„Ich weiß. Aber wir müssen gehen. Es war nett von Kip, uns Frühstück und einen Schlafplatz zu geben. Wenn wir Glück haben, können wir vielleicht für ein paar Tage in einem Obdachlosenheim unterkommen." Es war erbärmlich, dass seine Hoffnungen und Träume darauf beschränkt waren, einen Ort zu finden, der die beiden länger als eine Nacht aufnehmen würde. Jos saß auf der Bettkante und hielt Isaac fest in seinen Armen, kurz davor in Tränen auszubrechen. So sollte sein Leben nicht sein und schon gar nicht Isaacs.

„Du musst nicht gehen", sagte Kip aus dem Türrahmen.

„Ich habe doch gesehen, was du wirklich denkst, und ich brauche dein Mitleid nicht. Isaac und ich schaffen das schon. Es ist noch warm draußen und ich werde versuchen, einen Job zu finden." Wie er das zusammen mit Isaac bewerkstelligen sollte, musste er noch herausfinden, aber er würde schon einen Weg finden.

„Es ist kein Mitleid, und du musst aufhören, voreilige Schlüsse zu ziehen. Ich hatte noch nicht mal geantwortet und schon bist du weggerannt. Donald will gerade gehen, aber er braucht noch die Informationen, nach denen er dich gefragt hat, damit er helfen kann. Vielleicht könntest du Isaac runtergehen lassen, damit er sich von Alex verabschiedet."

Jos wollte so gerne glauben, dass Kip ihm wirklich helfen wollte. Es war eindeutig, dass er es alleine nicht wirklich schaffen würde. „Los", sagte er zu Isaac und setzte ihn ab. Isaac eilte zur Tür und rannte dann zurück zu Jos.

„Sei nicht traurig", sagte Isaac und eilte dann die Treppe hinunter. Jos setzte sein tapferstes Gesicht auf, obwohl er sich wie ein verängstigter Hase vorkam. Er folgte Kip die Treppe hinunter und zurück in die Küche. Isaac half Alex dabei, die

Legos wieder in die Tasche zu packen und die beiden redeten. „Ich möchte mein Pferd behalten", sagte Isaac und versuchte zu verhindern, dass die Legos in die Tasche gepackt wurden.

„Die Legos gehören Alex", sagte Jos, nahm sie ihm vorsichtig weg und steckte sie in die Tasche. Isaac wimmerte und griff nach der Tasche. Die ganzen Legos verteilten sich über dem Boden. Das Pferd zerbrach und Isaac saß auf dem Boden und weinte darüber, dass er sein Pferd getötet hatte. Jos hob ihn hoch und versuchte ihn zu trösten, aber Isaac war untröstlich und streckte die Hand nach den Legosteinen aus. Alex steckte die Legos wieder in die Tasche und Donald half ihm dabei.

„Papa, warum ist Isaac traurig?", fragte Alex, als er anfing, die Einzelteile des Pferdes einzusammeln. Er baute es wieder zusammen und reichte es Isaac, der es nahm und an sich drückte.

„Danke", sagte Jos zu Alex.

„Sei nicht traurig", sagte Alex und trat zu Donald. Er sah auf, als würde er versuchen herauszufinden, was passiert war. Jos ging es genauso, aber er hatte bemerkt, dass Isaac dazu neigte, sich an Dinge zu klammern, die eigentlich nicht wirklich wichtig waren.

„Schon gut", sagte Donald und rieb sanft Isaacs Kopf. „Du kannst das Pferd behalten."

Das Mitleid, das Jos in Donalds Augen sah, ließ sein Blut kochen. Isaac umklammerte weiterhin das Lego-Pferd, sein Weinen wurden zu einem Wimmern und dann legte er seinen Kopf auf Jos' Schulter. „Ich will zu Mama", flüsterte er. Jos seufzte und beruhigte ihn weiter, da er keine Ahnung hatte, was er sagen sollte. „Mama", flüsterte Isaac ihm immer wieder ins Ohr, wie ein Gebet.

„Es ist alles okay", sagte Jos und drehte sich zu Kip um, der genauso verwirrt wirkte wie er.

„Wir werden jetzt mal gehen", sagte Donald.

„Ich sollte Ihnen doch noch die Informationen geben." Jos trug Isaac ins Schlafzimmer und fand seine Jacke. Er stützte Isaac auf seine Hüfte, während er im Futter nach dem Umschlag suchte, der seine wichtigsten Dokumente enthielt. Der Umschlag war feucht, aber die Dokumente darin waren trocken. Er trug sie die Treppe hinunter. „Ich konnte nicht alles mitnehmen. Sie haben mir nur eine Stunde zum Räumen gegeben und ich musste mich dabei um Isaac kümmern." Er überreichte den Umschlag. „Können Sie uns wirklich helfen?"

Donald sah in den Umschlag und lächelte. „Du hast Isaacs Geburtsurkunde. Das ist super. Damit können wir seine Beziehung zu deiner Mutter beweisen. Möglicherweise brauchen wir eine Kopie von deiner Geburtsurkunde, um die gemeinsame Abstammung nachzuweisen, aber wir werden sehen. Solange dir niemand das Sorgerecht streitig machen will …"

Jos sprach ein stilles Gebet aus und überließ Donald die Dokumente. „Okay. Solange ich die Sachen wieder zurückbekomme." Es war ein dummer Satz, aber das hier war alles, was er von seinem Leben übrig hatte – na ja, das und Isaac. Alles andere war weg. Sogar die Halskette seiner Mutter, die Kip ihm zurückgegeben hatte, war verschwunden. Der Angreifer hatte sie mitgenommen.

„Natürlich", sagte Donald. „Lass mich nur machen. Ich werde sehen, was mir einfällt, um dir zu helfen." Donald sah Kip an, der ihm und Alex folgte. Jos wusste, dass sie über ihn redeten, aber er konnte nichts dagegen tun.

Als Kip zurückkam, setzte er sich an den Tisch und telefonierte. Jos stand mit Isaac in den Armen da, sah zu und lauschte. Als Kip fertig war, wandte er sich an Jos. „Hat Adamson, ähm, Tyler, dir was gestohlen?"

„Ja", sagte Jos. „Er sagte, ich gehöre ihm und kramte dann in meinen Hosentaschen herum. Er nahm alles, was ich in ihnen hatte. Ich weiß allerdings nicht, was er damit gemacht hat. Hatte er die Sachen bei sich?"

„Du musst mit zur Polizeiwache kommen. Er hatte eine Reihe von Gegenständen bei sich, darunter einen, von dem ich weiß, dass er dir gehört, weil ich ihn dir zurückgegeben habe." Kip stand von seinem Stuhl auf. „Lass uns dich zum Revier bringen, damit du deine Aussage machen kannst und wir Anklage erheben können. Wenn er deine Sachen hat, wird es einfacher, ihn wegen Körperverletzung zu verklagen, und wir können ihn dann auch wegen Diebstahl drankriegen."

Das Letzte, was Jos wollte, war in die Nähe einer Polizeistation zu gehen, aber er musste seine Sachen zurückholen. Außerdem war es wichtig, dass Tyler von der Straße verschwand. Dieser Typ machte ihm richtig Angst. „Er hat mir nicht wirklich wehgetan."

„Nein, aber er hätte es tun können, und wenn ich nicht gekommen wäre, hätte er dir etwas genommen, von dem ich glaube, dass du nicht bereit warst, es ihm zu geben."

Der Gedanke, vergewaltigt zu werden, war schon schlimm genug, aber die Vorstellung, dass Isaac ihn dabei hätte sehen können … Jos zitterte und schwor zum hundertsten Mal innerhalb weniger als eines Tages, dass er für Isaac stark sein würde. Er brauchte ihn; Jos war alles, was Isaac hatte. „Wir sollten gehen", sagte Jos.

„Dann musst du dich noch anziehen. Benutz das Badezimmer oben. Ich werde für dich auf Isaac aufpassen. Danach kannst du ihn anziehen und wir können gehen." Kip stand auf und sah ihm direkt in die Augen. Jos stand stocksteif da und fragte sich, warum er das tat, und dann fokussierte er sich auf die sanfte Freundlichkeit in Kips Augen. Kip konnte stark und hart sein; er hatte das in der Gasse gesehen, an der Art, wie er mit Tyler umgegangen war. In seiner Stimme und seinem Körper war nichts als Kraft und Stärke gewesen. Doch davon war nun nichts zu sehen. Ja, Kip war immer noch stark und seine Arme dehnten seine Hemdsärmel, aber er war fürsorglich und seine Gesichtszüge waren jetzt viel sanfter. Seine Lippen kräuselten sich leicht und seine breiten Schultern waren entspannt. Die Kraft, von der Jos wusste, dass sie da war, ruhte, bis sie gebraucht wurde.

„Jos", sagte Isaac und riss ihn aus seinen Gedanken. Jos hoffte, dass er Kip nicht zu offensichtlich angestarrt hatte.

„Kannst du bei Kip bleiben? Er wird mit dir und dem Pferd spielen. Ich gehe nach oben, um mich frisch zu machen, und danach ziehen wir dir frische Kleidung an, okay?" Isaac nickte und Jos übergab ihn an Kip, der anfing mit ihm zu reden und ihn nach dem Namen des Pferdes fragte. Jos war sich nicht sicher, wie lange Isaac still bleiben würde, also eilte er nach oben und holte sich die Waschsachen, die Donald ihm gegeben hatte. Er ging ins Badezimmer. Er hatte vergessen, wie gut es sich anfühlte, sich die Zähne zu putzen, sich richtig zu rasieren und sich einfach wieder sauber und frisch zu fühlen. Als er fertig war, ging er zurück ins Schlafzimmer und zog sich einige der Kleider an, die Donald ihm mitgebracht hatte. Die Jeans und das T-Shirt waren etwas groß, aber das war immer noch besser als zu klein. Er hatte ihm sogar einen Gürtel mitgebracht, damit seine Hose nicht herunterrutschen konnte.

Er ging wieder nach unten und fand das Geschirr vom Tisch abgeräumt und Kip mit Isaac spielend vor. Auf Isaacs Gesicht lag ein breites Lächeln, während er über das schwatzte, was sein Pferd gerade tat.

„Musst du aufs Klo?", fragte Jos Isaac, der von Kips Schoß glitt und ihm alles über das Abenteuer erzählte, das sie erlebt hatten. Er nahm Jos' Hand, das Pferdchen hielt er in der anderen, und Jos führte ihn die Treppe zum Badezimmer hinauf.

Während Isaac auf der Toilette saß, holte Jos seine Klamotten aus dem Schlafzimmer und ließ dann etwas Wasser in die Badewanne laufen. Isaac nahm gern ein Bad und Jos setzte ihn hinein und ließ ihn ein paar Minuten darin spielen.

„Ich will das Pferdchen", sagte Isaac, streckte seinen Arm aus und machte eine greifende Handbewegung.

„Okay." Jos reichte ihm das Pferdchen und einen Waschlappen, sodass sich Isaac sauber machen konnte. „Wir haben nicht viel Zeit. Kip muss los." Als Isaac sich gewaschen hatte, stand er auf und Jos wickelte ihn und sein Pferd in ein sauberes Handtuch, trocknete ihn ab und half ihm dann, neue, saubere Kleider anzuziehen.

„Wie lange können wir hier bleiben?", fragte Isaac. „Ich mag es hier." Er lächelte. „Ich werde brav sein, das verspreche ich. Können wir bleiben, wenn ich brav bin?" Isaac griff nach dem Lego-Pferd, während Jos dem sich windenden Jungen endlich seine Kleidung anzog. Er konnte manchmal etwas anstrengend sein. Jos umarmte ihn.

„Ich weiß nicht. Gehen wir zu Mr. Kip, damit wir die Sache mit der Polizei erledigen können." Jos räumte das Badezimmer so gut er konnte auf, hängte die Handtücher auf und spülte dann die Wanne aus. Dann öffnete er die Tür und Isaac rannte zur Treppe und begann sie herunterzugehen.

„Mr. Kip, ich habe das Pferdchen", rief er. Jos folgte ihm und beobachtete ihn. Auf der drittletzten Treppenstufe rutschte Isaac aus. Jos griff nach ihm, um einen Sturz zu verhindern, aber das Pferdchen rutschte ihm aus der Hand und zerschellte dann am Fuß der Treppe. Isaac starrte die einzelnen Legosteine an, dann drehte er sich um und sah mit zitternder Unterlippe zu ihm auf.

Kip eilte herein. „Ist schon in Ordnung. Die Legos sind nicht kaputt. Jetzt kannst du aus ihnen ein neues Pferd bauen."

Jos hob Isaac hoch und wartete darauf, dass er anfing zu weinen und zu schreien. Aber Isaac nickte nur, seine Augen voller Tränen, und Kip hob die Legosteine auf. Er steckte sie in eine kleine Tasche, ehe er sie Isaac reichte.

„Eine Beerdigung fürs Pferd wie für Mama", sagte Isaac.

„Wie wäre es, wenn wir dir ein anderes Pferd besorgen", sagte Kip sofort.

Jos wandte sich ab und versuchte, Kip den Schmerz nicht sehen zu lassen, der in seinem Gesicht zu sehen war. Seine Mutter war nie eine tolle Mutter gewesen. Schon in jungen Jahren verbrachte Jos viel Zeit im Haus seiner Freundin Amy. Sie hatte nicht viel mehr als er, aber Amys Mutter war eine Kämpferin. Sie sorgte dafür, dass Amy immer zur Schule ging und stets ihre Hausaufgaben machte, etwas, wonach seine Mutter nie gefragt hätte. Amys Mutter sagte ihr und damit auch ihm, dass die einzige Möglichkeit, aus dem Höllenloch, in dem sie lebten, herauszukommen, darin bestand, schlau zu werden und alles zu lernen, was sie konnten.

„Juhu!" Isaac begann zu singen und wollte heruntergelassen werden. Dann führte Isaac einen kleinen Tanz auf, wackelte mit seinem Hintern und hüpfte auf und ab. „Ich bekomme ein echtes Pferd. Ich bekomme ein echtes Pferd." Er drehte und stampfte auf den Boden, bis ihm schwindelig wurde und er hinfiel. Nach ein paar Sekunden stand er auf und fing von vorne an.

„Isaac, wo sollten wir denn ein echtes Pferd halten?", fragte Jos. Er hasste es, ein Spielverderber zu sein, aber er musste Isaac die Wahrheit sagen. Ihr Leben war trostlos genug und es war wichtig, dass Isaac klar war, dass so was wie ein echtes Pferd definitiv nicht Teil ihrer Zukunft war.

„Lass ihn sich freuen. Ich weiß, was er meint, und wir besorgen ihm ein ‚richtiges' Pferd, sobald wir auf der Polizeiwache fertig sind."

Jos sah ihn skeptisch an, nickte aber. Er würde Isaac sich für den Moment einfach freuen lassen. Das hatte er in letzter Zeit zu wenig gehabt. „Ich kann los, wenn du auch fertig bist."

„Lass mich meine Brieftasche und mein Schutzschild holen, und dann können wir gehen." Kip nahm Isaac in seine Arme und machte Helikoptergeräusche, als er mit ihm in die Küche sauste. Ein paar Sekunden später schwirrten sie wieder heraus, unter lautem Gelächter und Kichern von beiden. Jos erlaubte sich sogar ein Lächeln, obwohl er schon jetzt den Herzschmerz und das Geheule erahnte, das kommen würde, wenn all dies hier zu Ende war.

„Jos ist mein großer Bruder", sagte Isaac zu Kip, als Jos überprüfte, ob er alles dabei hatte, was er brauchte. „Er ist aber nicht mein ganzer Bruder, nur die Hälfte."

„Welche Hälfte, die obere Hälfte oder die untere Hälfte?", sagte Kip, und Isaac kicherte. „Oder ist es diese oder die andere Seite?" Noch mehr Kichern von Isaac. „Vielleicht …", sagte er dramatisch, „ist es die hintere Hälfte."

„Ich bin nicht Jos' Hinternbruder. Der Teil stinkt", sagte Isaac und hielt sich die Nase zu und Jos musste darüber lachen. Er konnte nicht anders, als zu lachen.

„Weißt du", sagte Kip und drehte sich zu ihm um, „du bist schön, wenn du lächelst."

Jos wusste nicht recht, was er davon halten sollte. „Ähm, danke." Er lächelte leicht.

Isaac tippte Kip seitlich an den Kopf, um seine Aufmerksamkeit zu erregen. „Jos hatte einmal einen Freund. Das hat Mama total wütend gemacht."

„Isaac", sagte Jos streng.

„Warum war sie wütend?", fragte Kip Isaac, und er zuckte mit den Schultern und machte eine nachdenkliche Bewegung. „Sie sagte, Jungs sollten mit Mädchen zusammen sein." Isaac verzog das Gesicht. „Aber sie sind eklig."

„Komm, lass uns gehen", sagte Kip. Er zwinkerte Jos kurz zu und trug Isaac dann aus der Tür. Er schloss hinter ihnen ab, und dann gingen sie zu Kips Auto. Jos schnallte Isaac im Kindersitz fest, stieg ins Auto und sie fuhren zum Polizeirevier. Jos' Nervosität wuchs dabei von Sekunde zu Sekunde.

3

KIP WUSSTE nicht, warum er gesagt hatte, dass Jos schön war, wenn er lächelte. Er hätte eigentlich wissen müssen, dass es nicht richtig war, so etwas zu sagen, ohne vorher darüber nachzudenken. In diesen kurzen Sekunden hatte er sich Jos gegenüber geoutet. Er schien zwar nicht besonders verblüfft zu sein und er war nicht vor ihm zurückgewichen, also hatte er Jos vielleicht nicht abgeschreckt. Er hätte es trotzdem nicht sagen sollen. Jos sah gut aus. Er hatte tiefgründige Augen und eine wohlgeformte Nase und pralle Lippen, die sich perfekt zum Küssen und für andere Dingen eignen würden, an die er nicht zu denken wagte. Jos war jemand, dem er helfen wollte, und ein Zeuge eines Verbrechens. Es war keine gute Idee, solche Gedanken über jemanden wie ihn zu haben. Er würde Jos helfen, die Unterstützung zu bekommen, die er brauchte, weil es das Richtige war, und dann würde er mit seinem Leben weitermachen.

Gott sei Dank dauerte die Fahrt zur Polizeistation nicht lange. Trotz der eingeschalteter Klimaanlage zupfte Kip mehr als einmal an seinem Kragen, weil ihm so warm war. Sein Herz klopfte und er war sich sehr bewusst, dass sich Jos' Bein bei der Fahrt die ganze Zeit nervös hin und her bewegte. „Ist schon in Ordnung. Niemand wird dir etwas antun oder versuchen, dir etwas wegzunehmen."

„Na klar", sagte Jos. „Als Powers mich aus der Wohnung warf, wusste ich, dass es illegal war und ich hab auch darüber nachgedacht, mich zu wehren. Aber dann tauchte ein Polizist auf und tat nichts, um Powers aufzuhalten. Die beiden schienen Kumpels zu sein und der Polizist sagte nur, dass es sein Eigentum sei, und ohne einen Mietvertrag oder irgendwelche Papiere könnte er nichts tun. Dann hat mich der Bastard mit gespieltem Mitgefühl angelächelt, ist wieder in sein Auto gestiegen und weggefahren. Isaac und ich standen auf dem Bürgersteig und hatten keine Ahnung, wo wir hin sollten. Ich fühle mich also nicht wirklich gut bei der Vorstellung, in die Polizeiwache zu gehen. Was ist, wenn er da ist und mir Ärger macht?"

Kip verengte seinen Blick. „Wenn er da ist, dann sag mir, wer es ist." Er umklammerte das Lenkrad fest. Er und Aaron Cloud, einer der anderen Polizisten, waren schon lange hinter Powers her. Wenn ihm einer der Männer in der Abteilung half, war es kein Wunder, dass er ihnen immer einen Schritt voraus war. Dieser Bastard fütterte ihn mit Informationen. Kip nahm sich vor, mit Aaron zu sprechen, sobald er mit ihm allein war. „Aber warte, bis wir gehen. Tu so, als würdest du ihn nicht erkennen, wenn du ihn siehst."

„Okay", stimmte Jos zu, aber er beruhigte sich immer noch nicht.

„Alles, was wir brauchen, ist deine Aussage, damit wir gegen Tyler wirklich was in der Hand haben. Außerdem hab ich einige Sachen, die du dir ansehen musst, und schließlich werde ich überprüfen, ob Aaron gerade Schicht hat, damit du auch mit ihm sprechen kannst." Kip fuhr auf den Parkplatz und parkte. „Keine Sorge – er ist ein guter Kerl und wird dir helfen."

„Und was ist, wenn er derjenige ist?", fragte Jos und Kip musste ein paar Sekunden nachdenken. Er glaubte nicht, dass Aaron Cloud, einer der ranghöchsten Männer ihrer Truppe, mit Gordon Powers in Verbindung stand, aber Jos hatte recht; er musste vorsichtig sein.

„Ich werde vorsichtig sein und sicherstellen, dass du ihn siehst, bevor er dich sieht." Wie er das tun sollte, wusste er aber noch nicht. „Komm mit rein und wir gehen direkt in einen der Vernehmungsräume. Da ist man ziemlich ungestört." Kip öffnete seine Autotür und stieg aus. Er wartete darauf, dass Jos ihm mit Isaac folgte.

Er führte sie ins Revier, an dem diensthabenden Offizier vorbei und in einen der Vernehmungsräume, wo sich Jos mit Isaac auf seinem Schoß auf einem Stuhl niederließ. „Ich bin gleich wieder da." Kip ging zu seinem Arbeitsbereich. Er schnappte sich seinen Laptop und nahm ihn mit in den Vernehmungsraum. Es wäre einfacher, die Aussage während des Gesprächs zu tippen, als sie später transkribieren zu müssen.

„Was ist los, Rogers?", fragte Carter und steckte seinen Kopf in den Vernehmungsraum. „Hi, Jungs."

Isaac lächelte und Jos nickte.

„Ich muss ihre Aussagen aufnehmen. Könntest du die Sachen bringen, die wir dem Kerl, den wir letzte Nacht mitgenommen haben, abgenommen haben? Ich glaube, Josten ist ein Teil davon gestohlen worden."

„Klar.", sagte Carter und verließ den Raum.

Kip schaltete seinen Computer ein, rief das Formular auf und begann, die benötigten Informationen zu sammeln. Jos war ein großartiger Zeuge, der sich an Details erinnerte und so emotionslos wie möglich erzählte, was passiert war. Das beunruhigte ihn jedoch, denn er nahm an, dass Jos höchstwahrscheinlich das Geschehene unterdrückte, damit er besser damit umgehen konnte. Aber die Fakten selbst waren hilfreich.

Carter kam mit einem Umschlag zurück und verließ das Zimmer, dann kam er wieder mit einer Flasche Wasser zurück, die er Jos reichte.

„Ist schon gut. Lass dir Zeit", sagte Kip.

Jos öffnete die Flasche und trank gierig das Wasser. „Ich will gar nicht daran denken, was alles hätte geschehen können."

„Ich weiß." Kip wollte Jos' Hand nehmen, um ihn zu trösten. Er wusste, dass es schwer war, zu erzählen, was geschehen war, aber dies war nur das erste Mal, dass er darüber sprach. Höchstwahrscheinlich würde Jos immer wieder darüber sprechen müssen, wenn er vor Gericht aussagen musste. Es war keine angenehme Vorstellung. „Nimm dir Zeit. Es eilt nicht."

„Gibt es irgendwo einen Ort, an den Isaac gehen kann, damit er nicht zuhören muss?"

Kip war sich nicht sicher, was er tun sollte.

Carter kam zu Hilfe. „Ich kann Donald bitten, Isaac abzuholen. Als ich vor Kurzem mit ihm gesprochen habe, sagte er, Alex wolle wissen, ob es Isaac gut geht."

„Danke. Ich weiß die Hilfe wirklich zu schätzen", sagte Kip und Carter ging wieder. Kip setzte sich und gab Jos etwas Zeit und ließ ihn so gut er konnte über das, was passiert war, sprechen. „Ich habe Tyler sagen hören, dass du ihm gehörst. Was meinte er damit?"

„Auf der Straße jagen die Mächtigeren die Schwächeren. Tyler wollte, dass ich bei ihm bleibe und ..." Jos hielt inne und sah auf Isaac herab. „Du kannst dir denken, was er wollte. Er hat versprochen, Isaac und mich zu beschützen, aber ich habe ihm nicht geglaubt. Er ist eine falsche Schlange, und alle haben Angst vor ihm. Einige haben gesagt, dass er schon Menschen getötet hat, aber ich weiß nicht, ob das stimmt oder nicht." Jos hielt Isaac fest auf seinem Schoß.

„Tyler ist schlecht und er stinkt", sagte Isaac und hielt sich die Nase zu. „Er braucht ein Bad. Vielleicht sogar zwei."

„Ja, er hat gestunken", stimmte Kip zu. Er ließ Jos sein Wasser trinken und sich beruhigen. Donald kam nach ungefähr zehn Minuten herein und Isaac rutschte von Jos' Schoß, ehe er mit ihm und Alex aus dem Raum ging.

„Wir sind unten im Pausenraum. Die Jungs können da weiter Legos spielen. Ihr müsst euch nicht beeilen."

Jos schien kurz davor zu sein auszuflippen, als Isaac ging, aber dann beruhigte er sich und Kip half Jos dabei, weiter zu erzählen.

„Hat er dich vergewaltigt?", fragte er.

„Nein. Er hat meine Hose runtergezogen und wollte gerade seine eigene öffnen, als du aufgetaucht bist und ihn aufgehalten hast." Jos' Gesicht wurde bleich.

Als er fertig damit war, Jos' Aussage aufzunehmen, öffnete Kip den Umschlag und nahm die Gegenstände nacheinander heraus. Sie waren in Beweistüten.

„Das gehört mir, und diese Uhr da auch", sagte Jos. Er zeigte auf die Halskette seiner Mutter. „Und du weißt, dass das da auch meins ist. Er hat gesagt, dass sein Schutz mehr als nur meinen Hintern wert sei." Jos hielt inne und zitterte, obwohl es im Zimmer warm war. „Er ist ein Arschloch, und ich hoffe, du bekommst ihn für alles dran."

„Das werden wir. Jetzt können wir der Anklage noch Diebstahl hinzufügen und wir haben deine Sachen wieder. Ich frage mich, woher er den Rest hat."

„Ich weiß nicht. Ich habe versucht, mich von ihm fernzuhalten, und normalerweise konnte ich ihn schon riechen, bevor ich ihn gesehen habe."

„In Ordnung." Kip stand auf. „Lass mich die Liste überprüfen und sehen, ob Aaron dabei ist. Ich glaube nicht, dass er mit Powers im Bunde ist, aber es schadet nicht, sicher zu sein. Ich brauche nur eine Minute." Kip hielt inne. „Weißt du, an welchem Tag du aus der Wohnung geschmissen wurdest?"

„Gestern war es genau drei Wochen her", antwortete Jos.

„Lass mich nachsehen, ob er da im Dienst war." So konnte er ganz sicher sein. Kip ging hinaus und überprüfte die Zeitpläne. Aaron hatte an diesem Tag Dienst gehabt. Er suchte nach Carter und fragte ihn, ob er die Anrufprotokolle für den Tag der Räumung überprüfen könne.

„Nach was suchst du?", fragte Carter, als er sich einloggt und die Protokolle geöffnet hatte.

„Ein Anruf wegen einer Räumung. Aus der Gegend in der A Street, in der Powers so viele kleine Apartmenthäuser hat."

„Ich sehe da nichts. Wer soll denn angerufen haben?" Carter druckte ihm das Anrufprotokoll aus. Kip nahm es und kehrte zu Jos zurück, um ihn zu fragen.

„Ich habe nicht angerufen", sagte Jos. „Ich wollte anrufen, aber dann ist er schon aufgetaucht. Ich dachte, einer der Nachbarn hätte ihn angerufen …"

„Nein", antwortete Kip. Er dachte nach. Der Anrufer könnte jemand sein, der sich einfach als Polizist ausgab. Oder jemand, der Powers half, sodass die Kündigungen reibungslos verliefen und niemand einen Aufstand machte. „Das ist ein Bild von Aaron." Kip zeigte es Jos, der den Kopf schüttelte. „Gut. Dann hol ich ihn." Kip druckte die Aussage aus und reichte sie Jos. „Lies das, während ich weg bin, und dann kannst du es unterschreiben, wenn alles richtig ist." Er schnappte sich seinen Laptop und nahm ihn mit zurück an seinen Schreibtisch, bevor er sich auf die Suche nach Aaron machte.

„Ist heute nicht dein freier Tag?", fragte Aaron, als Kip ihn an seinem Schreibtisch fand.

„Ja. Es ist eine lange Geschichte, aber ich habe jemanden, der uns vielleicht mit Powers helfen kann. Er wurde vor ein paar Wochen rausgeschmissen und er sagt, da sei ein Polizist dabei gewesen. Er ist sich nicht sicher, wer es war, aber er sagte, der Typ habe ihm gesagt, er könne nichts für ihn tun. Ich habe die Akten überprüft und Jos bestätigt, dass er nie die Polizei gerufen hat. Der Polizist war einfach da, wahrscheinlich auf Powers Wunsch."

„Okay …"

„Was ist, wenn Powers einen Mann in der Abteilung hat?", fragte Kip. „Ich denke, du solltest mal mit Jos reden. Aber sei vorsichtig. Er hat viel durchgemacht und fühlt sich hier eh schon nicht so wohl."

„Ist das der Mann, der ein Kind bei sich hat, die gerade bei dir unterkommen?"

Verdammt, die Information hatte sich ja schnell verbreitet. „Ja. Er brauchte wirklich Hilfe."

„Sei vorsichtig", sagte Aaron. „Ich weiß, dass du helfen willst. Deshalb arbeiten die meisten von uns ja hier. Aber wir können nicht alles für jeden tun, und es ist wichtig, dass wir ein Leben außerhalb des Jobs führen." Aaron stand auf und ging um seinen Schreibtisch herum. „Zu einem gewissen Grad dreht sich bei uns alles um den Job. Es nimmt einen Großteil unseres Lebens in Anspruch. Ein ganz gewöhnlicher Job ist nichts für uns, aber wir brauchen trotzdem auch einen Teil unseres Lebens, der ruhig ist und der nur uns gehört."

„Ich verstehe nicht, was du mir sagen willst."

Aaron klopfte ihm auf den Rücken. „Lass einfach nicht zu, dass der Job alles in deinem Leben einnimmt. Polizist zu sein hat mich eine Ehe gekostet, weil ich nicht wusste, wann man loslassen muss. Ich habe Fälle nach Hause gebracht und sogar mal ein Kind, das Hilfe brauchte, genau wie du. Aber es war zu viel für Kirsten und sie hat mich schließlich verlassen."

„Ich bin nicht verheiratet, aber ich glaube, ich verstehe, was du meinst." Jetzt war es allerdings eh schon zu spät, weil er Isaac und Jos auf keinen Fall wieder auf die Straße setzen konnte. Er musste ihnen helfen, ihr Leben wieder in Ordnung zu bringen, damit sie auf sich allein gestellt sein konnten. „Ich werde aufpassen."

Aaron folgte ihm aus seinem Büro und den Flur entlang zum Vernehmungsraum, wo Jos wartete. Er hörte auf, sein Bein auf und ab zu wippen, als Kip zurückkam.

„Ich bin Detective Cloud." Jos nickte und beobachtete Aaron aufmerksam, als erwartete er, dass er ihn gleich angriff.

„Jos hat eine Reihe von Gegenständen identifiziert, die wir von dem Verdächtigen letzte Nacht geborgen haben, damit wir ihn auch wegen Diebstahls anklagen können", sagte Kip.

„Wann bekomme ich die Sachen zurück?", fragte Jos.

Aaron setzte sich. „Das ist das Blöde. Wir brauchen die Sachen als Beweismittel, also müssen sie bei uns bleiben, bis wir herausfinden, ob er sich gegen die Anklage wehrt. Du kannst deine Sachen jetzt zurückbekommen, aber dann können wir ihn nicht wegen Diebstahls verklagen. Es wäre aber gut, wenn wir ihn wegen allem drankriegen."

Jos senkte den Blick. „Also stiehlt er von mir, egal was passiert. Er nimmt meine Sachen, Sie bekommen sie und ich verliere sie so oder so, weil Sie sie brauchen."

„Ich weiß, wie du dich fühlst, aber die Gerichte verlangen Beweise, und das ist nur vorübergehend. Dass er deine Sachen bei sich hatte, ist ein klarer Beweis für einen Diebstahl", erklärte Aaron. Er beugte sich vor und legte seine Hände auf den Tisch. „Ich habe gehört, dass du eine Beschwerde gegen Gordon Powers wegen widerrechtlicher Räumung einreichen willst."

„Ich weiß nicht, ob Sie mir da helfen können. Ich möchte nie wieder dorthin zurückkehren, aber all meine Sachen wurden weggenommen. Obwohl ich jetzt gerade eh keinen Ort habe, an dem ich sie aufbewahren könnte."

„Erzähl ihm, was du mir erzählt hast", sagte Kip.

„Da war ein Polizist. Er ist aufgetaucht, als sie mich rausgeschmissen haben. Ich dachte, die Nachbarn hätten vielleicht die Polizei gerufen, aber im Nachhinein ist das eh Schwachsinn. Die meisten Leute dort sprechen nicht gut Englisch. Die versuchen alle, nicht aufzufallen." Jos klang fatalistisch. „Ich hatte meinen Job verloren, und er hat mir nicht einmal die Chance gegeben, einen anderen zu finden. Er hat mich und Isaac einfach sofort vor die Tür gesetzt."

„Nur euch?"

„Nein. Er hat das auch einer anderen Familie angetan. Ich fand es wirklich seltsam. Die Wohnung gegenüber von mir war leer. Ich weiß nichts über die anderen im Gebäude."

„Das Ganze hat nichts damit zu tun, dass du deinen Job verloren hast. Powers hat dieses Gebäude an einen Bauträger verkauft, der das Land dahinter gekauft hat. Der Typ brauchte Zugang zu seinem Land und ich schätze mal, er hat Powers viel Geld für das Gebäude bezahlt. Eine Bedingung war wahrscheinlich, dass die Mieter draußen sind, damit er es sofort abreißen konnte. Powers ist ein echt fieser Typ."

„Da war ein Polizist", wiederholte Jos.

„Wir haben keinen Anruf bekommen", sagte Kip und reichte Aaron die Anrufprotokolle von dieser Nacht. „Wir glauben, dass er da war, weil Powers dafür gesorgt hat, dass er da war."

„Warum hast du mich nicht gleich gefragt?", fragte Aaron, während er auf das Protokoll starrte.

Kip schwieg und hoffte, dass Jos auch nichts sagen würde.

„Kip?" fragte Aaron mit Nachdruck und Kip zuckte mit den Schultern. „Ich verstehe. Du dachtest, ich wäre der Polizist?"

„Ich habe es nicht wirklich gedacht, aber wir mussten sicher gehen, dass du es nicht bist."

„Wie sah der Polizist aus?"

„Ich weiß nicht. Ich habe ihm nicht viel Aufmerksamkeit geschenkt. Isaac weinte und ich hatte Todesangst, weil wir nirgends hin konnten. Ich hatte noch ein wenig Geld, aber ich wusste, dass es in ein paar Tagen in einem Hotel aus wäre, und das Wetter war noch gut … Ich wusste nicht, was ich sonst tun sollte. Gott sei Dank konnten wir in einem Obdachlosenheim unterkommen, und ich konnte das wenige Geld behalten, das ich versteckt hatte."

„Streng dich mal an. Versuche dich zu erinnern … Sah seine Uniform aus wie die von Kip? Hatte er dieselben Abzeichen und waren die Abzeichen an derselben Stelle?" Aaron drehte sich für eine Sekunde zu ihm um und dann wieder zu Jos. „War sein Hemd blau oder weiß?"

„Weiß", antwortete Jos. „Es war definitiv weiß, und er trug eine Krawatte."

„Die Polizei von South Middleton Township", sagte Aaron. „Das erklärt, warum wir überhaupt keine Aufzeichnungen über einen Anruf haben – wir haben keinen bekommen."

„Aber das liegt außerhalb seiner Zuständigkeit", sagte Kip. „Er konnte da überhaupt nichts tun."

„Ja, aber dadurch, dass er anwesend war, kam niemand auf die Idee, die Polizei zu rufen, weil sie alle dachten, die Polizei sei ja schon da. Und ich vermute, das Gebäude ist jetzt leer und wartet auf den Abriss."

Kip lächelte. „Können wir einen Haftbefehl bekommen? Vielleicht sind die Sachen von Jos noch da, und wir können ein paar mitnehmen. Er hat da Papierkram, den er braucht, und vielleicht auch seine und Isaacs Kleidung. Er hat fast nichts mitgenommen."

„Ich werde es versuchen", stimmte Aaron zu. „Es ist schwer, diesen Kerl zu fassen zu bekommen, und die Richter sind schon ganz skeptisch, weil wir nie genug Beweise haben. Vielleicht haben wir mehr Glück, wenn wir versuchen, nur Jostens Wohnung zu durchsuchen."

„Ja, tu was du kannst", sagte Kip.

„Ich weiß, dass ich Ihre Hilfe nicht verdiene, aber ich danke Ihnen sehr", sagte Jos.

Kip sah zu, wie Aarons Mund geschockt aufging. „Natürlich hast du meine Hilfe verdient. Jeder hat Hilfe verdient. Dafür sind wir da – um zu helfen, wo und wann immer wir können. Es spielt keine Rolle, wer man ist, ob man obdachlos ist oder nicht – wir sind hier, um zu helfen." Die Empörung in Aarons Stimme erfüllte den Raum. „Ich werde tun, was ich kann." Aaron stand auf und Kip dachte, er würde den Raum verlassen, aber er ging um den Tisch herum und neben Jos in die Knie. „Du brauchst vor der Polizei keine Angst zu haben. Ich weiß, dass viele Leute auf der Straße Angst vor uns haben, weil wir sie dazu bringen, weiterzuziehen, wenn sie eine Unterkunft finden, aber das ist nichts gegen sie persönlich. Wir hassen Obdachlose nicht." Aaron stand wieder auf, als Isaac in den Raum gerannt kam. Als er Aaron sah, blieb er stehen und ging langsam auf Jos zu.

„Bist du fertig?", flüsterte er laut. „Mr. Donald sagte, wir können Eis essen, wenn du fertig bist." Isaac hüpfte vom einen Fuß auf den anderen.

„Er ist fast fertig", sagte Kip zu ihm. Er ging zu ihm, nahm Isaac in seine Arme und pustete auf seinem Bauch. Isaac lachte aus vollem Hals und Kip wiederholte die Geste. Isaac kicherte und wand sich in seinen Armen. Ein paar Sekunden später sah Kip auf und stellte fest, dass Aaron und Jos ihn nicht nur ansahen, sondern auch die halbe Abteilung spähte durch die Tür. „Lass uns Mr. Donald finden, damit wir aufräumen und uns auf den Weg machen können. Jos und Officer Aaron werden sich unterhalten, und sie brauchen uns dabei nicht wirklich." Er trug Isaac in den Pausenraum, wo Donald und Alex am Tisch saßen.

„Ist er durch?", fragte Alex.

„Fast." Isaac zitterte praktisch vor Aufregung, dann drehte er sich zu ihm um. „Mama hat mir manchmal Eis gekauft, aber Jos nie."

„Wie war deine Mama so?", fragte Kip. Er dachte, es sei besser, Isaac dazu zu bringen, darüber zu reden, als die Tatsache zu ignorieren, dass seine Mutter tot war.

„Groß – nicht so groß wie du – und hübsch. Mama hat sich immer hübsch angezogen und ist ausgegangen." Isaac legte seine Arme um Kips Hals und seinen Kopf auf seine Schulter. „Ich will zu meiner Mama", sagte er leise. „Wir hatten eine Beerdigung für sie und sie ist weg, aber ich will Mama."

Kips Herz hüpfte und weinte zugleich. Dass Isaac sich an ihn wandte und ihm seine Sorgen anvertraute, war sowohl traurig als auch verblüffend. Es hatte nur wenige Male in seinem Leben gegeben, in denen er sich jemandem so nahe gefühlt hatte wie Isaac in diesen wenigen Minuten. Isaacs Unschuld und die Art, wie man sich um ihn kümmern musste, berührte etwas tief in ihm.

„Du solltest auf jeden Fall Vater werden", sagte Donald leise. „Dafür bist du bestimmt."

„Ich glaube nicht", sagte Kip.

„Es spielt keine Rolle, ob man schwul oder hetero ist, für die Art von Vater, die man ist. Ich glaube, dass Carter und ich gute Väter sind."

„Ich wünschte, ich hätte jemanden wie dich als Vater gehabt." Sein Vater war das perfekte Negativbeispiel gewesen, wenn es um Kindererziehung ging. Kip überlegte immer, was sein Vater wohl in einer Situation tun würde, und tat dann immer genau das Gegenteil. „Meiner hat mich nie so im Arm gehalten. Er ist zu keinem Turnier von mir gekommen oder zu einer Schulaufführung, bei der ich dabei war. Ich erinnere mich, wie er immer auf seinem Stuhl vor dem Fernseher saß, ein Bier in der Hand und das nächste Bier wartete schon auf dem Tisch." Eine Bewegung erregte seine Aufmerksamkeit und er drehte sich um, als Jos sich gegen den Türrahmen lehnte. Kip stellte Isaac auf die Beine und eilte zu Jos.

„Gibt es jetzt Eis?"

„Alex, du und Isaac räumt jetzt die Legos auf und dann gehen wir Eis essen." Donald reichte Alex die Tasche, und Isaac eilte herbei, um dabei zu helfen, die Blöcke wegzuräumen.

„Hast du Aaron alles erzählt, was er wissen wollte?"

„Ja. Er hat gesagt, wenn er den Durchsuchungsbefehl bekommt, wird er es mich wissen lassen, damit ich da hin und meine Sachen abholen kann. Er meinte, er würde sagen, dass sich in der Wohnung Diebesgut befindet. Das stimmt ja auch, Powers hat mir schließlich meine Sachen gestohlen. Er ist sich nicht sicher, ob die Klage durchgeht, da Powers behaupten wird, dass ich einfach nicht zurückgekommen bin, um meine Sachen zu holen, aber hoffentlich …"

„Wenn du an deine Papiere kommst, wäre das toll. Du könntest zwar auch Ersatzpapiere anfordern, aber das braucht viel Zeit, die du jetzt nicht hast." Donald zog Alex auf seinen Schoß und Jos setzte sich und ließ Isaac auf seinen Schoß klettern. Die offensichtliche Zuneigung zwischen Isaac und Jos war rührend und niedlich. Sie neigten sogar ihren Kopf in die gleiche Richtung, wenn sie zuhörten. Man konnte erkennen, dass sie Brüder waren, obwohl Isaac dank des hohen Altersunterschieds Jos' Sohn sein könnte.

„Ich werde es versuchen." Jos seufzte. „Das alles ist so überwältigend und ich kann kaum glauben, dass ihr mir helfen könnt. Ich erwarte jede Sekunde, dass gleich alles aufhört."

„Unsere Möglichkeiten sind begrenzt, aber natürlich werden wir dir helfen", sagte Kip und trat hinter Jos' Stuhl. Beinah hätte er seine Hände auf seine Schultern gelegt, aber er hielt sich gerade noch rechtzeitig zurück. Jos war jemand, dem er helfen wollte, und nicht Teil seiner Familie oder sein Freund.

„Warum hilfst du mir?", fragte Jos. „Ich meine, ich weiß, dass du Isaac helfen willst, aber ich weiß es trotzdem sehr zu schätzen."

Kip kniete sich neben Jos' Stuhl. „Ich würde auch helfen, wenn es nur um dich ginge. Hier geht es nicht nur um Isaac. Wie wäre es, wenn wir jetzt das Eis holen, und dann können wir an einem Laden anhalten, damit ich mein Versprechen einhalten und Isaac ein echtes Pferd besorgen kann."

Jos drehte sich zu ihm um, lächelte leicht und nickte dann. „Okay."

„Juhu!", sagte Isaac. Kip war sich nicht sicher, ob es um das Eis oder das Pferd ging, vielleicht ging es auch um beides. Er hatte keine Ahnung, und es spielte keine Rolle. Isaac war glücklich und nach ein paar Sekunden lächelte auch Jos.

„Seid ihr bereit?" Kip wartete, während Jos Isaac absetzte und seine Hand nahm, um ihn aus der Polizeistation zu führen. „Wir fahren dir hinterher", sagte Kip zu Donald und half Isaac, sich auf seinen Platz zu setzen. Dann wartete er darauf, dass Donald los fuhr, und folgte ihm die paar Blocks bis zum Bruster's.

KIP WAR glücklich. Isaac war satt und schlief auf dem Rücksitz und hielt das blonde Stoffpferd, das Kip ihm bei Walmart besorgt hatte. Sogar Jos schien zufrieden zu sein, als sie vor Kips Haus hielten. Als Kip das auf der gegenüberliegenden Straßenseite geparkte Auto erkannte, stieg er aus. Jeffrey tat dasselbe und ging zu ihm herüber.

„Ich dachte, ich gebe dir etwas Zeit, um dich zu beruhigen und über alles nachzudenken", sagte Jeffrey.

„Um über was nachzudenken?", fragte Kip. „Darüber ob ich meinen Job kündigen soll, damit mein Leben in deinen Zeitplan passt?"

Jos stieg aus dem Auto und half Isaac.

Jeffreys Gesichtsausdruck wurde eisig. „Wie ich sehe, hast du jemand anderen gefunden." Jeffrey trat näher. „Ich sehe, du magst sie jung… Sehr jung sogar." Er funkelte Jos an.

„Das reicht. Jos ist ein Freund, der ein wenig Hilfe braucht, also übernachten er und Isaac zurzeit bei mir."

„Wie nah genau seid ihr euch?", höhnte Jeffrey.

„Du warst derjenige, der sich streiten wollte und dann gegangen ist. Jetzt bist du zurück und benimmst dich kindisch. Dabei hast du keinen Grund, sauer zu sein. Du warst derjenige, der nicht glücklich war. Warum bist du also hier? Nichts hat sich geändert. Mein Zeitplan ist immer noch unvorhersehbar und ich werde nicht die ganze Zeit verfügbar sein können. Und das ist, was du von mir wolltest." Jeffreys Auftauchen war das letzte, mit dem er gerechnet hatte.

Jeffrey sah Jos an und drängte dann Kip ums Auto herum und den Bürgersteig hinunter. „Ich hatte die Gelegenheit, über die Dinge nachzudenken, und mir wurde klar, dass ich nicht fair zu dir war. Ich kam hier einfach an und hab von dir erwartet, dass du alles stehen und liegen lässt wegen mir. Das war nicht in Ordnung von mir ... Wir haben viel gemeinsam und hatten einige besondere Momente zusammen. Daher dachte ich, ich würde versuchen, hier noch einmal einen Job zu bekommen und dann könnten wir zusammen sein." Jeffrey lächelte sein strahlendstes Lächeln, das Kip sehr gut kannte.

„Das klingt nett, aber wenn du dir hier einen Job suchen möchtest, dann tu es für dich, nicht für mich. Ich will nicht, dass du wegen mir dein Leben änderst. Ich würde es für dich auch nicht tun", sagte Kip und starrte Jeffrey mit klaren Augen an. Jeffreys Lippen verzogen sich zu etwas, das Kip erst für ein Lächeln hielt, das sich jedoch schnell in ein höhnisches Grinsen und dann in eine Grimasse verwandelte. „Ich kündige meinen Job nicht und ich kann von dir nicht verlangen, dass du es tust."

„Verdammt, Kip. Ich bin den ganzen Weg hierher gefahren, weil ich dachte, wir hätten etwas, das dir was bedeutet."

„Das ist auch so."

„Aber es bedeutet dir nicht genug, ist es das?", fragte Jeffrey. Seine Stimme wurde lauter.

„Genug wofür? Um aufzuhören, mein Leben zu leben. Nur damit du glücklich sein kannst? Das ist es, was du willst, nicht wahr? Du willst, dass ich mit dem aufhöre, was ich liebe. Dass ich aufhöre, Polizist zu sein und eine andere Arbeit finde, sodass ich zu Hause bin, immer wenn du mich willst." Kip konnte sich gerade noch davon abhalten ihn anzuschreien. „Das werde ich nicht. Ich bin Polizist – es ist ein wichtiger Teil meines Lebens, und das werde ich nicht aufgeben. Das habe ich dir schon mal gesagt und nichts hat sich daran geändert. Ich kann nicht aufgeben, was ich liebe."

„Ich dachte, du liebst mich", sagte Jeffrey.

Kip drehte sich um und warf einen Blick auf Jos und Isaac, die beim Auto standen. Der kleine Isaac hielt das Plüschpferd fest umschlungen, das Kip für ihn gekauft hatte, und Jos biss sich nervös auf die Unterlippe.

„Hörst du mir überhaupt zu?", fragte Jeffrey. „Ich dachte, du liebst mich!" Er trat einen Schritt zurück. „Aber ich schätze, du hast mich nicht genug geliebt."

„Genug wofür? Um mein Leben und mich für dich aufzugeben? Liebe bedeutet, ein gemeinsames Leben aufzubauen, das darauf basiert, was beide Menschen wollen. Es geht nicht darum, deine Wünsche über die des anderen zu stellen, sondern darum, herauszufinden, was für beide am besten ist. Das hat dich nie interessiert. Nachdem du in Dickinson fertig studiert hattest, wolltest du immer nur, dass ich mich deinen Wünschen beuge. Ich habe das eine Weile versucht, aber es hat nicht funktioniert." Kip versuchte es so gut er konnte zu erklären, aber er war sich nicht sicher, ob es funktionierte. Dank Jeffreys Gesichtsausdruck war klar, dass er entweder nicht zuhörte oder kein wirkliches Interesse daran hatte, über Kips Gefühle nachzudenken.

„Also bin ich jetzt der Egoist. Ich bin neulich stundenlang hierher gefahren, nur um dich zu sehen, und ich dachte, du würdest deine Schichten tauschen oder was auch immer, damit wir etwas Zeit miteinander verbringen können. Aber das hast du nicht. Wir hatten Streit. Na und? Leute streiten sich halt manchmal. Sie ziehen deshalb nicht gleich in ein paar Tagen weiter und beschließen mit irgendwem auf heile Familie zu machen." Jeffrey deutete auf Jos und Isaac.

Bis dahin war es Kip gut gelungen, Jeffrey vor sich her schimpfen zu lassen, aber das hier war zu viel des Guten. „Sie sind Freunde, und das reicht jetzt", schrie er. Er sah, wie Isaac zusammenzuckte und sein Pferd fester umklammerte. „Du hast kein Recht, mir zu sagen, wie ich mein Leben leben soll, genauso wenig wie ich es dir vorschreiben kann. Du lebst in Pittsburgh, drei Stunden entfernt, und wir waren zuerst Freunde und dann wurde etwas mehr draus. Aber du weißt so gut wie ich, dass all dieses Drama hier unehrlich und falsch ist. Hier gibt es keine tiefen Gefühle. Du hast dich in deinem Ego verletzt gefühlt und bist zurückgekommen, um zu sehen, ob sich daran was machen lässt."

„Jetzt denkst du wohl, du bist Freud", sagte Jeffrey sarkastisch. „Versuch nicht, mich zu analysieren – das schafft dein Hirn eh nicht."

„Das reicht, Jeffrey. Steig jetzt bitte wieder in dein Auto und fahr los. Dieses Gespräch ist hiermit beendet."

„Sonst was?" Jeffrey trat noch näher. „Was hast du dann vor? Die Polizei rufen?" Er grinste. „Ich wette, deine Freunde würden gerne hören, dass der große starke Polizist nach Verstärkung rufen muss."

„Du machst dich zum Affen", sagte Kip, ohne an Jeffreys Köder anzubeißen. So machte er das immer. Es hatte eine Weile gedauert, bis Kip klar wurde, dass Jeffrey immer versuchte, die Stärke seines Gegners in eine Schwäche zu verwandeln, wenn er verlor.

„Ach, mach ich das?"

„Ja. Das machst du ganz sicher. Es tut mir leid, dass du den ganzen Weg hierhergefahren bist, aber du hättest vorher anrufen sollen. Wir hätten telefonieren können und dir die Reise erspart." Kip zeigte auf das Auto und wartete. „Du kannst ebenso gut nach Hause gehen. Du wirst mich nicht dazu bringen, nachzugeben, und dramatisch zu werden, wird auch nicht helfen." Kip blieb standhaft und starrte Jeffrey an, bis er sich umdrehte und die ersten Schritte zu seinem Auto machte.

„Das wird dir noch leidtun."

„Oh, bitte. Ich weiß, dass es mir nicht leidtun wird, und du klingst wie aus einem schlechten Film." Er beobachtete, wie Jeffrey endlich in sein Auto einstieg und aus seinem Parkplatz herausfuhr. Die Reifen quietschten und hinterließen eine schwarze Spur auf der Straße. Kip überlegte, ob er die Abteilung anrufen und ihn wegen seines Fahrens anhalten lassen sollte, aber er wollte, dass er so schnell wie möglich verschwand.

„Vielleicht sollten wir woanders hingehen", sagte Jos. „Ich möchte nicht zwischen dich und deinen Freund kommen."

Kip schüttelte den Kopf. „Er ist nicht mein Freund und war es auch nie. Er war ... Ich weiß nicht genau, was er war." Er ging zurück zu Isaac und Jos, die neben dem Auto standen. „Warum gehen wir nicht rein?"

„Dieser Mann hat geschrien", sagte Isaac. „Er war gemein und hat sein Gesicht verzogen." Isaac versuchte Jeffrey nachzuahmen, und Kip lachte, weil es ihm gar nicht mal so schlecht gelang.

„Ja, er hat sein Gesicht wirklich verzogen. Aber er ist jetzt weg, wahrscheinlich für immer."

„Tut es dir leid, dass er weg ist?", fragte Jos und Kip schüttelte den Kopf. Jos wandte sich ab. „Fällt es dir immer so leicht, Leute gehen zu lassen?"

„Nein", sagte Kip. „Aber es war einfach, Jeffrey gehen zu lassen. Er und ich hatten mal was. Aber es war eine Fernbeziehung, hauptsächlich körperlich und nichts Ernstes."

„Aber er hat gesagt ...", begann Jos.

„Jeffrey sagt fast alles, um seinen eigenen Willen durchzusetzen. Du hast das Auto gesehen, das er fährt. Es kostet mehr, als ich in zwei Jahren verdiene. Es war ein Geschenk seines Vaters, wie auch vieles von dem, was Jeffrey besitzt. Er ist es gewohnt, dass man ihm gibt, was er will, und ich wollte nicht eines dieser Geschenke an ihn sein." Kip wollte nicht vor Isaac darauf eingehen. „Also wie wirst du dein Pferd nennen?" Kip bat Isaac, das Thema zu wechseln.

„Äh ..." Isaac steckte seinen Finger in den Mund. „Eiskrem."

„Willst du es wirklich so nennen? Du kannst es nennen, wie du willst."

„Dann Spista... Wie das Eis, das du hattest."

„Pistazie", sagte Kip.

„Ja. So heißt es. Spistazie", sagte Isaac und umarmte das Pferd fest. „Kann ich spielen gehen?"

„Klar", sagte Jos.

„Warum spielst du nicht mit Pistazie auf der Veranda? So wird es nicht zu schmutzig", schlug Kip vor. „Ich kann Limonade holen und wir können alle eine Weile draußen sitzen." Frische Luft würde ihm jetzt auf jeden Fall guttun. Er ging voran und Isaac ging direkt zu einer der Korblounges und erklärte sie zu einem

Stall für „Spistazie". Jos saß steif auf einem der Stühle, während Kip hineinging. Er holte Limonade und brachte einen Krug und Tassen auf einem Tablett auf die Veranda.

„Dies wird wahrscheinlich einer der letzten wirklich schönen Tage des Jahres", sagte Kip. „Hier ist es, als würde jemand einen Schalter umlegen und der Frühling ist da, und dann wird der Schalter im Herbst wieder umgelegt und der Winter steht vor der Tür."

„Ich weiß", sagte Jos und lehnte sich in seinem Stuhl zurück, das Glas fest in beiden Händen. Er nahm ab und zu einen Schluck, beobachtete Isaac und sagte derweil überhaupt nichts. Kip sah Isaac eine Weile beim Spielen zu, aber sein Blick wanderte immer wieder zu Jos. Er dachte angestrengt nach. Kip konnte fast sehen, wie sich die Räder in seinem Kopf drehten. Er war schon oft ruhig mit Leuten zusammengesessen und hatte sich dabei vollkommen wohlgefühlt. Jetzt war es anders. Es schien, als würde der Druck in Jos von Sekunde zu Sekunde zunehmen.

„Was ist los?", fragte Kip schließlich.

„Ich denke, wir sollten gehen", antwortete Jos.

Kip seufzte. „Wo willst du denn hin? In eine Obdachlosenunterkunft? Zurück auf die Straße?" Es gab wirklich nur wenige Alternativen für Jos, aber Kip hielt inne, weil Jos aussah, als hätte er ihn geschlagen. „Verdammt, sorry, so habe ich das nicht gemeint. Wenn ich denke, dass du gehen musst, dann sage ich es dir. Zwischen mir und Jeffrey war es vorbei, bevor ich euch getroffen habe, und du hast nichts kaputt gemacht oder eine Beziehung ruiniert, denn die, die wir hatten, war schon vorbei. Er wollte es nur nicht akzeptieren. Das war's. Also mach dir keine Gedanken."

„Aber was –?"

„Hast du Angst?", fragte Kip. „Du siehst aus wie ein Kaninchen, das gleich abhaut."

„Ich habe immer Angst. Ich habe seit Wochen Angst. Meine Mutter ist gestorben und plötzlich bin ich Vater eines Vierjährigen. Das hat echt alles durcheinander gebracht. Aber gerade als ich die Dinge in den Griff bekommen habe, ist alles wieder auseinandergebrochen. Der Job und die Wohnung. Nicht, dass ich ohne Job sehr lange in der Wohnung hätte bleiben können, aber ich hatte sogar eine Tagesbetreuung für Isaac, weil sie ein kleines Zentrum an meinem Arbeitsplatz hatten. Seitdem ziehe ich von Obdachlosenheim zu Obdachlosenheim. Ich weiß nicht, woher unsere nächste Mahlzeit kommen soll. Manche Leute sagen mir, dass Isaac mit Fremden in einer Pflegefamilie besser dran wäre. Und dann tauchst du auf und ich weiß nicht mehr, was ich denken soll. Du und Donald sind die ersten Leute, die wirklich versucht haben, mir zu helfen, und mir nicht nur etwas zu essen geben und mir dann sagen, dass ich weiterziehen soll."

„Das war gerade mehr als du je zuvor am Stück zu mir gesagt hast."

„Kann sein. Ich kann nicht umhin zu denken, dass deine Hilfe nicht lange anhält und dann bin ich gleich wieder in der Situation, in der ich vorher war."

„Aber das wirst du nicht sein. Wenn Donald Isaac helfen kann, Hinterbliebenenleistungen zu bekommen, dann wirst du finanzielle Unterstützung bekommen, bis er achtzehn ist. Das wird sicher kein riesiger Betrag sein, aber es ist sicheres Geld. Außerdem werden Donalds Bekannte versuchen, eine Wohnung bei einem seriösen Vermieter zu finden."

„Es ist schwer, jemanden Dinge für mich tun zu lassen, wenn …" Jos hielt inne und schluckte. Kip beobachtete, wie sich seine zarte Kehle bewegte und er wusste, dass er Jos nicht so genau beobachten sollte. Natürlich half es nicht, dass er sich manchmal sicher war, dass Jos ihn auch beobachtete.

„Es kann schwer sein, Menschen zu vertrauen", fuhr Kip fort. „Es ist einfacher, sich auf sich selbst zu verlassen, aber du kannst nicht alles alleine machen. Um dein Leben wieder in den Griff zu bekommen, wirst du Hilfe annehmen müssen. Und dein Hauptaugenmerk muss auf Isaac liegen."

„Aber …"

„Ich werde dir nicht wehtun, und Donald auch nicht. Denk doch mal so: Uns zu vertrauen kostet dich nichts. Du kannst gehen, wann du willst, und wenn das, was Donald und ich versuchen, nicht funktioniert, bist du nicht schlechter dran als vorher. Aber du könntest auch viel besser dran sein, mit einem Zuhause und finanzieller Unterstützung für Isaac. Du musst dir nur von uns helfen lassen."

Jos nahm einen Schluck, die Eiswürfel stießen gegen die Innenseite des Glases, dann sagte er: „Aber warum solltest du das wollen? Warum machst du dir all diese Mühe für mich … für uns? Wir sind nicht deine Familie, und du kennst uns überhaupt nicht."

„Wir kennen dich", sagte Kip. „Sowohl Donald als auch ich sehen jeden Tag Menschen, die Hilfe brauchen. Manchmal sind sie Opfer von Verbrechen und manchmal nur Opfer der Grausamkeit des Lebens. Wir alle versuchen zu helfen. Deshalb ging Donald in die Sozialarbeit und ich wurde Polizist. Irgendwann erzähle ich dir, wie Alex zu ihnen kam. Es wird dir das Herz brechen. Ich kannte damals weder Carter noch Donald, aber was sie für Alex getan haben, hat mir die Augen geöffnet und wir wurden Freunde."

„Warum hilfst du uns dann?"

Kip antwortete nicht sofort.

„Ernsthaft, warum?"

„In Ordnung. Vor einem Jahr bekam ich diesen Anruf. Es war wegen einer häuslichen Störung. Wir haben eine Frau fast tot aufgefunden, und sie ist später gestorben. Wir haben den Kerl in Gewahrsam genommen. Er war ein echt fieser Kerl, und er verdiente sein Geld damit, Kinder Dinge tun zu lassen, die kein Kind jemals tun sollte." Kip atmete ein paar Mal durch, um seinen Kopf freizubekommen und sich auf die Geschichte zu konzentrieren. Obwohl er Polizist war, gab es einige Dinge, die ihn sehr mitnahmen.

„Ich habe mit Carter telefoniert. Er ist ein Computerfreak, aber er ist seiner Spürnase durchs Haus gefolgt. Er fand Spielzeug, aber kein Kind. Ich dachte, er sei verrückt, als er auf den Dachboden gegangen ist. Aber dort hat er Alex gefunden. Er war in Isaacs Alter und dieser kleine Junge war durch die Hölle gegangen. Er war total fertig, aber Carter kümmerte sich um ihn. Ich dachte, er wäre verrückt, sich darauf einzulassen. Lass die Sozialdienste ihr Ding machen – so könnte er sich raushalten."

„Aber das hat er nicht getan?"

„Nein. Er hat mir später erzählt, dass er Donald dazu gebracht hat, Alex mitzunehmen. Um es kurz zu machen, sie verliebten sich ineinander, während sie sich um Alex kümmerten. Er hat sie zusammengeführt."

„Erwartest du das jetzt auch? Dass Isaac dich und mich irgendwie zusammenbringen wird? Dass du wegen ihm Liebe finden wirst?", fragte Jos skeptisch.

„Nein, das erwarte ich nicht. Aber mir wurde klar, dass ich, wenn es nach mir gegangen wäre, wahrscheinlich das Haus verlassen hätte, ohne den Dachboden zu überprüfen und der kleine Alex allein dort oben geblieben wäre. Verdammt, er hätte sterben können. Das war ein echter Augenöffner, und ich sagte mir, dass ich, wenn es jemals wieder passieren sollte, eingreifen und tun würde, was ich kann, um zu helfen. Das habe ich also versucht. Ich hätte es tun sollen, als ich dir zum ersten Mal begegnet bin, aber durch ein Wunder bekam ich eine zweite Chance und Gott sei Dank war ich rechtzeitig da." Kip seufzte. Er war so nah dran gewesen, zweimal den gleichen Fehler zu machen. „Manchmal reicht es nicht, Polizist zu sein und zu versuchen, Menschen zu helfen. Es gibt Zeiten, in denen man einfach etwas mehr tun muss." Er lehnte sich zurück. „Also tue ich das."

„Und was erwartest du dafür?", fragte Jos in einem harten Tonfall.

Isaac nutzte diesen Moment, um zu lachen und Pistazie aus seinem „Stall" zu holen und begann über die Veranda zu galoppieren, wobei er Pferdegeräusche machte. Kip folgte ihm mit den Augen und lächelte.

„Ist das nicht mehr als genug?", fragte Kip und Jos nickte mit Tränen in den Augen. „Er ist glücklich und sein Lächeln …"

„Ich weiß", sagte Jos. „Ich habe versucht, ihn glücklich zu machen, aber anscheinend kann ich es nicht. Alles, was ich anfasse, geht kaputt, und jetzt zahlt er den Preis dafür."

„Ihr bezahlt beide für Dinge, die außerhalb eurer Kontrolle liegen, und ihr seid nicht allein. Weißt du, wie viele Leute nur ein oder zwei Gehaltsschecks davon entfernt sind, das durchzumachen, was dir passiert ist? Eine ganze Menge. Du warst derjenige, gegen den sich alles zu verschwören schien. Aber ein Teil davon liegt daran, dass du nicht wusstest, dass es Hilfe für dich gibt. Ein Sozialarbeiter hätte dir helfen sollen, als du das Sorgerecht für Isaac bekommen hast. Er hätte dir bei der Anmeldung zur Hinterbliebenenleistungen helfen und dir erklären sollen, welche

Möglichkeiten du hast und wie dir geholfen werden kann. Stattdessen wurdest du allein gelassen."

„Aber wenn ich vorbereitet gewesen wäre …", sagte Jos. Er stand auf, hob Isaac in seine Arme und setzte sich dann wieder, mit Isaac auf seinem Schoß.

„Wer ist jemals richtig auf die Elternschaft vorbereitet?", fragte Kip. „Normalerweise haben die Leute neun Monate Zeit, aber frischgebackene Eltern sind irgendwann fast immer überfordert. Du hast versucht, dein Leben auf die Reihe zu kriegen, und jetzt musst du dich plötzlich um zwei Menschen kümmern. Das birgt weitere Herausforderungen. Also mache dir keine Vorwürfe und konzentriere dich darauf, das beste Leben zu führen, das du führen kannst."

Jos nickte.

„Hast du schon einmal darüber nachgedacht, einen neuen Job zu suchen?"

„Ja. Aber …"

„Ich meine nicht jetzt sofort. Aber denk darüber nach, was du tun willst. Ich meine, was du wirklich willst. Ich wette, Donald könnte dir helfen, wenn du noch mal zur Schule gehen willst. Es gibt viele Programme und viel Hilfe. Du musst nur wissen, was du willst."

„Ich will mich selbst ernähren können, ein Haus haben, das mir gehört, und wissen, dass Isaac sicher, satt und gesund ist. Das ist alles, was ich wirklich will. Alles andere ist unwichtig", antwortete Jos. „Ich kann im Moment nicht an andere Sachen denken. Er ist am wichtigsten."

„Ich weiß –"

„Nein, tust du nicht", unterbrach Jos ihn. „Ich weiß, dass du versuchst, längerfristig zu denken, aber das Hier und Jetzt ist das Problem. Hoffnungen für die Zukunft kommen, wenn wir genug zu essen haben." Isaac wand sich und Jos ließ ihn von seinem Schoß rutschen. Er rannte zu seinem Plüschpferd zurück und begann wieder zu spielen. Dabei plapperte er wie verrückt und erzählte „Spistazie" alles.

„Früher hatte ich Träume. Große Träume. Ich wollte Ingenieur werden, der Zugtyp, und dann Arzt. Ich wollte sogar eine Zeit lang Polizist werden. Selbst als ich einen Job im Lager hatte, habe ich hart gearbeitet und ihn so gut ich konnte gemacht, in der Hoffnung, dass jemand auf mich aufmerksam wird und mich befördert. Auf der Straße sind die Sorgen viel unmittelbarer. Wie halte ich mich vom Regen fern? Wie bekomme ich genug zu essen? Wie stelle ich sicher, dass ich nicht ausgeraubt oder verletzt werde … oder vielleicht noch irgendwas Schlimmeres."

„Ich wollte dir nur helfen", sagte Kip. „Wenn du nicht weiter in die Zukunft gucken kannst, dann ändert sich auch nichts."

„Aber ich kann nicht daran denken, was ich in fünf Jahren machen möchte, wenn Isaac jetzt in diesem Moment nicht genug zu essen hat. Das ist alles, woran ich denken kann. Jetzt ist er satt und glücklich, was eine Erleichterung ist, also frage ich mich, wie ich ihm seine nächste Mahlzeit besorgen und sicherstellen kann, dass er in Sicherheit ist und nicht krank wird. Das ist alles, woran ich denke, und ich weiß, dass du sagen wirst, dass wir hier zu Abend essen werden. Aber was ist in ein paar Tagen oder in einer Woche? Da könnten wir gleich wieder da draußen auf der Straße sein." Jos' Stimme wurde lauter und seine Augen größer. Er lehnte sich im Stuhl zurück, schnappte nach Luft wie kurz vor einer Panikattacke. Kip sprang auf, nahm ihm das Glas ab und stellte es beiseite. Dann zog er Jos' Arme über seinen Kopf, um seine Brust zu dehnen und damit sich seine Lungen leichter mit Luft füllten.

„Alles wird gut."

Isaac rannte hinüber und legte Pistazie auf Jos' Schoß. „Mir geht es gut", sagte Jos und Kip ließ seine Arme los. Jos nahm Pistazie in seine Arme und umarmte ihn.

Isaac wimmerte und Kip hob ihn auf seinen Schoß. „Jos ist ein bisschen wütend, aber nicht auf dich. Geh und spiel noch ein bisschen. Wir sind gleich wieder bei dir."

Isaac wandte sich an Jos. Er war offenbar nicht überzeugt. Jos zwang sich zu einem Lächeln und gab Isaac Pistazie zurück. „Geh und spiel weiter", flüsterte er. „Es geht mir gut." Isaac nahm sein Pferd und Kip setzte ihn wieder ab.

„Als erstes: du wirst nicht wieder auf der Straße landen. Das wird nicht passieren. Donald wird dir helfen, und ich auch." Kip legte seine Hand auf Jos' Schulter. Er meinte es nur als Geste des Trostes, aber die Hitze, die ihn durchfuhr, war fast überwältigend. Kip hätte seine Hand wegziehen sollen, aber er wollte nicht, dass das falsch interpretiert wurde, also ließ er sie, wo sie war, und bewegte sanft seine Finger.

„Ich kann nicht aufhören, mir Sorgen zu machen", sagte Jos. „Was wäre, wenn Tyler sich auf Isaac statt auf mich gestürzt hätte?" Er begann wieder zu hyperventilieren.

Kip beruhigte ihn, so gut er konnte. „Das hat er aber nicht getan, und ihr seid jetzt hier, wo es sicher ist. Tyler sitzt hinter Gittern, wo er hingehört. Du musst dir keine Sorgen mehr um ihn machen."

Die Art und Weise, wie Jos versuchte, sich auf dem Stuhl zusammenzurollen, ließ ihn klein erscheinen. Fast so als hoffe er, wenn er sich so nur klein genug machte, komplett verschwinden zu können. „Ich kann nicht anders, als mir Sorgen zu machen. Isaac verdient etwas Besseres. Ich muss einen Weg finden, um sicherzustellen, dass so etwas nicht noch einmal passiert."

„Was du tun musst, ist aufzuhören, dir selbst die Schuld für das zu geben, was passiert ist, und zu versuchen, dir selbst zu vergeben. Schuldgefühle sind scheiße, und sie können über unser ganzes Leben überhandnehmen."

„Wofür musst du dich denn schuldig fühlen?", fragte Jos. „Du hast alles und du hattest Eltern, die dich liebten und sich um dich kümmerten. Ich wette, für dich war alles perfekt."

„Das ist keine Wette, die du gewinnen kannst", erwiderte Kip und zog seine Hand weg. Er griff nach seinem Glas und wünschte sich höllisch, darin wäre etwas

Stärkeres als Limonade. „Wir alle haben Dinge, für die wir uns schuldig fühlen."
Kip stand auf und ging ins Haus. Er schloss die Haustür und ging in die Küche. Er
stellte sein Glas ab und legte beide Hände auf die Granittheken, die seine Mutter
kurz vor ihrem Tod gekauft hatte. Es war an ihm, nicht zu hyperventilieren, als Wut
und lang anhaltende Schuldgefühle in ihm aufstiegen.

Nach ein paar Minuten hörte er, wie sich die Haustür öffnete und schloss,
dann erklangen leise Schritte. Kip stieß sich von der Theke ab und öffnete die
Gefrierschranktür. Er brauchte einen Vorwand, etwas, um seine Handlungen zu
vertuschen. Er entschied sich, mehr Eiswürfel zu holen. Er warf einen weiteren
Eiswürfel in sein Glas, legte den Eiswürfelbehälter zurück und schloss die Tür.

„Es tut mir leid", sagte Jos. „Ich hätte dich nicht anschnauzen sollen. Es ist
einfach manchmal schwer, es den Leuten verständlich zu machen, und ich habe
mich aufgeregt und …" Jos starrte auf den Boden.

„Es war nicht deine Schuld." Eine alte Wunde, die ihn schon sehr lange
begleitet hatte, hatte sich plötzlich entschlossen, im großen Stil aufzuplatzen. „Geh
zurück zu Isaac. Ich komme gleich nach."

Jos drehte sich um und ging. Kip ging nach oben in das Gästezimmer
im dritten Stock. Der Raum war klimatisiert und beheizt, also nutzte er ihn als
Lagerraum. An der Wand standen übereinandergestapelte Plastikwannen. Kip
überflog die Etiketten, bis er das Richtige fand. Er bewegte die Wannen umher, bis
er die fand, die er suchte, und öffnete sie.

Darin befanden sich Spielzeug. Kip fand ein paar Puppen, mit denen viel
gespielt worden war. Er hob sie heraus und legte sie beiseite. Er nahm einen
Stoffbären heraus und legte ihn ebenfalls beiseite. Dann fand er, wonach er gesucht
hatte: ein braunes Pferd mit einem dunklen Plastiksattel. Er hob es hoch und starrte
es an. Dann schüttelte er den Kopf, räumte alles zurück und legte den Deckel
wieder auf die Wanne, bevor er sich die Tränen aus den Augen wischte. Er zog die
nächste Wanne hervor und hob den Deckel. Dann packte er sie beide und verließ
den Raum, trug sie die Treppen hinunter und hinaus auf die Veranda.

Er stellte die Wannen ab, und Isaac eilte herüber und spähte hinein, während
Kip den Deckel der oberen Wanne anhob. „Das waren meine, als ich ein Kind
war, und ich dachte, du könnest mit einigen davon spielen." Kip zog verschiedene
Lastwagen und Autos heraus und stellte sie auf den Boden der Veranda. Isaac quiekte,
ließ sich auf den Boden fallen und begann, mit den Autos zu spielen. Kip hatte ein
paar Minuten gebraucht, um seinen Kopf freizubekommen. Die Spielsachen für
Isaac zu holen, war genau die Pause gewesen, die er gebraucht hatte. Und nach
Isaacs Reaktion zu urteilen, war die Entscheidung eine gute gewesen.

„Du verwöhnst ihn", sagte Jos zu ihm, als Kip sich setzte.

„Er verdient es, für eine Weile verwöhnt zu werden, und du auch", konterte
Kip. Es fiel ihm schwer, still zu sitzen, und er ging wieder hinein und kam ein paar
Minuten später mit einem Teller Käse, Crackern und Weintrauben zurück. Er stellte
den Teller auf einen der Beistelltische und setzte sich wieder hin.

„Du versuchst mich zu mästen", beschuldigte Jos ihn, während er eine Scheibe Käse auf einen Cracker legte.

„Du bist zu dünn und das weißt du", sagte Kip. „Also iss und entspann dich. Isaac ist glücklich und ihr seid beide in Sicherheit." Er setzte sich und lehnte sich in seinem Stuhl zurück und schloss seine Augen. Sofort übernahm seine Vorstellungskraft die Kontrolle.

„Warum grinst du so?", fragte Jos nach ein paar Sekunden.

Kip schüttelte den Kopf. „Es ist nichts", log er. Er würde auf keinen Fall zugeben, dass er neben Jos gesessen und sich vorgestellt hatte, wie er nackt aussah und wie er sich unter der Kleidung wohl anfühlte. In seiner Phantasie hörte er Jos sanft stöhnen und Kip beugte sich vor. Er hoffte, dass man ihm seine Gedanken nicht ansah. Er hatte einen Steifen, aber es wäre nicht gut, wenn das jemand sah. „Ich habe gerade nachgedacht." Er musste aufhören, diese Gedanken zu haben. Es war nicht richtig und es konnte nichts daraus werden.

„Kip", sagte Jos. Kip errötete und fragte sich, ob er etwas bemerkt hatte. „Ich sehe, dass du mich manchmal ansiehst."

Kips Wangen wurden heiß. „Es tut mir leid. Ja, es stimmt, ich seh dich an. Aber das heißt nicht … Ich bin nicht wie Tyler, weißt du." Woher war das denn gekommen? Es schien kaum möglich, dass Jos erst seit einem Tag bei ihm war.

„Ich weiß. Du würdest nie tun, was er versucht hat", sagte Jos und beugte sich in seinem Stuhl vor. „Ich bin schwul, nur damit du es weißt. Du musst dir also keine Sorgen machen, dass mich deine kleinen Tagträume irritieren."

Kip schluckte. „Selbst wenn ich zugeben würde, dass es darin um dich ging?"

„Das habe ich mir gedacht", sagte Jos mit einem Lächeln und lehnte sich in seinem Stuhl zurück. Kip tat dasselbe und lauschte den fröhlichen Geräuschen von Isaac, während er Autos über die Veranda fuhr. Nach einer Weile spielte Isaac wieder mit seinem Pferd, aber aus irgendeinem Grund machte Pistazie jetzt die gleichen Geräusche wie ein Lastwagen.

Als Isaac sagte, er sei hungrig, machte Kip das Mittagessen und sie aßen auf der Veranda. Es war ein spätes Mittagessen wegen ihrer außerplanmäßigen Eispause, aber das war in Ordnung. Isaac spielte den Rest des Nachmittags auf der Veranda und Jos beobachtete ihn. Kip hoffte, er hätte sich vielleicht etwas entspannt. Er schlief sogar für eine Weile ein. Kip wertete das als Zeichen, dass Jos sich in seiner Nähe wohlfühlte.

Als Isaac später am Nachmittag auf Jos' Schoß kroch und sich neben ihn zusammenrollte, fragte sich Kip, ob etwas nicht stimmte, aber Isaac legte seinen Kopf einfach auf Jos' Schulter und döste ein.

„Kip", flüsterte Jos nach einer Weile. „Ich muss mal rein. Würdest du bitte …?" Er stand auf und übergab ihm Isaac mit einer sanften Bewegung. Kip erwartete, dass Isaac dabei aufwachen würde, aber er schlief weiter und schmiegte sich an Kip. Er rührte sich kaum. Jos legte Pistazie in Isaacs Arme und er zog das Pferd fest an sich. „Ich bin sofort wieder da."

Kip nickte und betrachtete den kleinen Körper und das Engelsgesicht, das auf seinem Schoß ruhte. Kip strich eine einzelne Strähne aus Isaacs Stirn und sah ihm beim Schlafen zu. Als Jos zurückkam, fragte Kip, ob er ihn wieder auf den Arm nehmen wolle und er war überglücklich, als Jos den Kopf schüttelte und sich im Korbsessel streckte. „Du kannst ruhig schlafen gehen, wenn du willst. Ich schaffe das schon mit ihm."

Kip versuchte sich daran zu erinnern, wann er das letzte Mal einen Nachmittag lang rein gar nichts getan hatte. Auch wenn er nicht bei der Arbeit war, tat er fast immer etwas. Im Haus gab es immer irgendwas zu tun und während er hier saß, dachte er an die Liste der Dinge, die es noch zu erledigen gab. Als er mit Jeffrey zusammen gewesen war, war ihm diese Liste von Dingen immer so wichtig gewesen, aber im Moment erschien sie ihm zweitrangig. Wichtiger war es, die Ruhe dieses warmen Herbsttages zu genießen, der vielleicht der letzte des Jahres war.

„Nein!", murmelte Jos und rührte sich. Er stöhnte und wimmerte leise. Kip legte sanft seine Hand auf Jos' Rücken und ließ sie dort, um ihn wissen zu lassen, dass er nicht allein war. Jos murmelte noch etwas und beruhigte sich dann wieder.

Ein paar Minuten später wachte Isaac mit einem Ruck auf und wimmerte genau wie sein Bruder. „Ist schon in Ordnung. Ich bin's nur. Kip." Pistazie war aus Isaacs Armen gefallen. Er hob ihn vom Boden auf und hielt ihn ein paar Minuten lang fest, bis Isaac sich wand, weil er heruntergelassen werden wollte. „Du musst beim Spielen aber leise sein."

Isaac nickte und legte einen Finger an seine Lippen, machte ein „Pssst" in Richtung Pistazie, bevor er zum anderen Ende der Veranda und zum Chaiselongue-Stall ging.

„Wo ist Isaac?", fragte Jos erschrocken und setzte sich aufrechter hin.

„Er spielt mit seinem Pferd", sagte Kip ruhig, und Jos seufzte und drehte sich um, sodass seine Füße auf dem Boden standen. „Oh Mann. Ich habe geträumt, dass ihn jemand mitgenommen hat, und als ich ihn zurückholen wollte, war er weg und ich konnte ihn nicht finden. Und irgendwelche Leute, die keine Gesichter hatten, sagten mir immer wieder, dass es ihm jetzt besser ging, und nach einer Weile hab ich ihnen geglaubt …"

„Es war nur ein Traum. Isaac ist hier bei dir und es geht ihm gut", sagte Kip sanft. „Nichts aus deinem Traum wird passieren."

„Woher weißt du das?", fragte Jos. „Ich weiß, dass du letzte Nacht gegen die Regeln verstoßen hast. Du hast das Jugendamt nicht angerufen, als du uns gefunden hast. Warum, glaubst du, musste ich so schnell wie möglich weg? Ich werde nicht zulassen, dass jemand mir Isaac wegnimmt. Wir haben nur uns beide, und ich kann ihn nicht allein lassen, nicht nach dem, was mit Mom passiert ist."

„Donald und ich werden das nicht zulassen." Warum er so verdammt überzeugt davon war und Jos so vertraute, war ihm ein Rätsel. Er war Polizist; er sollte es besser wissen, als einem Fremden einfach so zu vertrauen. Er sah jeden

Tag Dinge, die ihn überzeugten, dass er viel vorsichtiger sein musste, als er war, und doch hatte Jos es ganz leicht geschafft, seine harte Schale zu knacken und seinen Zynismus zu überwinden.

Sein Telefon vibrierte in seiner Hosentasche. Kip las die Nachricht und sagte dann: „Aaron hat die richterliche Anordnung und sie gehen jetzt zur Wohnung. Er sagt, ich soll in einer halben Stunde vorbeikommen. Dann sollten wir uns da umsehen können."

Jos wirkte nervös und wandte sich ab. Gerade hatte Kip sich noch ermahnt, weil er nicht vorsichtig genug gegenüber Jos war, und jetzt wuchs doch das Misstrauen in ihm. „Gibt es da etwas, von dem du nicht willst, dass es jemand findet?"

Jos drehte sich wieder zu ihm um. „Wie würdest du dich fühlen, wenn Leute deine Sachen durchwühlen?"

„Das werden sie nicht. Aaron hat einen Durchsuchungsbefehl bekommen, weil sich auf dem Gelände gestohlenes Eigentum befindet: deins. Er behauptet, dass Powers dir durch den illegalen Rauswurf dein Eigentum gestohlen hat. Hoffentlich stimmt das Gericht dem zu, aber Powers hat sicher einen Haufen Anwälte mit einer Million Ausreden." Kips Telefon summte wieder. „Wir müssen gehen", sagte er und stand auf. „Bring Isaac ins Auto. Powers war bereits dabei, das Gebäude abzureißen."

Kip rief Aaron an. „Wie konnte das so schnell passieren?", fragte er, als Aaron abnahm.

„Ich habe hier jemanden, der das gerade überprüft, aber es sieht so aus, als ob die Genehmigung heute erteilt wurde und er hat sich sofort ans Werk gemacht. Wir konnten den Abriss gerade stoppen, aber die Bulldozer haben bereits das halbe Gebäude abgerissen." Kip öffnete die Tür zu seinem Auto und startete den Motor. Sobald Jos Isaac auf seinen Platz gesetzt hatte und die Türen geschlossen waren, sauste er in Richtung der anderen Seite der Stadt.

„BLEIB HIER", sagte Kip. Er ließ die Fenster herunter, dann stieg er aus und ging zu Aaron hinüber. Eine ganze Seitenwand der Backsteinkonstruktion war schon abgerissen. „Verdammt."

„Da sagst du was. Da war Jostens Wohnung", sagte Aaron und zeigte auf die unbeschädigte Seite des Gebäudes.

„Was machen wir jetzt?"

„Die Wohnung scheint unbeschädigt zu sein, und ich habe den Abriss vorerst gestoppt."

„Hat sich noch jemand beschwert?", fragte Kip.

Aaron nickte. „Die Wohnungen scheinen größtenteils leer zu sein. Als ich in die mit der fehlenden Wand reingesehen habe, hab ich ein paar alte Möbelstücke gesehen, aber fast alles war weg. Ich konnte nicht in die Einheit da oben sehen, aber ich glaube langsam, dass Josten der einzige war, der noch hier gewohnt hat."

„Glaubst du, Jos hat uns angelogen?"

Aaron schüttelte den Kopf. „Ich glaube, Powers hat gelogen. Er ist mit einem Polizisten aufgekreuzt, damit er seine Macht demonstrieren konnte. Er sagt allen im Gebäude, dass die Wohnungen geräumt werden und dass sie sich zum Teufel scheren sollen. Die wenigen anderen Mieter holen sich ihre Sachen, wenn die Show vorbei ist, und räumen die Wohnungen. Josten weiß nicht, dass das ganze nur eine Farce ist und er hat keinen anderen Ort, an den er gehen kann. Also schnappt er sich, was er gerade noch kann und geht in ein Obdachlosenheim."

„Verdammt", fluchte Kip.

„Der Typ ist grausam. Er ist grausam und widerwärtig. Aber er hat bekommen, was er wollte. Das Gebäude ist leer und es gibt keine Mietverträge, und niemand beschwert sich, weil sie eine Heidenangst haben. Er bekommt eine Genehmigung, und das Gebäude wird abgerissen ... Alles ist weg, und dann kann er das Land verkaufen."

„Also, was machen wir jetzt?"

„Der Abriss ist pausiert, aber das Gebäude ist jetzt nicht mehr stabil."

„Können wir hineingehen?"

„Red ist schon drin. Er wollte sich umschauen", erklärte Aaron. Kip drehte sich zur Tür um, und Red kam heraus und ging zu ihnen hinüber.

„Diese Seite des Gebäudes scheint im Moment noch stabil zu sein. Die Wände und die Decke sind intakt und es sind keine Risse zu sehen. Diese Häuser wurden ziemlich solide gebaut. Ich würde sagen, gib dem Mieter eine Stunde, um das Notwendige herauszuholen, und dann müssen wir die Wohnung beschlagnahmen und sie aus Sicherheitsgründen abreißen lassen. Ich habe drinnen Bilder gemacht, falls Anzeige erstattet wird. Aber der Ort ist jetzt eine Gefahrenzone und die Tür war nicht abgeschlossen, als ich hier ankam, daher fürchte ich, dass alles Wertvolle schon weg ist."

Kip seufzte. *Ein weiterer Schlag für jemanden, der schon viel zu viel mit Füßen getreten wurde.* „Ich hole Jos und er kann entscheiden, was wir tun", sagte Kip und eilte zurück zum Auto. „Du kannst rein und dir das holen, was dir wichtig ist. Das Gebäude scheint vorerst stabil zu sein. Ich bleibe bei Isaac." Kip öffnete den Kofferraum. „Pack alles, was du findest, in den Kofferraum."

„Kann ich die Einkaufstüten benutzen?", fragte Jos.

„Klar. Nimm dir, was immer du brauchst", sagte Kip, als er Red kommen sah.

„Ich kann dir helfen", bot Red an.

„Jos, das ist Red. Er ist ein Polizist und ein Freund von mir."

„Danke", flüsterte Jos sichtlich überwältigt. „Ich weiß nicht einmal, wo ich anfangen soll."

„Fotos, Papiere – was immer für dich und Isaac am wichtigsten ist", sagte Kip und wünschte, er könnte ihm helfen. Aber jemand musste bei Isaac bleiben und bei einem völlig Fremden würde Isaac ausflippen. Jos nickte und Red führte ihn ins Gebäude.

KIP SAß neben Isaac und tat sein Bestes, um ihn zu unterhalten. Dabei blickte er auf das, was vom Gebäude noch übrig war und machte sich Sorgen. Jos kam mit seinen Armen voller Kleider für ihn und Isaac heraus. „Kannst du hierbleiben? Ich werde einfach hinten am Auto warten", sagte Kip zu Isaac und ließ die Tür offen, damit etwas Luft in den Wagen kam. Er nahm die Ladung entgegen, und Jos eilte wieder ins Haus. Kip tat sein Bestes, um die Sachen zu falten und in Tüten zu packen und den Kofferraum zu ordnen. Als Jos wieder herauskam, trug er noch ein paar Taschen und Red folgte ihm.

„Das ist alles", sagte Jos. „Die Leute haben alles durchwühlt." Seine Lippen bebten. „Der Fernseher und all so was war weg. Die Sachen waren alt, aber trotzdem hat sie jemand geklaut."

Red stellte eine Tasche in den Kofferraum. „Ich habe ein paar Bilder gefunden und sie in die Tasche gepackt. Ein Teil des Glases war zerbrochen, aber ich dachte, die Bilder selbst sind schließlich das wichtigste."

Jos nickte. Er sah aus, als würde er gleich weinen. „Ich habe die Papiere gefunden, von denen Donald gesagt hat, dass er sie braucht. Sie lagen in einem Haufen Zeugs, das auf den Boden geworfen war."

„Wir waschen alle Kleider, wenn wir sie nach Hause bringen. Hast du etwas von Isaacs Spielzeug gefunden?"

Jos schüttelte den Kopf. „Ich habe versucht, den Bären zu finden, den Mom ihm geschenkt hat. Er hat immer neben ihm im Bett geschlafen. Ich konnte ihn nicht finden, als wir rausgeschmissen wurden, also mussten wir ohne ihn los und jetzt habe ich ihn gerade auch nirgendwo gesehen. Warum sollte jemand den stehlen?" Jos legte sich die Hände vors Gesicht. „Wieso? Es war nur ein dummer Bär. Es bedeutete niemandem etwas außer Isaac und mir."

„War da noch irgendwas anderes drin, das du rausholen wolltest?"

„Die Möbel habe ich alle in Secondhand-Läden für ein paar Dollar gekauft. Alles, was ich wollte, waren Isaacs Sachen. Es war das einzige Zeug, das uns etwas wert war."

„War noch etwas Wertvolles drin?", fragte Aaron und Jos brach zusammen, als Red den Kopf schüttelte. „Das tut mir leid."

„Kriegst du den Bastard dran?", fragte Jos, bevor Kip ihn in seine Arme nahm. Er trug gerade keine Uniform, und es interessierte ihn zu diesem Zeitpunkt auch nicht, was sich die anderen Beamten dachten. Jos war gerade kurz davor zusammenzubrechen. Es schien, als ob jeder guten Nachricht eine bittere Enttäuschung folgte.

„Was ist hier los?", fragte eine raue Stimme. „Dieses Gebäude sollte inzwischen abgerissen sein. Warum wurde pausiert?"

53

„Und Sie sind wer?", fragte Aaron mit eindringlicher Stimme. „Wir haben einen Durchsuchungsbefehl und dafür wurde der Abriss pausiert."

„Ich bin Gordon Powers. Ich besitze dieses Grundstück und ich habe eine Abrissgenehmigung."

„Dieses Gebäude enthielt Eigentum, das Ihnen nicht gehörte", erklärte Aaron.

„Das ist aber schade. Die Mieter wurden rechtzeitig informiert und hatten wochenlang Zeit, ihren Besitz aus den Wohnungen zu holen. Die Schlösser wurden vor zwei Wochen ausgetauscht und wir haben keine Zugangsanfragen erhalten."

„Sie haben uns ohne Vorankündigung rausgeschmissen", sagte Jos.

„Das habe ich nicht getan. Ihnen wurde gekündigt und dann haben Sie die Wohnung verlassen. Wir haben Ihnen Briefe geschickt, die unbeantwortet blieben. Ich habe also das Recht, den Abriss weiterzuführen." Powers wandte seinen schweren Körper den Abrisstrupps zu. „Macht weiter, Jungs." Er wandte sich wieder Aaron zu. „Es sei denn, Sie haben einen Gerichtsbeschluss, der den Abriss ausdrücklich untersagt…"

Kip wollte den selbstgefälligen Blick aus dem Gesicht des Bastards schlagen.

„Hätte mich auch gewundert", sagte Powers und bedeutete den Männern, fortzufahren. „Ich bezahle euch nicht fürs Herumstehen. Zerstört das Gebäude und fangt an, die Einzelteile wegzuschleppen." Er trat zurück, die Arme trotzig vor der Brust verschränkt, während die Lastwagen anfuhren und ein Bulldozer in das Gebäude eindrang.

„Willst du dir das mitansehen?", fragte Kip Jos, der den Kopf schüttelte. Kip fühlte sich so verdammt machtlos.

Aaron und die anderen Officers entfernten sich, als ein Bulldozer in die andere Seitenwand eindrang und die geschwächte Struktur in sich zusammenfiel. Das Dach stürzte ein und dann folgten die Seitenwände.

Kip brachte Jos zum Auto und setzte ihn hinein. Isaac reckte den Hals, um zu sehen, was geschah, die Hände über den Ohren. „Entschuldigung, Kumpel", sagte Kip. „Lass uns nach Hause gehen und etwas zu Abend essen, okay?"

„Pizza?", fragte Isaac.

„Das war Moms Lieblingsessen, also gab es das bei uns oft", erklärte Jos.

„Klar. Ich lasse uns eine Pizza liefern", stimmte Kip zu. Er fuhr so schnell er konnte von der Zerstörung des Hauses weg, das Jos' und Isaacs letztes Zuhause gewesen war. Er schäumte während der Fahrt vor Wut. Powers war ein totales Arschloch und Kip glaubte nichts, was der Mann gesagt hatte, aber sie konnten nicht das Gegenteil beweisen. Sie waren die Dummen, während Powers tun konnte, was er wollte.

„Hast du Weeble gefunden?", fragte Isaac und hielt Pistazie an sich gedrückt.

„Es tut mir leid. Ich habe versucht, ihn zu finden."

„Er lag unter meinem Bett. Ich habe ihn da hingelegt, um ihn zu retten, als die gemeinen Männer kamen", sagte Isaac und Kip sah zu Jos, der sein Gesicht in den Händen hielt. Kip musste nicht fragen, um zu verstehen, dass Jos dort nicht nachgesehen hatte.

„Es tut mir leid, Kumpel, aber kannst du dich stattdessen um Pistazie kümmern?" Kip musste sich etwas überlegen, damit es Isaac besser ging – und damit auch Jos, der wieder einmal kurz davor stand, durchzudrehen. „Er braucht dich."

„Weeble braucht mich auch", sagte Isaac, und Kip fuhr mit dem Auto in eine Einfahrt und drehte um. Er raste zurück zum Haus und fing Aaron ab, der gerade dabei war, wegzufahren.

„Was ist los?", fragte Aaron.

„Isaacs Bär war in der Wohnung unter seinem Bett", sagte Kip. „Bring sie bitte dazu, den Abriss zu pausieren, damit wir ihn suchen können."

„Du machst Witze", sagte Aaron.

Kip lehnte sich aus dem Fenster. „Möchtest du vielleicht einem Vierjährigen mitteilen, dass wir nicht einmal versucht haben, seinen Bären zu finden?", fragte er und hoffte, dass diese Überzeugungsmethode funktionierte. Sie mussten es einfach versuchen.

„Okay. Red und ich werde helfen." Aaron drehte seinen Wagen um und schaltete sein Blaulicht ein. Der Bulldozer hielt an und Aaron stieg aus. Kip parkte das Auto und sagte Jos, er solle bei Isaac bleiben. Wenn Isaacs Spielzeug da drin war, würde er es finden.

4

JOS KONNTE nicht glauben, dass Kip das tat.

„Wo ist er hin?", fragte Isaac vom Rücksitz.

„Er versucht, Weeble für dich zu finden", antwortete Jos, ohne Kip aus den Augen zu lassen, der die Bulldozer daran hinderte, den Rest des Gebäudes zu zerstören. Aaron drohte damit, alle Mitarbeiter wegen des Verdachts auf irgendetwas zu verhaften. Er konnte nicht alles hören, aber es gab viel Geschrei. Das meiste davon kam von seinem ehemaligen Vermieter.

Jos stieg aus und öffnete Isaacs Tür, dann half er ihm von seinem Platz. Dann hob er seinen Bruder in seine Arme, damit er sehen konnte, was geschah. Was von dem Gebäude übrig war, war ein Durcheinander. Das eigentliche Schauspiel waren Kip und Powers, die sich Nase an Nase gegenüber standen. Die großen, lauten Motoren der Maschinen verstummten, und Kips Stimme wurde durch die Abendluft getragen. „Ich erzähle den Medien, was du getan hast, und sorge dafür, dass dein hässliches Gesicht in den Abendnachrichten überall zu sehen ist und jeder weiß, was für ein Slumlord du bist. Wenn sie mit dir fertig sind, wirst du nicht mal mehr an eine flohbefallene Ratte vermieten können."

„Jetzt passen Sie mal auf", erwiderte Powers. „Sie sind Polizist –"

„Ich bin außer Dienst und als Privatmensch hier. Und ich verlange, dass Sie mich die Trümmer durchsuchen lassen." Kip reckte seine Brust vor und er sah noch größer aus, als er eh schon war.

„Er sieht wütend aus", sagte Isaac.

„Ich denke, das ist er auch, aber nicht auf uns."

„Ist er sauer auf den gemeinen Mann, der Weeble entführt hat?", fragte Isaac.

Es überraschte ihn manchmal, wie viel Isaac verstand. Er war sehr schlau, und Jos wusste, dass er für ihn eine Vorschule finden musste, sobald sie sich irgendwo eingelebt hatten. „Ja, das ist er. Aber es ist eine gute Art von Wut. Nicht die gemeine Art von Wut wie die von Mr. Powers."

Isaac nickte und steckte seinen Daumen in den Mund. Jos zog ihm den Daumen sanft aus den Mund und verlagerte Isaacs Gewicht auf seiner Hüfte, damit er sich ins Auto lehnen und Pistazie holen konnte. Das half Isaac sich besser zu fühlen.

„Ich kann nicht glauben, dass er das tut", sagte Detective Cloud, als er sich zu ihnen gesellte.

56

„Das alles tut mir leid", sagte Jos, in einer Lautstärke, die nicht viel mehr als ein Flüstern war. „Es ist alles meine Schuld. Ich hätte ihm sagen sollen, er soll einfach nach Hause fahren."

„Machst du Witze? Es ist super, Powers so zu sehen. Er ist höllisch frustriert und wütend, aber nicht in der Lage, etwas dagegen zu tun."

„Aber wird Kip nicht in Schwierigkeiten geraten?"

„Wofür? Red und ich haben nichts gesehen." Aaron lächelte und Red kam ihnen entgegen.

„Ich sollte helfen", sagte Red.

„Können wir nicht. Es gibt keinen Grund für uns, da reinzuschauen, und wir haben Dienst. Der einzige Grund, warum wir hier sind, ist ein Streit zwischen zwei Bürgern, der möglicherweise eskaliert", sagte Aaron und beobachtete Kip, wie er vorsichtig über den Schutthaufen ging.

„Wie lange wird er brauchen?" Powers schnaubte, als er zu ihnen kam. „Ich bezahle diese Männer stundenweise und ich werde die Rechnung an die Polizei schicken."

„Machen Sie nur. Es ist verdächtig, dass Sie dieses Gebäude abreißen, obwohl Sie wussten, dass sich darin das Eigentum eines anderen befindet. Also erzählen Sie mir keinen Haufen Mist", sagte Aaron. „Ich glaube kein Wort Ihrer Geschichte. Ich kann es nur noch nicht beweisen. Das heißt aber nicht, dass wir Ihnen keine Probleme bereiten können. Geben Sie ihm ein paar Minuten. Wenn Ihre Männer mithelfen wollen, werden wir hier schneller raus sein."

Powers stapfte davon und sprach mit den Fahrern. Sie stiegen aus ihren Wägen und kamen rüber.

„Wonach sucht er?", fragte einer der Männer.

„Weeble", antwortete Isaac mit zitternder Unterlippe und Tränen in seinen Augen.

„Einen Teddybären", sagte Jos. „Als Powers uns rausgeschmissen hat, hat Isaac Angst bekommen und seinen Bären unter seinem Bett versteckt. Kip versucht, ihn zu finden."

„Komm", sagte der Fahrer zu dem anderen Mann. Sie gingen zu dem Schutthaufen. „Welche Wohnung war das?"

„Dritter Stock, diese Seite, an der Ecke des Gebäudes." Jos zeigte nach oben, und sie begannen zu wühlen. Jos sah zu, aber er machte sich ehrlich gesagt nicht viel Hoffnung. Kip schien entschlossen und wühlte sich weiter durch den Haufen, zog Ziegelsteine und Mauerteile heraus und warf sie zur Seite. Die anderen Männer schlossen sich ihm an.

Jos hatte keine Hoffnung. „Kip", rief er und schüttelte den Kopf. Kip ignorierte ihn und suchte weiter. Er zog einen Teil der Wand aus dem Schutt, was eine Staubwolke aufwirbelte. Kip sprang zurück und begann dann in dem Loch herum zu graben, das er gemacht hatte. Als nächstes kam eine Matratze hervor, und dann hielt Kip seine Hand hoch in die Luft.

„Weeble!", rief Isaac aus vollem Halse. Kip kletterte vom Schutthaufen, ebenso die anderen beiden Männer. Kip schüttelte beiden die Hand und joggte dann zu ihnen.

Der Braunbär war fast weiß vor Staub. Kip klopfte ihn gegen seine Hand, um den Staub abzubekommen. „Wenn wir nach Hause kommen, werden Jos und ich ihn für dich sauber machen", sagte Kip, als Isaac nach ihm griff. „Dann kannst du ihn haben."

„Versprochen?", fragte Isaac.

„Ja. Das verspreche ich." Kip setzte Weeble auf den Rücksitz, und alle stiegen in ihre Autos. Powers war immer noch wütend, aber das war Jos egal. Er wollte diesen Ort nie wieder sehen, solange er lebte. Als Kip davonfuhr, weigerte sich Jos, sich umzudrehen. Irgendwie musste er es schaffen, die Vergangenheit hinter sich zu lassen und einen besseren Ort für die Zukunft zu finden.

Kip hielt an, um Pizza zu holen, da es schon spät wurde. Als sie zuhause ankamen, war Isaac fast eingeschlafen und Jos wusch ihn und legte ihn dann mit Pistazie ins Bett. Weeble war gewaschen und lag im Trockner. Kip hatte Bedenken wegen des Staubes, aber am Morgen würde Isaac seinen Bären zurückbekommen.

„Ich kann nicht glauben, dass du das getan hast", sagte Jos, als er und Kip in der Dunkelheit auf der Veranda saßen.

„Warum nicht? Er hat mehr Schmerzen erfahren, als irgendjemand in seinem Alter es jemals haben sollte. Er wollte seinen Bären haben, daher musste ich alles tun, um ihn zu finden."

Jos streckte die Hand nach Kip aus. „Danke. Es bedeutet uns beiden sehr viel. Ich wünschte nur, ich hätte gewusst, wo er war, als ich drinnen war. Ich hätte die zusätzliche Suche verhindern können."

„Es hat sich gelohnt, Powers so kurz vorm Explodieren zu sehen. Selbst seine eigenen Männer waren nicht auf seiner Seite." Kip lehnte sich zurück und legte die Füße auf den Tisch. „Laut Wetterbericht soll es morgen wieder kalt werden und wahrscheinlich auch von jetzt an so bleiben. Da sollten wir das letzte warme Wetter genießen."

Jos stimmte zu und versuchte sich zu entspannen, aber es gab so viele Dinge, die er nicht wusste. „Wann musst du wieder arbeiten?"

„Übermorgen. Das ist jetzt sozusagen mein Wochenende. Ich habe selten einen vollen Samstag und Sonntag zusammen frei, weil ich eher unten auf der Hackordnung stehe, aber das ist in Ordnung. Zwei aufeinanderfolgende freie Tage geben mir Zeit, um mich auszuruhen und einige Sachen zu erledigen."

„Was für ein Tag", sagte Jos, während er im Kopf alles durchging, was heute passiert war.

„Ja. Das war schon was. Wir sollten deine Sachen aus dem Kofferraum holen." Kip machte keine Anstalten sich zu bewegen. „Im Gästezimmer steht eine

Kommode, die leer ist. Du kannst eure Sachen reinlegen." Kip streckte seine Arme über den Kopf und sein Hemd rutschte hoch; Jos warf einen Blick auf Kips flachen Bauch. „Ich helfe dir gleich. Ich muss mich nur ein bisschen entspannen."

Es war schon sehr dunkel geworden, als Kip aufstand. Er schloss den Kofferraum auf und begann, Sachen ins Haus zu tragen. Sie hätten das schon tun sollen, bevor Isaac ins Bett gegangen war, aber Kip schlug vor, die Taschen erst einmal ins Nebenzimmer zu stellen.

„Wenigstens ist jetzt alles im Haus und du kannst dich morgen früh drum kümmern", sagte Kip, als sie fertig waren. Jos wollte nicht hinterfragen, was Kip gerade gesagt hatte, und es schien, dass Kip wollte, dass er und Isaac zumindest noch ein paar Tage bei ihm blieben. Jos nickte und kramte in einer der Taschen nach Kleidung für die Nacht. Dann sagte er Gute Nacht und ging ins Badezimmer, um sich zu waschen.

Isaac rührte sich nicht, als Jos ins Zimmer kam und sich zu ihm ins Bett legte. Er hielt Pistazie fest im Arm. Jos fragte sich, was er für Träume hatte und hoffte, dass es glückliche waren. Ihr Leben hatte in letzter Zeit nicht viel Glück beinhaltet, aber Jos hoffte inständig, dass sich das bald ändern würde.

JOS ERWACHTE durch einen Schrei, der die Nacht wie ein Messer durchschnitt. Er setzte sich auf, als Isaac um sich schlug und trat, und noch einmal schrie. Jos zog Isaac zu sich, umarmte und beruhigte ihn, bis er aufwachte und zu weinen begann.

„Was ist passiert?", fragte Kip, als er ohne Hemd und nur in Shorts in den Raum stürmte.

„Isaac hatte einen Albtraum", sagte Jos. Er rieb über Isaacs Rücken und versuchte ihn wieder zu beruhigen.

„Was ist passiert, Kumpel?", fragte Kip.

„Der gemeine Mann hat versucht mich mitzunehmen, Jos. Er hat mich ins Haus gesteckt und dann ist es zusammengebrochen und ich konnte Weeble nicht finden." Isaac wischte sich über die Augen und Kip verließ den Raum.

„Ist schon in Ordnung. Du weißt, es war nur ein Traum. Es war nicht echt."

„Ich weiß", schniefte Isaac. Als Kip zurückkam, übergab er Isaac Weeble.

„Es ist alles gut. Du hast jetzt Weeble", sagte Jos und half Isaac, wieder unter die Decke zu kommen.

„Ich muss aufs Klo", sagte Isaac. Jos holte ihn aus dem Bett und brachte ihn ins Badezimmer. Isaac gähnte mehr als einmal und als er fertig war, wusch er sich die Hände und eilte dann zurück ins Schlafzimmer, sprang auf das Bett und kroch unter die Decke. Er hielt sowohl Weeble als auch Pistazie in den Armen. Isaac schlief sofort wieder ein, aber Jos bezweifelte, dass er auch so schnell wieder schlafen konnte. Er verließ den Raum und traf Kip draußen auf dem Flur.

Keiner sagte ein Wort. Sie gingen einfach in die Küche und Kip machte den Wasserkocher an.

„Er hat mich so erschreckt", gab Kip zu, als er sich an den Tisch setzte.

Jos stimmte zu und schaffte es, souverän zu klingen, obwohl er von Kips nackter Brust abgelenkt wurde. Er war stark und fit, hatte definierte Brustmuskeln und starke Arme. Eine Haarsträhne in der Mitte seiner Brust verlor sich zu einer Linie, die seinen trainierten Bauch hinunterlief. „Ich dachte, jemand tut ihm wirklich weh." Jos musste aufhören zu starren, fand es aber verdammt schwer.

„Ja, ich auch."

„Ich hasse es, dass er so Angst bekommt." Jos wischte sich über die Augen. „Ich weiß, es ist alles meine Schuld. Ich sollte mich besser um ihn kümmern." Er stützte seine Ellbogen auf den Tisch und legte den Kopf in die Hände. „Vielleicht wäre er besser dran, wenn sich jemand anders um ihn kümmert. Sie könnten es auch nicht schlimmer machen als ich." Er schniefte und sah Kip an.

„Hey, Isaac liebt dich und das ist das Wichtigste." Kip legte ihm eine Hand auf die Schulter. „Das waren ein paar sehr schwierige Tage, und ich glaube, du fühlst dich gerade etwas schwach."

„Meinst du?"

„Ja, das tue ich. Viele Dinge sind gleichzeitig passiert und es ist schwer, sich um alles gleichzeitig zu kümmern."

Jos schüttelte den Kopf. Er fühlte sich, als wäre er aus Glas und würde jede Sekunde in eine Million Stücke zerbrechen. Er brauchte all seine Kraft, um sich zusammenzureißen. Aber er musste es für Isaac tun.

Das Pfeifen des Wasserkochers riss ihn aus seinen Angstgedanken und zurück in die Gegenwart. Kip stand auf und verdammt, Jos konnte nicht anders, als ihm mit den Augen zu folgen und zuzusehen wie der Bund seiner grauen Shorts um seine schmalen Hüften bei jedem Schritt ein wenig tiefer rutschte. Kip steckte Teebeutel in zwei Tassen und goss das Wasser ein. Dann brachte er sie zurück an den Tisch und stellte eine Tasse vor ihm ab.

Jos bekam es kaum mit. Diese Shorts waren einfach obszön und versteckten praktisch nichts. Er wandte sich ab, schluckte und hob seine Tasse an. Er fluchte, als er sich beim Trinken die Zunge verbrannte. Kip sprang auf und holte ihm einen Eiswürfel aus dem Gefrierschrank, den er an seine Lippen hielt. Jos saugte daran, die Kälte half, und er bemerkte, dass Kip seinen Blick nicht von seinen Lippen nahm.

„Du bist wirklich schön, weißt du das?", sagte Kip. „Männer sind normalerweise nicht schön, aber du bist es." Kip berührte Jos' Wange mit dem Daumen und streichelte leicht darüber. Jos schloss die Augen und genoss die sanfte Zärtlichkeit. Einen Moment lang versuchte er sich daran zu erinnern, wie lange es her war, dass es jemanden in seinem Leben gegeben hatte, der sanft und fürsorglich war. Seine Mutter war weder das eine noch das andere gewesen; na ja, zumindest nicht im Umgang mit ihm. Mit Isaac war sie weniger kalt umgegangen und hatte mehr Zeit mit ihm verbracht, aber auch im Umgang mit ihm war sie keine besonders gute Mutter gewesen.

„Ich bin nicht schön ...", entgegnete Jos. Er wollte unbedingt, dass Kip ihm widersprach. Er mochte es, wenn ihm gesagt wurde, dass er schön war. Er mochte es überhaupt, auf eine gute Weise im Mittelpunkt der Aufmerksamkeit von jemandem zu stehen. Nicht so wie bei Tyler in der Gasse. Die Art und Weise, wie Kip ihn ansah, mit Wärme und Sanftmut in den Augen, gab ihm das Gefühl, dass es genau so wie jetzt für immer bleiben sollte. Er könnte sich in Kips tiefen Jade-Augen verlieren und müsste nie mehr woanders sein. Dann müsste er sich keine Sorgen um Wohnungen und Jobs machen und um alles, was in der Zukunft lag. Er konnte einfach nur er selbst sein und alles loslassen, was stetig in ihm wuchs, bis er es nicht mehr aushielt.

„Doch, das bist du", sagte ihm Kip. „Glaub es mir einfach und hör für diesen einen Moment auf, dir Sorgen zu machen. Ich glaube, du machst dir schon so lange Sorgen, dass du nicht weißt, wie du aufhören kannst." Kip lehnte sich leicht zurück, hörte aber nicht auf, ihn zu berühren. Seine Hand bewegte sich ein wenig von seinen Lippen weg. Kip legte seine Hand locker an seinen Hals und behielt sie dort, wie um zu sagen, dass, wenn Jos zu müde würde, Kip ihn stützen würde. „Trink deinen Tee. Er wird dir beim Einschlafen helfen."

„Was ist, wenn ich nicht schlafen gehen möchte?", fragte Jos und blickte in Kips Augen. Dort sah er aufflammende Hitze, die bereit war, ihn zu verschlingen. Das war es, was er brauchte – Hitze und Leidenschaft, die heiß um ihn entflammte. Die ihn forttragen und ihn alles vergessen ließ, wenn auch nur für eine Weile.

Kip lehnte sich nahe genug, dass heißer, nach Tee duftender Atem seine Lippen streifte. Ohne nachzudenken leckte Jos sie in Vorbereitung auf den Kuss, von dem er hoffte, dass er kommen würde. „Du musst schlafen. Ein Grund, warum du nervös bist, ist, dass du dich schon lange nicht mehr richtig ausgeruht hast." Er wich nicht zurück und Jos fragte sich, was Kip wohl dachte.

Gerade als er dachte, dass Kip keine Bewegung machen würde, lehnte er sich weiter vor und Kips Lippen berührten seine. Jos war sich nicht sicher, was er erwartet hatte. In Büchern war der erste Kuss immer elektrisierend und augenöffnend. Dieser Kuss hier war nett – weich und sanft. Es löste keine große Leidenschaft aus, aber Jos' Herz schlug schneller und ihm wurde warm. Kip zog sich zurück und Jos öffnete die Augen. Ihre Blicke waren aufeinander gerichtet, keiner von ihnen bewegte sich.

„Du solltest deinen Tee austrinken und ins Bett gehen", flüsterte Kip.

„Aber ...", begann Jos und verstummte. Er würde Kip nicht bitten, ihn ins Bett zu bringen. Ja, Kip hatte ihn geküsst, aber vielleicht war er nicht an ihm interessiert und das war nur eine Art Mitleidskuss gewesen. Etwas, damit er sich besser fühlt, und mehr nicht. „Ja, ich sollte nach oben gehen."

Sein Tee hatte sich etwas abgekühlt. Jos trank aus der Tasse und drehte sich um, um sich an den Tisch zu setzen. Der Tisch diente als Barriere, damit Kip nicht sehen konnte, wie erregt er war. Er durfte nicht weiter auf Kips honiggoldene Haut starren. Er merkte immer noch, dass er ihm hin und wieder heimliche Blicke zuwarf und vor sich hin schnaubte. Als er die Tasse ausgetrunken hatte, brachte Jos sie zum Waschbecken und spülte sie aus, bevor er Kip eine gute Nacht wünschte und nach oben ging.

Isaac rührte sich nicht einmal, als Jos wieder ins Bett stieg. Er hörte, wie Kip eine Weile später die Treppe heraufkam. Ein paar Dielenbretter knarrten, als er an der Tür vorbeiging. Jos rollte sich auf die andere Seite und starrte an die weiße Decke. Er konnte nicht umhin, sich zu fragen, was dieser Kuss bedeutet hatte, ob er tatsächlich eine Bedeutung hatte oder nur etwas war, was Kip getan hatte, um ihn zu trösten. Kip hatte gesagt, er sei schön, und er war sich ziemlich sicher, dass Kip das nicht vielen Leuten sagte. Er beschloss, sich über den Kuss zu freuen und zu versuchen, es dabei zu belassen.

„Du verhältst dich wie ein Teenager", flüsterte er vor sich hin. Isaac schniefte im Schlaf und drehte sich um, ohne aufzuwachen. Wenigstens konnte er schlafen. Manchmal war es echt blöd, ein Erwachsener zu sein. Wenn er ein Kind wäre, könnte er den Kuss für bare Münze nehmen und sich darüber freuen. Stattdessen lag er da und grübelte und machte sich Sorgen, anstatt glücklich zu sein, dass Kip ihn überhaupt geküsst hatte. Irgendwann beruhigten sich die Räder in Jos' Kopf und die Erschöpfung machte sich in ihm breit.

AM NÄCHSTEN Morgen wusste Jos nicht genau, was er tun sollte. Er hörte Isaac und Kip lachen, aber er war müde und zog die Decke bis zum Hals hoch und schloss wieder die Augen. Als er einen Schrei hörte, war er in Sekunden auf den Beinen, aber sobald er die Treppe erreicht hatte, erkannte er, dass es nur freudiges Gelächter war. Was auch immer Kip mit Isaac machte, es war etwas, das er ihm nicht hatte geben können. Dieses Lachen hatte im Leben seines Bruders definitiv gefehlt.

Jos ging zurück in den Raum, in dem sie ihre Taschen abgestellt hatten, und kramte darin, bis er etwas fand, das er anziehen konnte. Als er angezogen war, packte er die Taschen und trug sie nach unten.

„Alles was du brauchst, ist im Keller. Bedien dich", rief Kip ihm glücklich zu. Jos bedankte sich und tat sein Bestes, um zu lächeln, als Isaac ihm von Kips Schultern aus zuwinkte. Jos begann eine Ladung Wäsche zu waschen und saß schließlich auf dem Teppich vor der Waschmaschine.

„Da bist du ja", sagte Kip.

Jos hatte sich nicht einmal die Mühe gemacht, sich zu bewegen, als er ihn auf der Treppe gehört hatte.

„Jos, guck mal, ich fliege", sagte Isaac und Kip schwenkte ihn auf seinen Armen herum.

„Das ist großartig", sagte Jos, als er sich auf die Beine zwang. Er hatte keine Energie und wollte für den Rest des Tages wieder ins Bett gehen und schlafen. „Du und Kip habt viel Spaß zusammen, oder?"

„Du kannst auch mitspielen", sagte Isaac. Er sah zu Kip auf, als der Isaac absetzte.

„Ich denke, Jos ist zu groß, um wie ein Flugzeug zu fliegen", sagte Kip. Er legte seine Hand auf Jos' Stirn. „Deine Stirn ist ganz warm. Warum bringen wir dich nicht wieder ins Bett? Ich mache dir Toast und hol dir Saft."

„Mir geht's gut. Ich habe Dinge zu erledigen." Seine Füße fühlten sich an wie Blei, aber er zwang sie, sich zu bewegen und schaffte es die Treppe hinauf.

„Donald wird gegen Mittag hier sein. Als er anrief, bat er mich, zu fragen, ob du schon mal gekellnert hast."

„Ja. Ich habe das gemacht, als ich in der High School war, und danach habe ich fast Vollzeit gearbeitet. Bookies hat vor einem Jahr dicht gemacht, und danach hab ich im Lagerhaus angefangen. Wieso?"

„Super! Donald sagte, wenn du schon Erfahrung als Kellner hast, hätte er vielleicht einen Job für dich. Eines der Restaurants in der Stadt sucht einen Kellner und Donald hat ihnen von dir erzählt. Sie sagten, sie brauchen jemanden mit Erfahrung. Donald wird dir davon erzählen, wenn er hier ist."

Jos zog einen der Küchenstühle hervor und ließ sich darauf fallen. Er hatte kaum die Energie, sich überhaupt zu bewegen. Kip goss ihm etwas Orangensaft ein und er trank ihn langsam. Nach ein paar Minuten fühlte er sich etwas besser und trank den Rest des Glases aus. Kip füllte das Glas wieder auf, diesmal mit Traubensaft, und brachte ihm ein Stück Zimttoast. Isaac kniete sich neben ihn auf den Stuhl und aß sein eigenes Stück Toast mit einem Grinsen im Gesicht.

Sobald er fertig war, nahm Kip seinen Teller. „Isaac, warum nimmst du Jos nicht mit und bringst ihn für mich ins Bett?"

Isaac erhob sich von seinem Stuhl und nahm Jos' Hand. Das Treppensteigen machte Jos wieder total fertig. Als er im Schlafzimmer ankam, kletterte Jos ins Bett und zog sich die Decke bis zum Hals hoch. Er hörte, wie Isaac aufstand und spürte, wie sich die Decke hinter ihm hob.

„Danke", sagte Jos. Er wusste, dass er ein schlechtes Gewissen haben sollte, weil er Kip den Babysitterdienst überließ, aber er hatte nicht die Energie dazu. Als er sich umdrehte, fand er Weeble neben sich im Bett.

„Damit du nicht einsam bist", sagte Isaac und verließ dann den Raum.

Jos drehte sich um und schloss die Augen.

Seine Träume waren verstörend und drehten sich immer wieder im Kreis, als stünde er auf einem endlosen Laufband. Irgendwann wachte er auf, als Kip ihm beim Aufrichten half, ihn dann in einen Stuhl hob und ihn mit einer Decke zudeckte.

„Du musst was trinken", sagte Kip und Jos tat, was ihm gesagt wurde. Der kühle, süße Saft rann seine ausgedörrte Kehle hinunter. „Ich bin gleich wieder da", sagte Kip, als er das Glas wegnahm und Jos die Augen schloss. Er musste eingenickt sein, denn als er aufwachte, zog Kip ihm seine Kleider aus.

„Wenn du Sex willst, frag einfach." Jos war sich nicht einmal sicher, was er da gerade sagte.

„Du bist total durchnässt und ich möchte dir ein paar trockene Klamotten anziehen, damit du dich wohler fühlst." Kip half ihm in frische Kleider und dann wieder ins Bett. „Ich bringe dir noch etwas zu trinken, und dann kannst du wieder schlafen."

„Ist Donald hier?"

„Er war da und ist schon wieder gegangen. Du hast stundenlang geschlafen. Mach dir keine Sorgen. Er sagte, du sollst anrufen, wenn es dir besser geht, und er bringt dich dann runter ins Café Belgie, um die Besitzer zu treffen und mit ihnen zu sprechen. Also schlaf einfach und erhol dich." Kip streichelte über seine Wange und verließ anschließend das Zimmer. Er kam mit mehr Saft zurück, den Jos trank. Er nahm auch die Tabletten, die Kip ihm anbot, gab das Glas zurück, schloss die Augen und schlief ein. Diesmal konnte er sich fallenlassen und seine Träume waren weniger hektisch. Er fühlte sich wohler.

Hinter den Fenstern war es dunkel, als er wieder aufwachte und aus dem Bett stieg. Das Haus war still, und Jos fragte sich, ob er allein war. Er benutzte das Badezimmer und ging nach unten, wo er Isaac und Kip auf dem Sofa im Wohnzimmer fand. Sie sahen sich Cartoons an.

„Bist du hungrig?", fragte Kip.

Jos nickte.

„Dann setz dich hin. Ich besorge etwas für dich und einen Snack für Isaac." Kip wuschelte durch Isaacs Haar und ging dann. Er kam mit zwei Tellern zurück. Auf dem einen lag ein Stück Schokoladenkuchen, der Isaacs Augen zum Leuchten brachte, und auf dem anderen befand sich Rührei und Toast. Jos konnte sich nicht erinnern, schon einmal so etwas Gutes gegessen zu haben.

„Fühlst du dich besser?", fragte Kip.

Jos nickte und lehnte sich im Stuhl zurück. „Ich denke schon. Ich weiß nicht, warum ich so müde bin und mich so schlecht fühle. Mir ist nicht übel oder so. Ich habe einfach keine Energie und mir tut alles weh." Kip brachte ihm eine Decke und Jos wickelte sie um seine Schultern, während ihn ein Schauer durchlief.

„Okay. Du musst dich so gut wie möglich ausruhen." Kip klang besorgt, als er das Geschirr einsammelte. „Warum gehst du nicht wieder ins Bett? Ich bringe dir noch etwas Saft. Unter der Decke ist es wärmer."

„Aber ich kann nicht krank sein. Ich muss mich um Isaac kümmern, und ich muss es schaffen, einen Job zu finden." Jos wischte sich über die Stirn, als er zu schwitzen begann. Er schob die Decke weg, weil ihm zu warm wurde. „Ich werde meine Chance verlieren und dann bin ich wieder da, wo ich vorher war." Sein Herz raste und er begann schnell zu atmen.

Kip eilte zu ihm und hob ihn aus dem Stuhl. „Du wirst nichts verlieren. Beruhige dich einfach." Kip half Jos durch das Haus und die Treppe hinauf. Er hörte, wie Isaac hinter ihnen wimmerte, und dann sagte Kip ihm, dass alles in Ordnung sei. Kip legte ihn wieder auf das Bett und Isaac nahm seine Hand. Als Kip zurückkam, half er Jos sich aufzusitzen und gab ihm ein paar Tabletten sowie etwas zu trinken. Jos nahm beides an und legte sich dann wieder hin. Sein Kopf drehte sich ein wenig, und nach einer Weile – es war schwer, abzuschätzen wie viel Zeit verging – hörte der Raum auf, sich zu drehen, und er begann sich wieder besser zu fühlen.

„Mir geht es gut, Isaac", sagte Jos, als er bemerkte, dass sein Bruder immer noch neben dem Bett stand und ihn anstarrte.

„Hier ist noch etwas zu trinken", sagte Kip und half ihm, sich wieder aufzurichten. Er hatte einen schrecklichen Geschmack im Mund, aber der Saft tat gut. Nachdem er ein paar Schlucke getrunken hatte, stellte Kip das Glas auf den Tisch und maß seine Temperatur im Ohr. „Du hast immer noch Fieber. Ich werde bald noch einmal messen." Kip streichelte seine Wange und tat dann etwas, womit Jos nicht gerechnet hatte: Er küsste ihn auf die Wange. Der Kuss war sanft und sehr zart. Dann fühlte er, wie Isaac dasselbe tat, und als er aufsah, hielt Kip Isaac in seinen Armen. „Ich bringe ihn im anderen Zimmer ins Bett. Isaac hat ja Pistazie dabei, nicht wahr, Kumpel?" Isaac nickte und Jos schloss die Augen. Er war zu müde, um zu widersprechen, selbst wenn er es gewollt hätte.

Jos' Schlaf war ziemlich erholsam, mit Ausnahme der etwas seltsamen Träume. Als ihm heiß war, trat er die Decken von sich, um kurz darauf wieder danach zu greifen. Erst dann fühlte er sich wohl genug, um einschlafen zu können.

Als er aufwachte, strömte Licht durch die Fenster. Er fühlte sich besser und sein Kopf war klar. Er blinzelte ein paar Mal, um sich zu vergewissern und stand dann langsam aus dem Bett auf. Er fragte sich, wie spät es war, als er sich frische Kleidung holte und ins Badezimmer ging. Der Geschmack in seinem Mund war, als wäre darin etwas gestorben, und seine Kleidung klebte feucht an ihm. Er putzte sich die Zähne, duschte dann sehr schnell, zog sich an und fühlte sich endlich wieder wie ein Mensch.

„Jos", sagte Isaac, als er die Badezimmertür öffnete. „Geht es dir wieder gut?"

„Ich hoffe schon", sagte Jos.

„Komm mit. Kip ist weg. Onkel Terry ist hier." Isaac nahm seine Hand und Jos fragte sich, was zur Hölle los war. Er ließ sich von Isaac die Treppe hinunterführen, während er in seinem Gedächtnis nach jemandem suchte, der Onkel Terry hieß. Als sie das untere Ende der Treppe erreichten, folgten sie dem Geräusch des Fernsehers und Isaac führte ihn in ein Zimmer, in dem ein Fremder saß.

„Du musst Jos sein", sagte der umwerfend aussehende Mann mit einem breiten Lächeln. „Ich bin Terry."

„Wo ist Kip?"

„Er musste zur Arbeit. Er hat Red angerufen, den großen Kerl, der dir geholfen hat, deine Sachen aus der Wohnung zu besorgen. Und Red rief mich an, um zu sehen, ob ich vorbeikommen und sicherstellen könnte, dass dieser kleine Kerl da" – Terry kitzelte Isaac, der laut auflachte. Offensichtlich waren sie bereits gute Freunde geworden – „nicht allein ist. Kip sagte, du müsstest schlafen, also habe ich ihn hierbehalten und wir haben uns Cartoons angeschaut. Kip hat dir eine Nummer hinterlassen, die du anrufen kannst, wenn du aufwachst. Er sagte, ich sollte dich so lange schlafen lassen, wie du willst."

„Wie spät ist es?"

Terry drückte auf einen Knopf am Fernseher. „Kurz nach drei. Kip sagte, dass er es geschafft hat, seine Schicht zu teilen. Er ist früher als normalerweise hin, sollte aber gegen sieben schon wieder zurück sein." Isaac kletterte auf das Sofa und begann fernzusehen. „Tut mir leid, wenn du dir wegen mir Sorgen gemacht hast."

„Ich wusste gar nicht, dass du hier bist", sagte Jos, als er begriff, dass Kip sich während seiner Abwesenheit, um alles gekümmert hatte.

„Ist dein Fieber weg?", fragte Terry.

Jos nickte. „Ich denke schon."

„Hast du Hunger?"

„Ich hab Hunger", sagte Isaac und hob die Hand. „Kuchen, bitte."

„Du hattest vor einer Stunde schon Kuchen, erinnerst du dich? Ich glaube, Kip sagte, es wären noch Weintrauben da. Willst du davon welche?", fragte Terry Isaac, der energisch nickte. „Und wie steht's mit dir? Kip hat dir Essen gemacht, das ich aufwärmen kann, und es gibt Saft und andere Getränke. Du wirst dich sicher schnell besser fühlen, jetzt wo das Fieber weg ist. Red und ich hatten beide den gleichen Mist vor ein paar Wochen. Man fühlt sich einen Tag oder vielleicht etwas länger mies, aber dann fühlt man sich schnell wieder normal."

„Okay", sagte Jos mehr als ein wenig verwirrt.

„Du bleibst hier, während ich Jos helfe, okay?", fragte Terry Isaac, der nickte und Pistazie festhielt, während er sich das Fernsehprogramm ansah. Terry führte Jos zurück in die Küche. „Du hast einen tollen Bruder."

„Danke. Er ist ziemlich besonders."

„Du solltest ihn im YMCA vorbeibringen, sobald es dir besser geht. Ich kann dir eine Gästekarte besorgen und er könnte dort schwimmen. Ich arbeite dort als Rettungsschwimmer und trainiere dort. Ich war gerade mit der Morgenschicht fertig, als Red anrief."

„Du bist der Schwimmer, von dem Kip erzählt hat. Der, der zu den Olympischen Spielen geht." Jos lächelte.

„Das bin ich. Ich habe es ins Team geschafft und jetzt muss ich mich beim Training dranhalten. Ich habe einen Trainer, und wenn Kip zurück ist, geh ich noch mal ins Schwimmbad, um für ein paar Runden auf Zeit schwimmen. Morgens trainiere ich die Ausdauer beim Schwimmen. Nachmittags geht es um Schnelligkeit."

66

„Wie schaffst du das? Ist das nicht total anstrengend?"

„Ja, ist es. Ich muss sehr auf die Ernährung achten. Ich muss mir keine Sorgen machen, zuzunehmen, aber ich muss darauf achten, nicht abzunehmen. Das passiert ziemlich schnell mal und ich muss natürlich stark bleiben." Terry holte einen Teller aus dem Kühlschrank und stellte ihn in die Mikrowelle. Nach etwa einer Minute nahm er ihn heraus und stellte ihn auf den Tisch. Jos bemerkte, dass Terry nicht viele Fragen darüber stellte, woher er kam oder was er hier tat. Er war einfach ein fröhlicher Kerl mit mehr Energie, als Jos jemals selbst gehabt hatte.

Jos aß, während Terry ihm Saft brachte, dann holte er eine Schüssel Trauben und stellte sie auf den Tisch. Er rief nach Isaac, der hereinstürmte und sich an seinen Platz setzte und die Trauben aß, als ob es nichts Ungewöhnliches für ihn war.

„Ist der Fernseher noch an?", fragte Terry ihn.

Isaac nickte.

„Ich werde ihn ausschalten. Iss du Weintrauben mit deinem Bruder."

Nachdem Terry gegangen war, grinste Isaac ihn an. „Ich mag es hier."

„Hattest du mit Terry Spaß?", fragte Jos.

„Ja. Er hat mit mir mit dem Pferd gespielt und auch mit den Autos", erzählte ihm Isaac. „Es macht echt Spaß mit ihm." Isaac wedelte mit den Händen in der Luft. Dabei flog eine Traube aus seiner Hand. Sie landete auf dem Boden, und er kletterte hinunter, um sie aufzuheben.

Jos ließ seine Gabel auf den Teller fallen und hielt sich die Hände vors Gesicht.

„Hey, schon gut", sagte Terry hinter ihm. „Das ist nicht schlimm, weißt du."

Jos schüttelte den Kopf. Es war wahr. Jeder schien in der Lage zu sein, seinen Bruder glücklicher zu machen, als er es konnte. Er hatte Isaac nur Elend, Obdachlosigkeit und Hunger gebracht.

„Iss etwas und du wirst dich besser fühlen. Ich verspreche es. Du warst krank, und obwohl es gerade schlimm aussieht, wird es wieder besser."

„Woher weißt du das?", fragte Jos. „Das kannst du gar nicht wissen."

„Aber sicher. Mir ging es auch schon mal schlecht. Dann habe ich Red getroffen und er hat mich gerettet. Ich hoffe, dass ich ihm auch geholfen habe, aber er ist der wahre Held in unserer Geschichte. Wegen ihm kann ich bei den Olympischen Spielen mitmachen und habe ein gutes Leben, aber mir ging es ähnlich wie dir. Ich war auch in Schwierigkeiten."

„Aber du hattest ein Zuhause."

„Nicht wirklich. Keinen Ort, an dem ich bleiben konnte. Ich hatte große Angst an dem Ort, an dem ich war." Terry legte Jos einen Arm um die Schultern. „Die Dinge werden wieder besser, wenn du sie lässt."

Jos war sich dessen nicht sicher, aber er kannte Terry nicht gut genug, um ihm zu widersprechen, also nickte er und tat so, als würde er ihm glauben. Er aß nur, damit er etwas zu tun hatte. Als er fertig war, brachte er den Teller zur Spüle, und da Isaac seine Trauben aufgegessen hatte, trug er seine Schüssel herüber und reichte sie Jos.

„Können wir uns jetzt Cartoons ansehen?", fragte Isaac und wandte sich an Terry.

„Klar", sagte Terry und Isaac rannte zu ihm, nahm seine Hand und führte ihn dann aus dem Zimmer. Jos stand allein da, als der Fernseher anging und schrille Zeichentrickmusik durch das Haus drang. Er beschloss, sich ihnen anzuschließen. Als er ins Zimmer ging, fand er Isaac auf dem Bauch auf dem Teppich liegend vor, die Füße in die Luft gestreckt, die Hände unter dem Kinn. Er schien sehr fasziniert von SpongeBob zu sein. Terry saß mit einem iPad auf dem Sofa.

„Magst du SpongeBob nicht?", fragte Jos.

Terry nickte. „Aber er mag es und ich habe eh ein paar Dinge, die ich erledigen muss. Es ist okay, dass er es guckt und abgelenkt ist." Terry deutete auf den Stuhl und Jos setzte sich. „Ich weiß, das muss dir komisch vorkommen."

Jos verdrehte die Augen und nickte. „Ich weiß die meiste Zeit nicht, was ich von allem hier denken soll." Eigentlich fühlte er sich wie ein kompletter Versager, aber das behielt Jos für sich. Isaac war glücklich, und es war nicht ihm zu verdanken.

„Donald hat vor einiger Zeit angerufen." Terry zog einen Zettel hervor. „Er sagte, wenn du aufstehst, sollst du ihn anrufen."

„Danke." Jos starrte einige Minuten lang auf die Nummer, bevor er aufstand und in die Küche ging, um das Telefon zu benutzen.

„Wie fühlst du dich?", fragte Donald, als Jos erklärte, wer er war.

„Müde, aber es geht etwas besser. Ich habe die Papiere, nach denen Sie gefragt haben."

„Kip hat sie mir gegeben und es sieht gut für dich aus. Ich habe einen Kollegen, der hilft, sie einzureichen. Er hat vielleicht eine Idee, wie du an eine Wohnung kommen kannst. Café Belgie sucht nach einem Kellner. Sowohl Mittags- als auch Abendessenschichten, aber wenn ich es richtig verstehe, wird dort ziemlich gutes Trinkgeld gegeben. Darryl ist der Chefkoch und Besitzer und sein Partner Billy leitet den Restaurantbereich. Sie würden dich gerne morgen treffen. Hast du ein gutes Hemd und eine passende Hose?"

„Keine Ahnung."

„Ich kann dir was ausleihen. Es ist wichtig, dass du dich für den Job richtig anziehst und bereit bist, dein Können unter Beweis zu stellen."

„Wann soll ich dort sein?", fragte Jos. Zum ersten Mal seit Langem fühlte er Aufregung in sich aufsteigen.

„Sei um zehn da. Ich komme mit den Klamotten vorbei. Du kannst Isaac mitbringen. Sie verstehen, wie das mit Kindern ist. Sie haben das Hinterzimmer in eine Art Kindertagesstätte für Billys Zwillingsbrüder verwandelt. Sei einfach pünktlich. Ich bin sicher, sie werden mit dir sprechen, und sei nicht überrascht, wenn sie dich bitten, gleich zu arbeiten, damit sie sehen können, ob du es kannst. Sie brauchen sofort jemanden, den sie nicht erst lange alles beibringen müssen."

„Ich werde mein Bestes geben."

„Super. Bis morgen." Donald legte auf und Jos dachte, endlich hatte er etwas, worüber er sich freuen konnte. Als er sich diesmal zu den anderen gesellte, setzte er sich neben Isaac auf den Boden und sah sich mit ihm Cartoons an. Terry schien zufrieden, zu lesen, und im Laufe des Nachmittags machte er sich fertig, um zu gehen.

„Ruf mich an, wenn du etwas brauchst", sagte Terry, als er zur Haustür ging.

Jos stand vom Boden auf, seine Beine waren etwas steif. „Verabschiede dich von Terry", sagte er zu Isaac, der aufsprang und zu seinem neuen Freund rannte und ihn umarmte.

„Können wir wirklich schwimmen gehen?", fragte Isaac Terry. Er sprang auf und ab, bis Terry ihn in die Arme nahm.

„Klar. Du und Jos müsst mir einfach sagen, wann ihr vorbeikommen wollt, und dann werde ich es arrangieren." Sie umarmten sich und Terry setzte Isaac ab, der zurück vor den Fernseher rannte. Isaac war glücklich. Das konnte man daran sehen, dass er nicht schlurfte, sondern rannte und seine Augen das gleiche Funkeln hatten, das sie immer gehabt hatten, bevor ihre Mutter gestorben war. Jos hatte angefangen zu glauben, dass er das nie wieder sehen würde. Dieser Anblick machte ihn glücklich, selbst wenn Isaac nicht ihn so ansah, sondern jemand anderes.

Jos ging mit Terry hinaus. „Danke für alles."

„Kein Problem", sagte Terry und blieb unten an der Treppe stehen, um sich umzudrehen. „Ruhe dich noch etwas aus und versuche dich nicht zu sehr anzustrengen. Kip hat sich wirklich Sorgen um dich gemacht, als er ging. Er sagte, wenn es dir nicht besser ginge, würde er dich ins Krankenhaus bringen, wenn er nach Hause kommt und ich sollte dich genau im Auge behalten. Das waren seine Worte. Ich glaube, ich habe ihn noch nie so gesehen."

„Ich verstehe nicht, was du meinst", sagte Jos.

Terry rollte mit den Augen. „Er und Red sind sich sehr ähnlich. Sie sind beide Führungsmenschen und wenn es heiß hergeht, bleiben sie cool. Sie beurteilen Situationen und handeln rational, auch wenn die Welt um sie herum zusammenbricht und Kugeln durch die Luft fliegen. Das macht sie zu guten Polizisten. Aber heute war Kip wirklich in Sorge. Bevor er ging, ist er in dein Zimmer. Er blieb da ein paar Minuten lang, hat dich nur angesehen und an seinen Nägeln gekaut. Du bedeutest ihm wirklich was. Red und ich hatten schon Angst, dass er es mit diesem Idioten Jeffrey ernst meinen würde." Terry schauderte leicht.

„Aber ich verstehe nicht, was er in mir sieht", gab Jos zu und sah an sich herunter.

„Vielleicht solltest du ihn das fragen", schlug Terry vor. „Ich weiß, wie es sich anfühlt, wenn man kein Selbstvertrauen mehr hat. Du hast das Gefühl, nichts richtig machen zu können und willst dich nur verstecken. Aber wenn man Glück hat, trifft man auf jemanden wie Red – oder Kip – der über all das hinwegsehen kann. Es passiert nicht sehr oft, aber wenn es passiert, ist es etwas sehr Besonderes."

„Aber ich kenne ihn erst seit ein paar Tagen. Wie sollte er das alles über mich wissen können?"

Terry kicherte und ging ein paar Schritte die Treppe hinauf. „Sie sind Polizisten. Sie sind darauf trainiert, zu wissen, wem sie vertrauen können, und Lügen und Wahrheiten innerhalb von Sekunden zu erkennen. Sie haben ein Gespür für Menschen, und ich kann dir sagen, wenn Kip nicht irgendwas in dir sehen und sich irgendwie für dich interessieren würde, wärst du jetzt nicht hier. Diese Jungs lassen nicht einfach irgendwen in ihr Leben treten. Das ist etwas besonderes."

„Es ist wegen Isaac", sagte Jos, aber Terry schüttelte den Kopf.

„Wenn du das denkst, dann bist du auf dem falschen Dampfer. Kip hätte das Jugendamt anrufen und ihn mitnehmen lassen können, wenn er sich nur um Isaac Sorgen gemacht hätte." Terry ging noch einmal die Treppe hinunter. „Denke mal darüber nach. Vielleicht kommst du ja dann zu einem anderen Schluss." Er ging zu seinem Auto und Jos ging wieder hinein und gesellte sich zu Isaac ins Wohnzimmer vor den Fernseher.

Nach ein paar Minuten stand Isaac vom Boden auf und setzte sich neben ihn auf das Sofa und lehnt sich gegen ihn, während er sich die Show ansah. „Warum musste Mom gehen?", fragte Isaac.

„Ich weiß es nicht", sagte Jos und überlegte, was er sagen könnte, um ihm zu helfen. „Es gibt viele Dinge, auf die ich keine Antwort weiß, und das ist eine davon. Manchmal sterben Menschen und gehen zu den Engeln. Eines Tages, in der fernen Zukunft, wirst du auch bei den Engeln wohnen und dann wirst du Mom wiedersehen."

„Wird sie mich denn erkennen, wenn ich dann schon groß bin?", fragte Isaac mit ungläubigen Augen.

„Deine Mom wird dich immer erkennen." Jos spürte Tränen aufsteigen und umarmte Isaac, damit er sie nicht sah. Das Letzte, was sein Bruder jetzt brauchte, war, dass er vor ihm weinte. Er war im Moment so kurz davor zusammenzubrechen. Alle Emotionen der letzten Wochen waren knapp unter der Oberfläche und Jos wusste, wenn er sie jetzt zuließe, gab es keine Möglichkeit, sie wieder aufzuhalten. „Mütter erkennen ihre Kinder immer, besonders Engelsmütter. Und ich glaube, manchmal spät in der Nacht, wenn du ganz still bist, kommen sie auf die Erde und wachen über dich, während du schläfst. Sie halten die Monster fern."

„Also ist es gut, eine Engelsmutter zu haben", sagte Isaac.

„Es ist gut, eine Mom zu haben, die dich geliebt und sich um dich gekümmert hat, egal ob Engel oder nicht. Und ich werde mich auch immer um dich kümmern."

„Wie ein Engelsbruder", sagte Isaac und Jos nickte. Er war dankbar, als Isaac sich wieder dem Fernseher zuwandte, damit er die Tränen nicht sah, die über seine Wangen liefen.

ALS KIP ein paar Stunden nach Hause kam, hatte sich keiner von beiden vom Platz bewegt. Isaac sprang vom Sofa und rannte direkt auf Kip zu. Er lachte, als Kip ihn in seine Arme hob.

„Wie fühlst du dich?", fragte Kip Jos, als er Isaac ins Zimmer trug. Kip setzte Isaac wieder ab. „Wo ist Pistazie?" Isaac sah sich um. „Warum holst du ihn nicht, damit er nicht einsam ist?"

Isaac nickte und eilte davon, während Kip neben Jos auf dem Sofa saß und mit den Fingern sanft über dessen Wange wischte.

Jos schniefte und holte tief Luft. „Mir geht es okay."

„Bist du sicher?" Kip stand auf und zog die Decke von der Lehne des Sofas und breitete sie über Jos' Beine aus, bevor er sich wieder auf den Rand des Sofas setzte.

„Ja." Er saß ruhig da und lehnte sich dann an Kip, um etwas von seiner Wärme zu fühlen. Er roch so verdammt gut. Jos atmete erneut ein, um seinen Duft stärker wahrzunehmen. „Ich habe mit Donald gesprochen und morgen habe ich ein Vorstellungsgespräch. Er hat gesagt, er hilft mir und bringt mir ein paar Klamotten zum Anziehen vorbei." Jos schüttelte den Kopf. „Ich kann immer noch nicht verstehen, warum alle so nett sind."

„Manchmal sind Leute eben nett", sagte Kip. „Nicht immer, aber es gibt Zeiten in unserem Leben, in denen wir akzeptieren müssen, dass nicht jeder ein Arschloch ist."

Jos versteifte sich. „Klingt, als wüsstest du das aus erster Hand."

Kip nickte. „Ich hatte auch keine tollen Eltern und habe viel Zeit mit meinen Freunden auf der Straße verbracht. Es gab etwas, das meine Mutter und mein Vater mehr liebten als meine Schwester und mich."

„Du hast eine Schwester?"

„Ich hatte eine Schwester", verbesserte Kip ihn. Isaac sprang mit Pistazie unter dem Arm zurück in den Raum und ließ sich auf den Boden fallen, um sich weitere Cartoons anzusehen. „Ich hatte eine Schwester", stellte Kip klar und wurde dann still.

„Was ist mit ihr passiert?"

„Sie ist gestorben", sagte Kip.

„Okay", sagte Jos und wurde von Sekunde zu Sekunde neugieriger. „Was ist passiert?" Da Kip es angesprochen hatte, dachte er, es wäre in Ordnung nachzufragen, aber sobald er es tat, bereute er es. Der Ausdruck tiefen Schmerzes, der Kips Augen erfüllte, ließ ihn frösteln und Jos zog die Decke fester um sich.

„Wie ich schon sagte, es gab etwas, das unsere Eltern mehr liebten als uns: Alkohol. Sie waren beide totale Alkoholiker, also hatten Adrienne und ich nicht viel. Mama und Papa gingen oft in Bars. Ich war sechs Jahre älter als Adrienne und eines Samstags, als sie acht war, nahm Mama uns mit zum Strand. Sie wirkte nüchtern und war richtig gut gelaunt. Also packten wir ein Picknick ein und machten uns auf den Weg. Mama hat natürlich auch einen Flachmann mit ins Gepäck gepackt und während wir geschwommen sind, hat sie ihr Limonadenglas damit gefüllt."

„Wie seid ihr denn nach Hause gekommen?", fragte Jos.

Kip schüttelte den Kopf. „Es war immer meine Aufgabe, auf Adrienne aufzupassen. Ich wusste, wie meine Mutter war, aber ich habe an diesem Tag nicht richtig aufgepasst. Wir waren im State Park an einem See und sie hatten da eines dieser Schwimmflöße, auf denen Kinder gerne spielen. Alle hatten viel Spaß und Adrienne wollte mir zeigen, wie gut sie schwimmen konnte. Irgendwie hatte unsere Mutter es geschafft, ihr Schwimmunterricht zu bezahlen."

Jos' Griff um Kips Arm wurde fester. „Oh, mein Gott." Er konnte schon ahnen, wie diese Geschichte endete, und sie machte ihm bereits Angst. Er warf Isaac einen Blick zu, der in seine Serie vertieft war und ihnen keine Beachtung zu schenken schien.

Kip schüttelte den Kopf. „Sie und ich sind zusammen geschwommen und sie hat es wirklich gut gemacht. Sie kletterte aus dem Wasser und stand auf dem Schwimmfloß, die Hände in die Luft gereckt wie Rocky." Kip lächelte und dann verblasste das Lächeln. „Ich war noch im Wasser, als einige der größeren Jungs anfingen, aggressiv zu werden. Sie haben andere Kinder runtergeschubst. Adrienne war eine davon. Ich sprang auf das Floß und zerrte den Jungen runter, sodass er ins Wasser flog. Ich war so wütend. Ich erinnere mich, dass ich das Kind angeschrien habe, meine Schwester in Ruhe zu lassen, und als ich begann sie zu suchen, konnte ich sie nirgends finden."

„Was?"

„Ich bin getaucht und habe versuchte, sie zu finden, aber das Wasser war trüb und ich konnte nicht viel sehen. Andere sind auch nach ihr getaucht; auch die Rettungsschwimmer. Die haben sie dann ziemlich schnell gefunden und brachten sie ans Ufer. Meine Mutter wurde hysterisch, als sie Adrienne im Sand sah. Sie bewegte sich nicht mehr. Sie haben es mit Mund-zu-Mund-Beatmung versucht, aber sie kam nicht mehr zu sich."

„Es war ein Unfall", sagte Jos.

„Ich weiß. Der Junge hatte sie nicht verletzen wollen – er hat nur gespielt. Aber meine Mutter hat das nie so gesehen."

„Sie hat ihm die Schuld gegeben?"

Kip schüttelte den Kopf. „Sie hat mir die Schuld gegeben. Ich hätte besser auf sie aufpassen müssen. Meine Mutter war zu betrunken dafür, also war es mein Job und Mom hat mich das nie vergessen lassen."

„Sie hat dir die Schuld gegeben … als sie betrunken war?"

„Es war einfacher, als sich selbst die Schuld zu geben. Ich war vierzehn und meine Kindheit endete an diesem Tag. Adrienne war weg und meine Mutter größtenteils auch. Sie trank noch mehr, um zu vergessen, und mein Vater konnte lange Zeit kaum mit mir sprechen. Irgendwann sagte er mir, es sei nicht meine Schuld. Dad hat schließlich irgendwann aufgehört zu trinken. Er gab meiner Mutter die Schuld für das, was passiert war. Danach war zu Hause kein sehr glücklicher Ort für mich."

„Was ist passiert?"

„Mit meiner Mutter ging es von dort an bergab. Mein Vater versuchte, ihr zu helfen, aber ich glaube, danach war ihr nicht mehr zu helfen. Irgendwann hat sie sich einfach zu Tode getrunken."

„Wenigstens hat dir dein Vater keine Vorwürfe gemacht."

„Nein. Aber da hatte ich schon angefangen, mir selbst die Schuld zu geben. Dad sagte, ich solle es vergessen, aber ich konnte nicht. Adriennes Tod verfolgte mich. Irgendetwas muss mit mir nicht stimmen."

„Mein Gott! Verdammt. Meine Mutter war auch keine tolle Mutter ..." Jos seufzte. „Ob du es glaubst oder nicht, ich kann mir vorstellen, dass meine Mutter genauso reagiert hätte." Jos war wegen Isaacs länger zu Hause wohnen geblieben, als er gewollt hatte – obwohl er das Haus ziemlich dringend hätte verlassen müssen.

„Ich habe lange gebraucht, bis ich verstanden habe, dass ich nicht an Adriennes Tod schuld war. Nicht dass es am Gefühl etwas geändert hätte. Ich habe vorher nie verstanden, wie mächtig Schuldgefühle sein können, bis ich versucht habe, damit umzugehen."

„Wie hast du es geschafft?", fragte Jos. Er war sich nicht sicher, ob er es aushalten würde, wenn Isaac etwas zustieß.

„Es gab da eine Freundin. Ich habe ihr Gras gemäht und mich um ihren Garten gekümmert. Nachdem Mom gestorben war und ich älter wurde, nahm sie mich auf. Joanie war eher wie eine Großmutter als eine Freundin. Sie hatte ein kleines Häuschen im hinteren Teil ihres Grundstücks. Sie sagte, ich bräuchte etwas Zeit weg von meiner Familie, um darüber nachzudenken, was passiert ist. Sie sagte auch, es sei an der Zeit, dass ich allein wohne. Ihr Sohn Parker war Polizist. Er ist oft zu Besuch gekommen und hat mit mir darüber gesprochen, wie es ist, Polizist zu sein."

„Was ist mit deinem Vater? Hast du dich mit ihm wieder vertragen?"

„Ja. Als ich ihm nicht mehr die Schuld für alles gegeben habe, habe ich verstanden, wie sehr mein Vater auch gelitten hat. Er hatte seine Frau und seine Tochter verloren. Wir waren die einzigen unserer Familie, die übrig blieben, und als Erwachsene lernten wir uns dann neu kennen. Vor ein paar Jahren ist er gestorben und ich bin schließlich wieder in das Haus gezogen, in dem ich aufgewachsen bin. Joanie ist letztes Jahr gestorben, und ich habe Parker wiedergesehen, als er zur

Beerdigung kam. Er und sein Partner leben in Frederick, Maryland, und sie haben zwei Kinder durch eine Leihmutter."

„Also fühlst du dich jetzt nicht mehr schuldig?", fragte Jos und wunderte sich über diese Geschichte.

„Ich denke, das werde ich immer tun. Ich frage mich immer wieder, ob ich Adrienne mehr Aufmerksamkeit geschenkt hätte, wenn die Dinge vielleicht anders gelaufen wären. Aber ich habe gelernt, damit zu leben. Ich fühle mich deswegen nicht mehr so schuldig, stattdessen bereue ich, was passiert ist. Joanie hat mir einmal gesagt, dass Adrienne wirklich wütend auf mich wäre, wenn ich für den Rest meines Lebens an dem festhalte, was passiert ist."

„Wie war sie so?"

„Wie war wer?", fragte Isaac. Er stand vom Boden auf und kletterte auf das Sofa, um sich neben ihn zu setzen. Jos legte einen Arm um Isaacs Schultern.

„Kip hat mir grad von seiner kleinen Schwester erzählt. Sie starb, als sie jung war."

Isaac blinzelte und sah zu beiden auf. „Also ist sie bei den Engeln, wie Mom."

„Ja", stimmte Kip zu. „Adrienne ist definitiv bei den Engeln." Kip stand auf und wandte sich ab. Jos sah, wie er sich über die Augen wischte. Er und Isaac hatten nicht die beste Mutter der Welt gehabt, aber sie hatte ihnen nie den Rücken zugekehrt. Nicht, dass es jetzt noch einen Unterschied machte. Worauf es ankam, war, Isaac großzuziehen und sicherzustellen, dass er glücklich war.

„Wer könnte jetzt auch Abendessen vertragen?", fragte Kip.

Isaac sprang auf die Füße. „Ich!"

„Und du?", fragte Kip Jos, als er Isaac in seine Arme nahm.

„Ich habe nur ein bisschen Hunger. Ich habe das gegessen, was du vor ein paar Stunden übrig gelassen hast." Jos folgte ihnen aus dem Zimmer, sein Herz fühlte sich etwas leichter an. Er war sich wirklich nicht sicher, warum. Vielleicht war es die Tatsache, dass er in gewisser Weise Glück gehabt hatte, oder zumindest waren die Dinge nicht so schlimm gewesen, wie sie hätten sein können.

KIP MACHTE Nudeln zum Abendessen. Isaac aß die Nudeln weniger, als dass er sie im Gesicht hatte. Nachdem sie fertig waren, schickte Kip sie nach oben, damit Jos Isaac baden und ins Bett bringen konnte. Jos war nicht besonders müde, als er fertig war, also half er Kip in der Küche und gesellte sich dann zu ihm ins Wohnzimmer.

Sie saßen zusammen auf dem Sofa und sahen fern. Jos hatte den ganzen Tag geschlafen und im Laufe des Abends wurden sein Körper und sein Geist wach. Die krankhafte Schläfrigkeit und der Nebel, in dem er den letzten Tag verbracht hatte, verschwanden und Jos war sich Kips Gegenwart bewusst. Er hatte die Decke mit sich herumgetragen, aber jetzt faltete er sie zusammen und lehnte sich an Kip, um sich von seiner Wärme umgeben zu lassen. Er war sich nicht sicher, ob Kip ihn willkommen heißen würde oder nicht, aber er hielt sich fest an die Erinnerung des Kusses aus der Nacht zuvor. Kip legte den Arm um seine Schultern und Jos seufzte und schloss die Augen.

„Wie lange ist es her, dass sich jemand um dich gekümmert hat? So richtig um dich gekümmert?", fragte Kip.

„Ich weiß nicht. Vielleicht bevor Mom mit Isaac schwanger wurde. Ich bin mir nicht sicher."

„Was ist mit deinem Freund?", fragte Kip.

„Das hat nicht lange gehalten, weil es Mom wütend gemacht hat. In der High School hatte ich eine feste Freundin. Na ja, sie war eher eine sehr gute Freundin von mir. Sie wusste, dass ich schwul bin und wir waren gut befreundet, also hat sie mir geholfen, den Schein aufrechtzuerhalten, damit mich niemand schikaniert und so. Nach unserem Abschluss ging sie mit einem Stipendium an die Cal Tech. Ich habe sie aus den Augen verloren, als sie ihr neues Leben begonnen hat. Seitdem versuche ich nur zu überleben." Es fühlte sich an, als wäre sein Leben ein langer Kampf gewesen und jetzt, in diesem Moment, konnte er dank Kip atmen.

„Das verstehe ich. Aber Überleben ist nicht Leben", sagte Kip. „Und du musst leben."

Jos kicherte. „Ich habe keine Ahnung, was das bedeutet! Das Überleben kostete mich manchmal all die Energie, die ich hatte. Vielleicht wurde ich deswegen krank. Ich hatte einfach keine Energie mehr."

Kip berührte leicht sein Kinn und Jos hob den Blick, bis er Kip in die Augen sah. „Du musst nicht alles alleine machen. Nicht mehr. Du hast Freunde, die dir helfen können."

Jos wollte das mehr als alles andere glauben. Er war es so leid, sich immer um ihre nächste Mahlzeit Sorgen machen zu müssen oder darum, ob Isaac in Sicherheit war oder ob sie der Kälte ausgesetzt waren. Jos nickte und Kip beugte sich etwas näher vor. Jos' Augen schlossen sich und er wartete.

Als sich ihre Lippen berührten, war es, als würde ihn ein Schock durchfahren. Er hatte darüber nachgedacht, die Decke zu holen, weil ihm ein wenig kalt geworden war, aber innerhalb von Sekunden wurde ihm warm. Ein Stöhnen drang an seine Ohren und Jos merkte, dass es von ihm selbst kam. Er klang in seinen eigenen Ohren so verzweifelt, aber Kip musste es gefallen haben, denn er hielt ihn fester und vertiefte den Kuss. Jos schlang seine Arme um Kips Mitte.

„Du schmeckst gut", murmelte Kip.

„Das muss der Schokoladenkuchen sein, den du gebacken hast", sagte Jos und öffnete die Augen.

„Nein. Ich glaube, du bist es", flüsterte Kip. „Aber ich muss es überprüfen, um sicher sein zu können." Er lächelte und beugte sich näher.

„Tu das", stimmte Jos zu und Kip küsste ihn noch einmal. Er bewegte sich so, dass er Jos ins Sofa drückte. Kips Gewicht, kombiniert mit den intensiven

Küssen und seinen Hände unter Jos' T-Shirt, die über seine Brust strichen, ließen ihn stärker zittern als das Fieber es gekonnt hatte.

„Verdammt", keuchte Kip, als er den Kuss unterbrach. „Du bist etwas ganz Besonderes. Du bekommst Gänsehaut, wenn ich dich berühre."

„Na ja …", begann Jos. „Ich habe davon geträumt, so berührt zu werden."

„Niemand hat dich je so berührt?"

Jos schüttelte den Kopf. „Sex war für mich schon immer … eine schnelle Sache."

Kip wich zurück und kletterte vom Sofa. Jos war überrascht und blinzelte ihn an. Er fragte sich, was er falsch gemacht hatte. Kip half ihm auf, nahm ihn bei der Hand und führte ihn aus dem Zimmer. „Wir werden das nicht hier tun." Kip schaltete den Fernseher und das Licht aus und schloss die Eingangstür ab, bevor er ihn die Treppe hinaufführte.

Kip betrat den Raum und warf Isaac einen Blick zu, der mit Weeble und Pistazie neben sich tief und fest schlief. Er zog dir Tür bis auf einen schmalen Spalt zu, und führte Jos dann in sein Schlafzimmer. An der Tür blieb er stehen, drehte sich zu ihm um und zog Jos in seine Arme. Es fühlte sich so gut an, gehalten zu werden und jemand anderen die Führung übernehmen zu lassen.

Als Kip ihn in die Luft hob, schlang Jos seine Beine um dessen Taille und Kip stöhnte laut. Jos erwiderte den Kuss, während Kip ihn mit seinen großen, starken Händen stützte. Er trug ihn zum Bett und blieb davor stehen. Er küsste ihn so intensiv, dass Jos es in seinem Herzen spürte. „Seit du hier bist, will ich dich die ganze Zeit nur anstarren."

„Aber …"

Kip wischte Jos' Haare aus den Augen, schob sie hinter sein Ohr und strich dann über seine Wange. „Ich werde den Moment, in dem du die Decke weggezogen hast und ich deine Augen zum ersten Mal gesehen habe, nie vergessen. Nicht solange ich lebe. Deine Augen haben mich berührt, und ich weiß, es klingt dumm, aber selbst wenn ich dich nie wiedersehen würde, weiß ich, dass ich mich für immer an deine Augen erinnern werde." Kip beugte sich vor, um ihn noch einmal zu küssen.

„Es tut mir leid, dass ich dir letzte Nacht Sorgen gemacht habe", sagte Jos.

„Das hast du wirklich. Ich habe stundenlang neben deinem Bett gesessen."

Jos verstummte völlig. „Ich wusste gar nicht, dass du da warst."

„Ich weiß. Aber ich habe mir Sorgen gemacht und wollte dich nicht allein lassen. Ich habe Isaac in mein Bett gebracht und die Nacht zwischen dem Sofa oder dem Sessel verbracht. Du hattest Fieber und ich hatte Angst, dass du ins Krankenhaus musst. Dann hast du dich endlich beruhigt und fingst an, tief zu schlafen. Alle paar Stunden habe ich deine Temperatur gemessen und bin dann selbst eingeschlafen."

„Aber warum?"

Kip lächelte. „Du faszinierst mich. Dich zum Lächeln zu bringen ist der Höhepunkt meines Tages. Wenn du lächelst, leuchtest du auf und zeigst mir deine Grübchen."

„Das tue ich nicht", konterte Jos und versuchte, nicht zu lächeln.

„Siehst du?", sagte Kip, als Jos doch lächelte. Er berührte seine Wangen. „Grübchen." Kip drehte sich um und setzte ihn auf die Bettkante. Dann schob er ihn zurück und beugte sich vor. „Verdammt, ich habe dir schon gesagt, dass du wunderschön bist, aber für mich hast du noch nie besser ausgesehen als hier, jetzt, in meinem Bett."

„Ist das wahr?"

„Oh, ja. Du siehst toll aus in meinem Bett." Kip zog Jos das Hemd über den Kopf.

Jos hatte immer gedacht, er sei dünn und unauffällig. Er vermied es, dass ihn jemand ohne Hemd sah. Er wusste, dass Kip eine starke, männliche Brust hatte, einen flachen Bauch und schmale Hüften. Er sehnte sich danach, Kips Haut auf seiner zu spüren, aber er fragte sich immer wieder, was Kip wohl von ihm halten würde. So wie er lächelte, schien Kip zufrieden zu sein, mit dem, was er sah und fühlte. Er leckte über Jos' Brust und liebkoste seine Brustwarzen.

„Ich wusste, dass du schön sein würdest."

„Nicht so schön wie du", sagte Jos, während er an den Knöpfen von Kips Hemd herumhantierte, bis sie sich lösten. Er schob das Hemd über seine muskulösen Schultern und starken Arme.

„Hey, wir sind alle verschieden. Wenn ich einen Typen wollte, der mir ähnlich sieht, würde ich ins Fitnessstudio gehen und versuchen da jemanden zu treffen. Stattdessen bleibe ich zuhause und gucke, was die Feen vor meine Haustür legen."

Jos kicherte. „Die Feen? Willst du damit irgendwas über meine Männlichkeit sagen?"

„Nein", kicherte Kip. „Als Kind habe ich meine Großmutter gefragt, wie sie Opa gefunden hat und woher sie wusste, dass sie ihn heiraten wollte. Sie sagte, es seien die Feen gewesen. Sie hatte Opa noch nie angesehen, und dann war er eines Tages da und sie lief an ihm vorbei. Es war, als wäre sie von einem Zauberspruch getroffen worden. Deshalb sagte sie immer, dass die Feen ihre Augen geöffnet haben, sodass sie den Mann sehen konnte, der Opa war."

„Also denkst du, die Feen hätten mich an dich geliefert? Glaubst du nicht, sie würden sich jemand Besseren aussuchen?"

„Meine Großmutter hat gesagt, man soll die Weisheit der Feen nie infrage stellen. Sonst werden sie wütend und rachsüchtig. Nimm einfach, was sie geben und sei dankbar und glücklich." Kip grinste und küsste Jos, bevor er protestieren konnte.

Jos war der Meinung, wenn Kip an Feen und vor allem daran glaubte, dass er ein Geschenk von ihnen war, wieso sollte er ihm diese Phantasie nehmen? Die

Art, wie er an Jos' Nippeln zupfte, ließ ihn aufstöhnen und er zog Kip fester an sich. Ihre Küsse wurden heftiger, und Jos hätte am liebsten laut geschrien. Aber wenn sie Isaac aufweckten, würde das ihren amourösen Aktivitäten einen ziemlichen Dämpfer verpassen.

Jos keuchte, als Kip an seinem Gürtel leckte, ihn öffnete und dann den Hautstreifen direkt über seiner Hose neckte. Jos fühlte die Vorfreude. Er zog seinen Bauch ein, lockerte seine Hose in der Hoffnung, dass Kip die Message verstehen und seine stumme Einladung annehmen würde. Aber Kip schien es nicht eilig zu haben. Er strich mit seinen Händen hoch zu Jos' Brust und dann wieder und wieder seinen Bauch hinunter. Jos hatte das Gefühl, dass er kurz davor war durchzudrehen.

Sein Schwanz pochte. Jos konnte sich nicht erinnern, wann er das letzte Mal so kurz davor gewesen war, in seiner Hose zu kommen. Seit er Isaac aufgenommen hatte, war Sex kein wirklich großer Teil seines Lebens gewesen. Ehrlich gesagt hatte Jos nicht oft daran gedacht, bevor er Kip getroffen hatte. Stattdessen hatte er wochenlang sein Bestes getan, um zu verbergen, wer er war. Er hatte versucht, sich und Isaac zu schützen, indem er nicht auffiel. Das war das genaue Gegenteil von dem, was er jetzt wollte.

Jos stöhnte leise, als Kip mit den Fingern über seine Hose strich. „Wirst du etwas tun oder willst du mich nur verrückt machen?", fragte Jos, als seine Frustration ihn überwältigte.

„Oh, ich werde etwas tun", neckte Kip. Er leckte um seinen Bauchnabel und ließ dann seine Zunge hinein gleiten. „Wie wäre es, wenn ich dieser Spur folge …" Seine Worte verstummten und Jos hielt völlig still, als Kip begann, seine Hose zu öffnen. Er wagte nicht, sich zu bewegen, falls Kip seine Meinung änderte. „Du bist damit einverstanden?", fragte Kip.

„Gott, ja …", hauchte Jos und Kip öffnete seine Hose, zerrte am Stoff und zog sie dann aus.

„Gott", flüsterte Kip. Er legte seine Lippen um Jos' Erektion, die noch von der Unterhose verborgen war.

Jos schluckte. „Stimmt was nicht?", fragte Jos und hoffte so sehr, dass Kip genauso erregt war wie er.

„Was nicht stimmen?" Kip hob den Blick. „Süßer … Sagen wir einfach, ich mag deine Proportionen." Kip zog Jos' Unterhose hoch und saugte dann an der Spitze seines Schwanzes, die bereits hervorlugte. „Verdammt."

„Oh", hauchte Jos. „Ich glaube, mir geht es gut."

Kip zog seinen Mund weg, sehr zu Jos' Enttäuschung. Er küsste ihn noch einmal, hart, besitzergreifend und dennoch süß, und mit genug Intensität, dass sein Rücken und seine Beine zitterten. „Du bist von Kopf bis Fuß großartig. Zweifle nie daran." Kip küsste ihn erneut und arbeitete sich dann wieder an Jos' Körper hinunter. Das Lecken und die Küsse wurden immer intensiver, bis Kip die Spitze von Jos' Schwanz zwischen seine Lippen nahm. Er machte immer weiter, er nahm immer mehr von ihm in Besitz, bis Jos nach Luft schnappte.

„Kip", stöhnte Jos.

Kip machte ein summendes Geräusch. „Scheiße, bist du groß."

„Du musst nicht, wenn –", begann Jos, aber Kip nahm ihn wieder in den Mund, tief und lange, bis Jos zu zittern begann. Sein Körper brannte und er hoffte inständig, dass es nicht sein Fieber war, das zurückkehrte. Dann erkannte er, dass es eine andere Art Fieber war. Ein Bedürfnis nach Kip. Die Art und Weise, wie Kip ihn berührte, ließ Feuer in sein Gehirn schießen, und Jos konnte nichts dagegen tun. „Kip, ich bin nicht …" Jos keuchte und schloss die Augen, versuchte hinauszuzögern, was nicht aufgeschoben werden konnte. Er war schon durch Kips Neckereien empfindlich geworden und dank der Tatsache, dass Jos ihn wochenlang ignoriert hatte. Er war kurz davor zu kommen, und fuhr mit den Händen durch Kips weiches Haar, um ihn zu warnen.

Kip wich zurück und strich mit seinen Händen hart und schnell über ihn. „Öffne die Augen. Ich möchte, dass du mich siehst, wenn du kommst." Jos tat es und die Leidenschaft in Kips Augen gab ihm den Rest. Er stieß in Kips Faust und kam.

Jos lag auf dem Bett, unfähig sich zu bewegen, während Kip seine Wange streichelte. Er spürte, wie Kip sich auf dem Bett bewegte und dann küsste er ihn. Die sanften Küsse wurden schnell inniger und Jos zupfte an Kips Jeans. Er wollte unbedingt, dass er sie auszog.

Kip half ihm und bald lag er nackt auf ihm. Jos stoppte seine Bewegungen und bedeutete ihm, sich umzudrehen. Kip lag auf dem Rücken und Jos setzte sich neben ihn. „Ich bin dran, dir zuzusehen", stöhnte er und schluckte schwer. Kips männlicher Körper war perfekt. „Sie sollten Statuen von dir machen."

„Ja, das kann ich mir vorstellen", sagte Kip.

Jos strich mit den Fingern über Kips Brust und dann seinen Bauch hinunter, um die Bauchmuskeln nachzuzeichnen.

Kip lachte und versuchte tatsächlich, sich seinen Berührungen zu entziehen.

„Kitzlig?", fragte Jos und grinste. „Das werde ich mir für später merken." Er setzte seine Erkundungen fort, die damit endeten, dass er Kips Hoden mit einer Hand umfasste und die andere um seinen Penis legte. „Stell dir vor, du wärst eine Statue, die auf einem Platz steht. Es würde so viele Unfälle geben."

„Ich wäre nicht nackt."

„Du hast deine imaginäre Statue, und ich habe meine." Jos leckte einmal über Kips Schwanz, bevor er ihn in den Mund nahm. Salzige Bitterkeit breitete sich in seinem Gaumen aus, und Jos glitt mit seinen Lippen weiter nach unten. Sein Mund dehnte sich bei der Bewegung. An diesem Mann war sehr viel dran, und Jos liebte jeden Zentimeter. Er wirbelte seine Zunge um den Kopf herum und ließ seine Lippen den Schaft entlanggleiten, begleitet von einem Schwall von Stöhnen und Flüchen.

„Gott, blas mir einfach einen", stöhnte Kip.

Jos war immer gut darin gewesen, Anweisungen zu befolgen.

Kips Reaktion war berauschend und steigerte seine eigene Erregung. Jos saugte härter. Er liebte die Art und Weise, wie Kip seinen Mund ausfüllte. Er fragte sich mehr als einmal, wie es sich anfühlen würde, würde Kips Schwanz tief in seinen Arsch stoßen, und sein Hintern pochte vor aufgeregter Vorfreude. Die Nervosität drängte er beiseite. Er war entschlossen, nicht zuzulassen, dass das, was ein paar Tage zuvor passiert war, sein Glück mit Kip beeinträchtigte.

„Ja!", stöhnte Kip und stieß nach oben. Er hob sich vom Bett ab. Jos entspannte seinen Mund und ließ Kips Bewegungen zu. Er blickt auf seine halb geschlossenen Augen und den offenen Mund. Der Raum füllte sich mit Klängen, die schöner waren als jedes Lied, das er kannte. „Ich komme gleich", stöhnte Kip und zog sich zurück. Jos stürzte sich auf ihn, nahm ihn tief in den Mund und schluckte schwer, als Kip kam.

Jos ließ Kip zwischen seinen Lippen rausgleiten, während der keuchte und versuchte zu Atem zu kommen. Jos liebte es, dass er diesen Zustand ausgelöst hatte, und legte sich neben ihn. Das Fenster gegenüber dem Bett war leicht geöffnet und eine kühle Brise wehte über seine heiße Haut. Es fühlte sich unglaublich an und nach ein paar Minuten, nachdem sie zu Atem gekommen waren, rollte sich Kip auf die Seite und schloss Jos in seine Arme.

„Ich sollte zu Isaac zurückgehen", sagte Jos.

„Bleib. Wir werden Isaac hören, wenn er aufwacht, aber das wird er jetzt wahrscheinlich nicht." Kip verstärkte seinen Griff leicht, seine Wärme umgab Jos.

„Bist du sicher?", fragte Jos. „Ich kann einfach zurück in mein Bett gehen und wir können vergessen, dass das je passiert ist, wenn du willst. Ich meine …"

Kip ließ ihn los. „Das musst du mir erklären."

Jos seufzte. „Das hier war wunderbar, aber du musst dich nicht mit einem Typen wie mir zufriedengeben. Du verdienst etwas Besseres, das ist alles." Jos rührte sich nicht, aber er streckte die Hand auch nicht aus, um Kip zu berühren. „Ich bin nicht gut genug für dich. Jedes Mal, wenn ich eine Entscheidung treffe, ist es die falsche."

„Du denkst also, du weißt eher, was ich will als ich?"

„Nein", sagte Jos und rollte sich auf die andere Seite. „Ich sage, ich weiß nichts, und du verdienst jemanden, der besser ist als ein Kerl, der keinen Job hat oder es nicht schafft, seinem Bruder ein Dach über den Kopf zu geben. Du bist ein wunderbarer Kerl. Nicht viele Leute würden Isaac und mich aufnehmen. Sie würden einfach das Jugendamt anrufen, sodass er im System verschwindet, und ich würde die Zeit damit verbringen, alles zu versuchen, ihn zurückzubekommen."

„Hey, ich weiß, was ich will und was mich glücklich macht", antwortete Kip. „Ich schlafe nicht mit irgendwelchen Typen, nur weil sie gerade da sind." Kip zog sich zurück und rollte sich auf den Rücken. „Hast du gedacht, das sei eine Art

Verpflichtung? Dachtest du, du musst mir etwas zurückgeben, dafür dass ich euch aufgenommen habe?"

„Nein, so war es nicht für mich", sagte Jos, der wusste, dass er gerade alles vermasselte. Das hatte er nicht gemeint. Er war keine Hure, und er hatte sich nicht verkauft. „Ich wollte nur nicht, dass du denkst …"

„Wie wäre es, wenn wir uns weniger Gedanken darüber machen, was der andere denkt oder denken könnte, und wir einfach sagen, was wir wollen? Okay? Wenn du nicht bei mir bleiben willst, dann musst du das nicht. Ich werde dich zu nichts zwingen." Der Schmerz in Kips Stimme traf Jos direkt ins Herz. Er hatte ihn nicht verletzen wollen. Er wollte Kip nur einen Ausweg geben.

„Du hast mich nicht gezwungen, und ich weiß, dass du es niemals tun würdest. Du verlangst nichts von mir."

„Ich dachte auch nicht, dass ich das Recht dazu hätte. Du musst in der Lage sein, selbst zu entscheiden, was du willst." Kip starrte an die Decke. „Du sagst immer wieder, dass du denkst, dass du nicht gut genug bist, aber was ist, wenn ich derjenige bin, der nicht gut genug ist?"

Jos kicherte. „Wie soll das möglich sein? Du bist einer der besten Menschen, die ich je getroffen habe." Jos rollte sich auf die andere Seite und ließ seine Hände über Kips Brust gleiten. Dann rückte er näher heran und legte seinen Kopf auf dessen Schulter. „Du bist mein Held."

„Ich bin nur ein Mensch, genau wie du. Menschen können mich genauso verletzen wie dich. Meiner Mutter war es wichtiger zu trinken und mir die Schuld für das zu geben, was meiner Schwester passiert ist, als mich zu lieben."

„Sie war egoistisch", sagte Jos. „Meine Mutter war es auch. Sie stellte sicher, dass sie bekam, was sie wollte und brauchte. Ich musste für mich selbst sorgen und ich weiß, wenn sie überlebt hätte, hätte sie Isaac irgendwann genauso behandelt." Jos wurde für ein paar Minuten still und dachte nach. „Vielleicht ist das das Problem. Wir sind daran gewöhnt, dass die Menschen in unserem Leben egoistisch sind. Wenn wir also auf jemanden treffen, der es nicht ist, wissen wir nicht, wie wir damit umgehen sollen."

„Vielleicht. Du hast ja Jeffrey kennengelernt."

„Waren deine Freunde meist so wie er?", fragte Jos. Kip hatte so viel Besseres verdient als jemanden wie Jeffrey.

„Ich schätze schon. Er war am Anfang echt okay und dann wurde er anspruchsvoll und herrisch." Kip lächelte. „Ja, und egoistisch. Vielleicht habe ich diese Fähigkeit, Leute auszuwählen, die nicht gut für mich sind. Wenn ich arbeite, habe ich diesen Instinkt: Ich weiß, wann Leute lügen und wann ich ihnen vertrauen kann. Aber in meinem Privatleben neige ich dazu, Loser auszuwählen."

„Na ja …", begann Jos leise. „Vielleicht sollte ich deshalb zurück in mein eigenes Bett gehen."

„Jetzt fang nicht wieder damit an. Du bist kein Loser."

„Woher willst du das wissen? Ich bin auf der Straße gelandet, weil ich keine Unterkunft für Isaac und mich finden konnte. Das klingt nicht nach jemandem, der eine erfolgreiche Zukunft vor sich hat."

„Die Typen, mit denen ich zusammen war, waren alle erfolgreich. Sie hatten alle tolle Jobs. Jeffrey ist Anwalt, und ich wette, dass Shakespeare Leute wie ihn im Sinn hatte, als er sagte, man solle sie alle töten. Sie waren alle immer egoistisch. Du bist es nicht. Ich weiß das, weil dir nichts wichtiger ist als Isaac. Genau so wie es sein sollte. Wie wäre es also, wenn du bleibst, wo du bist, und aufhörst, dich herunterzumachen." Kip schlang seine Arme um ihn. Er war so stark und doch so sanft, zumindest im Umgang mit ihm.

„Okay", antwortete Jos und machte es sich bequem. „Weißt du, du machst dich nicht schlecht als Kissen. Wirklich nicht schlecht." Jos tätschelte Kips Brust ein paar Mal. „Man kann mich nicht allzu gut aufschütteln." Er spürte, wie Kip seine Muskeln anspannte.

„Ich zeig dir gleich Schütteln." Die fröhliche Schroffheit in Kips Stimme brachte Jos zum Lächeln und er schloss gähnend die Augen. „Okay, gut, vielleicht zeige ich es dir morgen." Kip zog die Decke hoch und beide machten es sich bequem. „Gute Nacht, Süßer", sagte Kip und küsste ihn. Jos war sich nicht sicher, was ihn mehr wärmte: der Kuss, die Decke, Kip neben ihm oder die Zärtlichkeit.

5

KIP BEENDETE seine Schicht und atmete erleichtert auf. In den letzten Tagen hatte er ununterbrochen zu tun gehabt. Man konnte fast glauben, es seien noch Sommerferien, so viele Anrufe wie sie über Streiche und Unfug von High School Schülern bekamen. Anscheinend hatte sich einer der Clubs in der Schule eine neue Aufnahmeprüfung ausgedacht. Das hintere Gelände des Chevy-Händlers in der Stadt war von einem hohen Zaun umgeben, und die Prüfung bestand darin, in eines der Autos vorne einzubrechen und es durch das Tor auf das Hintergelände zu fahren.

„Gute Arbeit, wie du diesen Jungen gefasst hast. Das sollte dem ein Ende machen", sagte ihm Red, als er die Polizeistation verließ. Die Jugendlichen hatten bisher fünf Autos zerstört.

„Ja. Er dachte, er sei wirklich ein harter Kerl, bis ich ihn durchs Gefängnis geführt habe. Er sackte sofort in sich zusammen, als das Pfeifen und die Rufe begonnen hatten. Er hat alle seine Kumpel verpfiffen, und jetzt haben wir alle Verantwortlichen." Kip war ziemlich stolz auf sich. „Sag mal, ich wollte gerade Abendessen gehen …"

Red sah auf seine Uhr. „Terry ist schon im Schwimmbad."

„Warum gesellst du dich dann nicht zu mir? Ich will Isaac von der Kindertagesstätte abholen und anschließend Jos überraschen, indem ich im Café Belgie vorbeischaue. Er hat dort vor drei Tagen angefangen, und nach allem, was man so hört, läuft es super. Ich kann dich in einer halben Stunde dort treffen. Passt das?"

„Super", sagte Red, als sie die Polizeistation verließen und in ihre Autos stiegen. Kip fuhr direkt zur Kita. Wegen Jos' Arbeitszeiten kostete es mehr, da Isaac bis spät am Tag dort blieb. Kip hatte Jos nichts davon erzählt und ihnen einfach den Zuschlag für den ersten Monat bezahlt, damit Jos sich keine Sorgen machen musste. Als er vor der Kita anhielt, kam Isaac heraus gerannt und sprang in seine Arme.

„Onkel Kip, schau, was ich gezeichnet habe", sagte Isaac und sprang auf und ab. Kip nahm das Papier in die Hand und starrte auf die Farbflecken. Er versuchte erst gar nicht zu erraten, was sie darstellen sollten. Stattdessen ging er in die Hocke und ließ es sich von Isaac erzählen. „Das ist Spistazie, und er ist mit seinen Pferdefreunden Vanille und Schokolade in seinem eigenen Stall."

„Er ist ein bisschen auf Essen fixiert", sagte Carrie, eine der Betreuerinnen, als sie ihm entgegenkam. Sie kam immer auf ihn zu und er vermutete, dass sie Interesse an ihm hatte. „Heute bestand er darauf, dass die Farben keine Farben seien, sondern Geschmacksrichtungen von Eiscreme. Rot war Himbeere und Blau war Blaubeere, Braun war Schokolade und Gelb war Zitrone. Zum Glück war Orange Orange." Sie lächelte, aber da war Besorgnis in ihren Augen.

Kip hatte das auch bemerkt. Er neigte dazu, andere Dinge mit Essen zu assoziieren. „Er und sein Bruder haben eine schwere Zeit hinter sich. Aber es wird besser. Lassen Sie ihn einfach und erklären Sie ihm die Dinge mit Vorsicht. Wir hoffen, dass es sich von selbst verflüchtigt. Es ist nicht nur Eiscreme. Als ich gestern einen Topf rausgeholt habe, hat er gefragt, ob wir Wakkamoni und Käse essen", sagte er grinsend. „Das war die Pfanne, in der ich das letzte Mal Makkaroni und Käse gemacht hatte." Kip hoffte, dass all das aufhören würde, wenn er regelmäßig genug zu essen hatte. „Verabschiede dich von Miss Carrie", sagte er zu Isaac, der winkte, Kips Hand nahm und ihn zum Auto führte.

Nachdem Isaac angeschnallt war, fuhr Kip direkt nach Hause und eilte hinein. Er setzte Isaac vor den Fernseher, rannte nach oben, um seine Uniform auszuziehen und sich fürs Abendessen anzuziehen. Als er wieder herunterkam, traf ihn Isaac unten an der Treppe.

„Ich habe Hunger", sagte er leise, streckte seinen Bauch heraus und rieb seine Hände darüber. „Er redet die ganze Zeit."

Kip holte Isaac eine Käsestange aus dem Kühlschrank und reichte sie ihm. Isaac riss das Paket auf und aß alles schnell auf. „Wir werden was Richtiges essen, dort wo Jos arbeitet. Also mach den Fernseher aus und wir können deinen sprechenden Bauch füttern."

Isaac rannte davon und Kip entsorgte die Verpackung. Er holte Isaac ein, als er aus dem Wohnzimmer kam und ging mit ihm zum Auto.

Die Fahrt zum Restaurant dauerte keine fünf Minuten. Er hatte Glück und fand einen Parkplatz in der Nähe. Red saß bereits drinnen an einem Tisch, also gesellten sie sich zu ihm. „Jos hat meine Getränkebestellung schon angenommen, aber er ist sehr nervös, weil du kommst."

„Hi, Jos", rief Isaac winkend und grinsend, als er seinen Bruder sah. Jos brachte Reds Bier. Kip bestellte auch eins und erklärte, Isaac solle sagen, was er wolle.

„Ich liebe diesen Ort. Terry will nach Europa und ich hab ihm gesagt, dass wir nach den Olympischen Spielen hinfahren werden."

„Klingt toll. Ich habe nie wirklich viel übers Reisen nachgedacht." Es war einfach nie etwas, über das er sich viele Gedanken gemacht hatte. Vielleicht würde er es aber eines Tages tun.

„Was ist mit dir?", fragte Kip Jos, als er die Getränke brachte. „Wolltest du mal irgendwo hin reisen?"

„Ich habe immer davon geträumt, alle möglichen Orte zu sehen. Jetzt sind meine Hoffnungen viel kleiner und liegen näher an meinem Zuhause." Er sagte Hallo zu Isaac und gab ihm einen Schmatzer auf die Wange. „Hast du dich entschieden, was du haben willst?"

„Was würde Isaac schmecken?", fragte Kip Jos.

„Chicken Finger", erklärte Isaac, wie ein König auf seiner Sitzerhöhung. Jos nickte und sowohl Kip als auch Red bestellten Schnitzel mit Pommes. Kip dachte, er könnte seine Pommes mit Isaac teilen. Jos ging, um ihre Bestellungen aufzugeben, und Kip sah ihm nach.

„Dich hat es echt erwischt", stellte Red kichernd fest.

„Erwischt?", fragte Isaac. „Ist er krank?" Isaac griff nach Kips Stirn. Es sah aus, als würde der Kleine versuchen, seine Temperatur zu messen, so wie es Kip getan hatte, als Jos krank war.

„Nein, kleiner Mann", antwortete Red. „Ich habe ihn nur geärgert." Red machte eines dieser Gesichter, als müsste er vorsichtig sein, was er sagte. Kip nickte.

„Er ist wirklich schlau und versteht viel", sagte Kip mit einem Anflug von Stolz. Er wusste, dass er nicht zu sehr an Isaac hängen sollte, aber es fiel ihm schwer, Abstand zu halten. Je länger Jos und Isaac in seinem Haus blieben, desto mehr gefiel es ihm, dass sie dort waren, und desto weniger wollte er, dass sie wieder gingen. Aber er war kein Teil von Jos' Familie und sobald der wieder auf den Beinen war, würde er seinen eigenen Platz finden und sein Leben weiterleben.

„Ich weiß nicht, warum du so die Stirn runzelst", kommentierte Red, als er Kips Blick folgte. „Du musst mit ihm darüber reden, wie du dich ihm gegenüber fühlst."

„Das ist ja das Problem. Ich kann Jos sagen, was ich will, aber er wird mir nicht glauben. Er hat zu viel Schlimmes erlebt, um irgendetwas zu glauben. Du weißt ja, wie es ist. Er denkt immer noch, dass ich nur Mitleid mit ihm habe. Wir haben letzte Nacht noch einmal darüber gesprochen. Immer wenn ich darum bitte, mit ihm zu sprechen, kann ich die Angst ihn ihm aufsteigen sehen, dass ich ihm und Isaac sagen werde, dass sie gehen sollen."

Gestern hatte er darüber reden wollen, wie sie es für Isaac in seinem Raum gemütlicher machen konnten, wenn Jos bei ihm im Zimmer schlief. Jos schien davon zu Tode erschrocken zu sein. Gegen Ende des Gesprächs hatte er nur noch genickt. Kip hatte ihm gesagt, er könne bei Isaac im Bett schlafen oder bei ihm, was immer ihm lieber war. „Kein Stress", sagte er immer wieder. Am Ende der Nacht war er verwirrter denn je gewesen. Am Ende kam Jos zu ihm und Kip hielt ihn die ganze Nacht in den Armen. Jos in seinen Armen zu haben war unglaublich und sie hatten nicht mehr getan als sich zu halten und nebeneinander zu schlafen. Er wollte nicht, dass Jos dachte, er müsse mit ihm Sex haben oder in seinem Bett schlafen. Das war keine Bedingung, aber je mehr er versuchte, Jos das zu sagen, desto verwirrter schien Jos zu werden.

„Du musst ihm Zeit geben. Hast du mal drüber nachgedacht, ob du vielleicht was überstürzt? Du kennst Jos erst seit einer Woche. Lass ihn entscheiden, was er tun möchte, und lass ihn das Tempo bestimmen." Red lächelte. Kip waren Reds Narben noch nie wirklich aufgefallen. Klar, sie waren schon immer da gewesen, besonders die Narbe auf seiner Wange. Sie ließen ihn hart aussehen, aber als er lächelte, verschwanden die Narben vollständig und der Mann im Inneren schimmerte deutlich durch. Terry konnte sich wirklich glücklich schätzen. Sowohl er als auch Red.

„Ich glaube, du hast recht. Anstatt nach Antworten zu drängen ..." Er verstummte, als Isaac an seinem Ärmel zog.

„Mein Bauch spricht wieder", sagte er und zog sein Hemd hoch. „Er sagt, er hat Hunger."

Jos kehrte mit etwas Brot an den Tisch zurück und Kip bestrich Isaac die Hälfte eines Brötchens mit Butter und reichte es ihm. „Wie war die Arbeit?", fragte Jos, als er die Wassergläser füllte.

„Es war ein arbeitsreicher Tag, aber jetzt geht es gut." Kip warf Jos ein Lächeln zu, der es erwiderte.

„Kip hat die Jugendlichen drangekriegt, die sich immer wieder auf dem Parkplatz herumgetrieben haben. Das war ziemlich großartig", sagte Red.

„Und Isaac hatte einen tollen Tag in der Schule. Er hat ein tolles Bild gemalt. Es liegt zu Hause. Wie geht es dir hier?"

Jos' ernster Gesichtsausdruck wich einem Grinsen. „Ich hab einen großen Tisch bedient, kurz bevor ihr reingekommen seid. Die haben mir hundert Dollar Trinkgeld gegeben. Die haben irgendetwas gefeiert und ich glaube, sie wollten, dass ich mitfeiere. Billy sagte, sie sind von einer Anwaltskanzlei hier in der Stadt, und wenn sie einen großen Fall gewinnen, kommen sie rein. Er half mir den Tisch zu bedienen, sagte aber, das Trinkgeld sei ganz meins." Jos entschuldigte sich und schwebte praktisch zum Nebentisch, um dort zu bedienen. Dann begab er sich in die Küche.

„Wie ich schon sagte, dich hat es erwischt", sagte Red.

„Mir gefällt, dass er glücklich ist", sagte Kip abwesend, während er Jos beobachtete. Es war so toll, ihn so leichtfüßig zu sehen.

Jos kehrte mit ihren Bestellungen zurück. „Der Teller und die Chicken Finger sind heiß, also unbedingt vorher pusten, okay?", sagte er zu Isaac und Kip half ihm, indem er sie zerschnitt. Er legte auch ein paar Pommes frites auf seinen Teller und Isaac begann sofort zu essen. Er prüfte jeden Bissen, ob er kühl genug war, bevor er ihn in seinen Mund schob.

Kip behielt Isaac im Auge, als er anfing zu essen. Es machte das gut. Klar, manches ging daneben, aber das meiste Essen landete in Isaacs Mund.

„Er hat einen guten Appetit", sagte die ältere Dame am Nebentisch. „Ich habe einen Enkel in seinem Alter, der ist so wählerisch bei allem, was er isst."

„Isaac ist ein Esser, daran führt kein Weg vorbei", sagte Kip. „Er ist ein toller Junge."

„Ist er Ihr Sohn?", fragte sie.

„Nein", sagte Kip und spürte einen Stich des Bedauerns, der ihn überraschte. „Er ist Jos' Bruder." Kip sah zur Getränkestation, an der Jos Gläser füllte. „Ich passe auf ihn auf, während er arbeitet."

„Wo ist deine Mutter?", fragte die Dame Isaac. Kip wollte gerade antworten, aber Isaac drehte sich zu ihr um.

„Sie ist bei den Engeln. Wir hatten eine Beerdigung und so. Ich habe geweint, aber jetzt ist es okay. Ich habe jetzt eine Engelsmutter." Er wandte sich wieder seinem Teller zu und nahm einen weiteren Bissen.

Kip wusste nicht, was er dazu sagen sollte, und die Frau anscheinend auch nicht. Sie nickte und wandte sich wieder ihren Begleitern zu, während Kip zu essen begann.

„Ist alles in Ordnung?", fragte Billy, als er sich dem Tisch näherte.

„Das Essen ist großartig", sagte Kip. Er wollte fragen, wie es mit Jos lief, obwohl ihm das auch ein bisschen vorkam, als würde er sich hinter seinem Rücken umhören. „Wie immer."

„Das ist gut zu hören", sagte Billy. „Wie ich verstehe, bist du und Donald für unseren neuen Kellner verantwortlich." Billy sah zu Jos, der einem Paar an einem anderen Tisch half. „Es schlägt sich super. Wenn du Donald das nächste Mal siehst, sag ihm von uns danke." Er lächelte und eilte zu einem anderen Tisch.

Während Isaac weiter aß, nutzte Kip die Gelegenheit, um seine Mahlzeit zu genießen. Er hatte festgestellt, dass Isaac, sobald er fertig mit dem Essen war, das Bedürfnis hatte, unterhalten zu werden.

Ein Krachen ertönte von der anderen Seite des Speisesaals. Alle Gespräche verstummten und ein paar Leute klatschten wie Idioten. Kip verkrampfte sich, als er sah, wie sich Jos vorbeugte und Glasscherben aufhob. Billy eilte zu ihm hinüber, und die beiden unterhielten sich kurz. Kip folgte Jos' Blick zu einer Frau, die gerade durch die Restauranttür gekommen war.

„Wer ist das?", fragte Kip. Red drehte sich um und zuckte mit den Schultern. Sie sah aus, als wäre sie Ende vierzig, vielleicht Anfang fünfzig. Ihre Lippen verzogen sich zu einem strengen Ausdruck, und als Billy auf sie zukam, sagte sie etwas zu ihm, woraufhin Billy wieder zu Jos blickte.

„Sie ist an Jos interessiert, das steht fest", sagte Red und Kip fühlte einen Schauer über seinen Rücken laufen. Sie sah nicht wirklich feindselig aus, aber definitiv mürrisch und unglücklich. Jos konnte im Moment nicht noch mehr Stress gebrauchen. Er begann gerade erst einen neuen Job und es ging ihm gut. Er lächelte jetzt mehr und hatte mehr Energie. Jos sah zu Kip, während er die letzten zerbrochenen Gläser wegräumte.

Er nickte und kam herüber, als er fertig war. Isaacs Teller war fast leer und Kip legte noch ein paar Pommes drauf, die Isaac mit einem Lächeln verschlang. Abgesehen davon, dass er sich beim Herunterfallen des Glases erschrocken hatte, schien er die Anspannung, die das Restaurant erfüllte, nicht zu bemerken.

„Kennst du sie?", fragte Kip.

„Ja. Sie ist die Schwester meiner Mutter. Tante Kathy. Ich habe sie seit Jahren nicht mehr gesehen und ich …" Er zitterte ein wenig. „Was könnte sie wollen?"

„Ich weiß nicht. Wir sind fast fertig. Warum redest du nicht mit ihr und versuchst es herauszufinden. Du kannst sie bitten, dich zu Hause zu treffen, wenn du hier fertig bist, vielleicht will sie versuchen, dir irgendwie zu helfen." Ihr missbilligender Gesichtsausdruck ließ ihn an seinen Worten zweifeln, aber Jos nickte leicht. Kip tätschelte sanft Jos' Hand, bevor der sich vom Tisch entfernte und auf die Frau zuging. Sie unterhielten sich kurz, ehe sie zu ihnen hinübersah, ohne zu lächeln oder zu nicken.

Jos rührte sich einige Sekunden lang nicht und Billy eilte zu ihm, berührte leicht seine Schulter und führte ihn ins Hinterzimmer.

„Es ist sicher alles in Ordnung", sagte Red. Er spürte höchstwahrscheinlich, wie aufgeregt Kip war. „Mann, dich hat es wirklich heftig erwischt. Nicht, dass das was Schlechtes wäre. Aber Billy ist bei ihm und kümmert sich um Jos. Schließlich arbeitet er gerade." Red nahm seinen letzten Bissen, anschließend legte er seine Gabel hin. „Wenn du nicht hier wärst, würde Billy sich um alles kümmern."

„Ich schätze, ich möchte derjenige sein, der sich um ihn kümmert", sagte Kip, bevor er genau realisierte, was ihm über die Lippen gekommen war.

„Das kannst du nicht. Nicht immer." Red nahm sein Wasser in die Hand und schnitt Isaac lustige Grimassen, der kicherte und dann nach weiteren Pommes griff. Kip legte den Rest der Pommes auf seinen Teller und Isaac aß weiter.

„Er hat einen bodenlosen Magen", sagte Red und Kip brauchte eine Sekunde, um zu verstehen, dass er über Isaac sprach. Seine Gedanken waren definitiv woanders. „Atme tief durch."

Kip tat es und wandte seine Aufmerksamkeit der Frau zu, die in der Nähe der Tür stand und sich umsah. Sie schien zu zögern, und dann ging sie zu Kips Überraschung auf ihren Tisch zu. Kip stand auf und kam ihr entgegen, bevor sie Isaac erreichen konnte.

„Kann ich Ihnen helfen?"

„Ich habe gesehen, wie Sie mit Josten gesprochen haben, und da er verschwunden ist … Ist das Isaac? Mein Neffe." Sie legte eine seltsame Betonung auf das Wort 'mein'.

„Jos sagte, Sie wären seine Tante, und ja, das ist Isaac." Aufgrund von Jos' Reaktion war er sich nicht sicher, wie er sich verhalten sollte, aber er fand, dass es das beste war, freundlich, aber vorsichtig zu bleiben. „Kannst du deiner Tante Hallo sagen?", fragte Kip. Isaac sah auf und lächelte, dann sagte er Hallo und aß den Rest seines Essens. „Ich bin Kip, ein Freund von Jos."

Sie sah sich um, ehe sie ihn erneut anblickte. „Interessanter Ort für einen Obdachlosen."

„Verzeihung?", sagte Kip.

„Ich weiß, dass mein Neffe obdachlos ist und vor ein paar Wochen aus seiner Wohnung geworfen wurde. Der Detektiv, den ich angeheuert habe, hat sie vor einer Woche gefunden und berichtet, dass Jos und Isaac auf der Straße leben. Ich nahm an, dass er das tat, weil er keine Freunde hatte, bei denen er schlafen konnte. Daher nehme ich an, dass Sie auch obdachlos sind."

„Nein. Wie gesagt, ich bin ein Freund und Jos wohnt im Moment bei mir. Er hat hier einen guten Job und arbeitet daran, sein Leben wieder in Ordnung zu bringen." Er war sich nicht sicher, warum er sich gezwungen fühlte, es zu erklären, und entschied dann, dass sie nichts davon anging und setzte sich wieder hin. „Hat Jos dich zu uns nach Hause eingeladen?", fragte Kip, als er sein Wasserglas in die Hand nahm. Sie war so hochnäsig und eingebildet, dass er keine Lust hatte, sie zu bitten, sich zu setzen.

„Das hat er, aber ich habe Angst, was für ein Loch dort auf mich wartet." Er erwartete halb, dass sie Händedesinfektionsmittel herausholen würde. „Wenn es Ihnen nichts ausmacht: Ich wohne im Carlisle House Bed and Breakfast. Da Sie ein Freund sind …" Ihr Ton sagte alles, aber Kip war trotzdem überrascht, dass sie auch noch Luftzitate setzte. „Er sagte, er könne mich um neun treffen. Wenn Sie also so freundlich wären, ihn zu bitten, dorthin zu kommen, wäre ich Ihnen dankbar."

„Ich werde es ihm auf jeden Fall ausrichten", sagte Kip. Sie drehte sich um und verließ das Restaurant ohne ein weiteres Wort.

„Was ist das denn für eine?", sagte Red.

„Ich frage mich, was sie will und was sie gesagt hat, um Jos so zu verstören." Er wandte sich der Küche zu, aus der gerade Josh trat. Er bediente seine Tische, aber er wirkte dabei vollkommen energielos. Er hatte immer noch ein Lächeln auf den Lippen, aber es war aufgesetzt und enthielt weder die Wärme noch die Freude, die dort vor wenigen Minuten noch gewesen war.

„Deine Tante hat dir eine Nachricht hinterlassen", sagte Kip, als Jos an ihren Tisch kam. „Sie sagte, du sollst sie im Carlisle House treffen." Den Rest, den sie gesagt hatte, ließ er aus.

„Okay", sagte Jos. „Kann ich noch etwas für euch tun?" Jos legte die Rechnung auf den Tisch, als Kip den Kopf schüttelte. „Ich muss sie unbedingt treffen. Würdest du Isaac für mich ins Bett bringen?"

„Nein", sagte Kip. „Aber ich werde dich um neun am Carlisle House treffen." Er würde Jos sich dieser Hexe nicht allein stellen lassen. „Hat sie gesagt, was sie wollte?"

Jos schüttelte den Kopf. „Nur, dass sie mit mir über einige der lächerlichen Entscheidungen meiner Mutter sprechen wollte." Jos' Hand zitterte ein wenig, als er die Gläser nachfüllte. „Ich habe eine ziemlich gute Vorstellung davon, was das bedeutet."

Kip zog eine Kreditkarte heraus und legte sie auf die Rechnung. „Entspann dich einfach und atme tief durch. Ich gehe mit dir hin und du kannst ihr zuhören, und wenn dir das, was sie zu sagen hat, nicht gefällt, sag ihr, sie soll abhauen. Wann hast du sie das letzte Mal gesehen?"

„Vor ungefähr zehn Jahren. Sie und Mom haben sich nicht gut verstanden, also kenne ich sie nicht gut."

„Sie erinnert mich an Cruella De Vil", sagte Red und Jos lächelte zum ersten Mal aufrichtig, seitdem sie aufgetaucht war.

„So hat Mama sie immer genannt. Sie sagte, dass Glenn Close sie irgendwann mal gekannt haben muss, weil ihre Darstellung im Film so perfekt war."

„Wie ich schon sagte, wir werden sie treffen und dann sehen wir ja, wie es läuft. Zieh am besten keine voreiligen Schlüsse."

Jos nickte und nahm die Kreditkarte entgegen. Red öffnete seine Brieftasche und legte ein paar Scheine als Trinkgeld auf den Tisch und Kip unterschrieb den Rechnungsbeleg, als Jos ihn zurückbrachte. Dann säuberte er Isaac und hob ihn aus seinem Sitz. „Wir sehen uns dort", sagte Jos. „Und Kip … Danke."

Er lächelte und wollte Jos einen langen Kuss geben, um ihm zu sagen, dass es nichts zu danken gab. Kip berührte stattdessen Jos' Arm und verließ dann das Restaurant mit Isaac im Arm.

„Terry ist wahrscheinlich mit seinem Training fertig und ich sollte nach Hause gehen, aber ruf an, wenn du etwas brauchst", sagte Red. „Du weißt, dass dir jeder auf der Arbeit helfen wird, wenn du es brauchst."

„Ich weiß." Kip dachte nicht, dass es dazu kommen würde, aber er wusste die Unterstützung seines Freundes zu schätzen.

„Ruf Donald an, wenn sie Jos Ärger wegen Isaac macht. Er hat viel zu sagen und seine Unterstützung könnte wichtig sein, wenn es drauf an kommt."

„Weißt du, das hier ist genau das, wovor Jos Angst hat", sagte Kip.

„Natürlich hat er das. Die Leute denken, dass Obdachlosigkeit bedeutet, dass sie ein Versager und Krimineller sind. Beides ist nicht wahr. Jos hat sein Bestes getan und bekommt jetzt die Hilfe, die er und Isaac brauchen. Das sagt viel aus. Und dass er einen Job hat, ist auch ein gutes Zeichen."

„Wir denken schon viel zu weit voraus. Vielleicht möchte sie Jos auch helfen", schlug Kip vor, obwohl er nicht daran glaubte. „Du musst gehen. Ich verspreche dir, dich anzurufen." Kip schüttelte Red die Hand und brachte Isaac zum Auto. „Hast du Lust auf Eis?"

Isaac schüttelte den Kopf. „Ich bin satt."

„Wie wäre es dann, wenn wir im Laden anhalten und ein Eis mit nach Hause nehmen. So können wir Eis essen, wenn Jos nach Hause kommt. Bis dahin bist du wieder hungrig."

„Juhu", sagte Isaac. Als er in seinem Sitz angeschnallt war, gab Kip ihm Pistazie und sie gingen in den Laden, um Eis und anderen Dinge zu kaufen, die Kip brauchte. Dann fuhr er nach Hause und ließ Isaac spielen, bis es fast neun war.

Das Carlisle House war nur ein paar Blocks von ihrem Haus entfernt. Isaac wollte zu Fuß gehen, also machte Kip ihn fertig und mit Pistazie unter Isaacs Arm verließen sie das Haus. Es war wirklich eine herrliche Nacht. Es war etwas kühl, aber es regnete nicht. Isaac hatte einen Mantel an. Begeistert blieb er immer wieder stehen und hob hübsche Blätter auf, die gerade anfingen, die Farbe zu wechseln und zu Boden zu fallen. Es war dunkel, aber die Straßen waren gut beleuchtet und Isaac schien glücklich dabei, sich umzusehen und die vorbeifahrenden Autos zu beobachten.

Als sie sich dem B&B näherten, wurde Isaac müde, also nahm Kip ihn auf den Arm. Isaac lehnte sich an ihn und legte den Kopf auf seine Schulter. Wenn Jos ausziehen würde, würde es schwer werden, diese Nähe zu Isaac aufzugeben. Sowie die atemberaubende Intimität mit Jos.

Er öffnete die Tür und wurde von Fred und Mary Braithwaite empfangen.

„Kip, wir haben dich gar nicht erwartet", sagte Fred.

„Ein Freund trifft sich mit einem eurer Gäste …"

Mary verzog das Gesicht und verdrehte die Augen. „Sie sind im Frühstückszimmer." Sie deutete auf die Tür. „Du kannst direkt reingehen. Wenn dein Freund der junge Mann ist, der vor ein paar Minuten angekommen ist, wird er meiner Meinung nach Unterstützung gebrauchen können. Sie ist eine Furie." Mary war eine dieser Frauen, die nie ein unfreundliches Wort über jemanden zu sagen hatten, daher waren das ganz schön harte Worte von ihr.

„Danke für die Warnung", sagte Kip und öffnete die Tür. Er setzte Isaac ab, der zu Jos rannte und an ihm hoch sprang, immer noch Pistazie in den Armen haltend.

„Du hast mir ein gutes Essen gebracht", sagte Isaac und rieb sich seinen kleinen Bauch. „Spistazie hat allerdings Hunger. Er will Eis."

Kip lächelte. „Wir haben welches zu Hause", erinnerte er ihn.

„Dies ist ein privates Treffen mit meinem Neffen", sagte Jos' Tante Kathy.

„Ich habe ihn gebeten, hier zu sein", sagte Jos.

„Ich werde nicht mit einem obdachlosen Fremden in einem Raum sitzen –", sie wandte sich von Kip ab und funkelte Jos an, „– den du für einen geeigneten Babysitter für meinen Neffen hältst."

„Er ist mein Bruder", sagte Jos. „Und Mama hat mir in ihrem Testament die Anweisung hinterlassen, für ihn zu sorgen."

Kip setzte sich gerade noch rechtzeitig neben Jos auf das Sofa, um seine Tante leise spotten zu hören. „Deine Mutter war nicht mal in der Lage, eine rationale Entscheidung treffen, wenn ihr Leben davon abhing. Das zeigte sich ja wohl deutlich." Zu seiner Überraschung richtete sie ihre Katzenaugen auf ihn. „Meine Schwester war Alkoholikerin. Eigentlich war sie eher ein Schluckspecht.

Alkoholiker gehen zu Treffen und versuchen an sich zu arbeiten. Was auch immer sie in ihr Testament geschrieben hat, wird leicht anzufechten sein." Sie öffnete ihre Handtasche und zog ein Taschentuch heraus. Sie tupfte sich die Augenwinkel ab und legte dann das Taschentuch zurück. „Es wird leicht sein, die Behörden davon zu überzeugen, dass ich Isaac ein besseres Zuhause geben kann."

„Das glaube ich nicht", unterbrach Kip sie. „Jos hat einen Job und bietet Isaac ein gutes Zuhause."

„Wo? In dem Loch, das er mit Ihnen teilt?", sagte sie von oben herab.

„Kip ist –", begann Jos, hörte aber auf, als Kip den Kopf schüttelte.

„Kennen Sie Ihre Neffen überhaupt?", fragte Kip.

„Meine Schwester und ich hatten in den letzten Jahren nicht viel miteinander gesprochen, daher hatte ich keine Gelegenheit, Isaac oder Josten kennenzulernen. Aber ich hoffe, das ändern zu können."

„Indem Sie die Wünsche ihrer Mutter anfechten und dafür kämpfen, sie auseinander zu bringen?", fragte Kip. „Das klingt für mich, als wären Sie nicht ganz auf der Höhe."

„Und Sie sind wer? Ich meine, wer sind Sie wirklich?"

„Kip Rogers", sagte er und streckte die Hand aus. „Ich bin ein Polizist des Carlisle Police Department. Jos und Isaac wohnen aktuell bei mir. Er kooperiert bereits mit dem Jugendamt. Jos hat einen Job und versucht, sein Leben für sich und Isaac wieder auf die Reihe zu bekommen. Er gibt viele Leute, die ihm helfen." Kip sah, wie ihr Gesichtsausdruck für ein paar Sekunden weicher wurde.

„Sie sind also nicht obdachlos?", fragte sie.

„Nein. Ich bin Polizist", sagte Kip mit fester Stimme. „Wenn Sie also Ärger machen wollen, schlage ich vor, dass Sie es sich zweimal überlegen. Ein guter Prozentsatz der Polizei kennt Jos und Isaac. Der Mann, mit dem wir heute zu Abend gegessen haben, ist auch ein Polizist. Es gibt also mehr als einen von uns, die erlebt haben, wie kaltherzig Sie sich verhalten haben …"

„Josten, erlaubst du dieser … dieser … Person so mit mir zu sprechen?"

Jos starrte sie an. „Ich kenne dich kaum", sagte er sanft zu seiner Tante. „Kip hat viel für Isaac und mich getan. Ich hatte Pech und Kip war für uns beide da." Die Niedergeschlagenheit in seiner Stimme war deutlich herauszuhören.

Jos' Tante stand auf. „Ich weiß es zu schätzen, dass Sie meine Neffen von der Straße geholt haben. Ich kann nicht viel für Josten tun – er ist erwachsen und alt genug, um seine eigenen Entscheidungen zu treffen und seinen eigenen Weg zu gehen. Aber ich kann Isaac helfen und das habe ich auch vor."

„Ich würde mich über deine Hilfe freuen", sagte Jos.

„Ich kann helfen, indem ich dafür sorge, dass Isaac ein richtiges Zuhause hat und bestmöglich versorgt wird. Ich werde einen Anwalt beauftragen, um meine Möglichkeiten in dieser Situation auszuloten."

Jos hob Isaac auf seinen Schoß und Kip konnte sehen, wie er sich in sich selbst zurückzog. Wenn ihre Tante irgendetwas verstand oder die Fähigkeit hatte, ihre eigenen unmittelbaren Wünsche und Bedürfnisse zu überwinden, würde sie sehen können, wie sehr sie Jos verletzte. Kip sah es sofort und legte den Arm um Jos' Schultern. Er musste ihn wissen lassen, dass er für ihn da war.

„Lass uns gehen", sagte Kip sanft.

„Ich würde gerne etwas Zeit mit Isaac verbringen", sagte sie, als sie die Tür erreichten.

Kip drehte sich zu Jos um, der verwirrt schien und seine Augen waren ein wenig glasig. Höchstwahrscheinlich aus Angst. „Du schuldest ihr nichts", sagte Kip.

„Ich weiß. Aber sie ist die Schwester meiner Mutter", sagte Jos und drehte sich dann zu ihr um. „Ich werde drüber nachdenken." Jos machte einen Schritt aus dem Zimmer und hielt Isaacs Hand.

Isaac blieb in der Tür stehen und drehte sich wieder zu seiner Tante um, winkte einmal, dann nahm er wieder Jos' Hand. Kip bedankte sich bei Mary, die ihnen die Tür öffnete, und dann hob er Isaac in seine Arme und nahm Jos' Hand.

„Hast du bei der Arbeit gegessen?", fragte Kip, als sie nach Hause gingen.

„Ja. Darryl hat uns ein paar seiner neuesten Gerichte vorgesetzt, bevor unsere Schicht begann. Es war ziemlich gut, aber auch ein bisschen seltsam. Manchmal will er Sachen machen aus Zeugs wie Gehirnen und Innereien und so. Das hat mir zumindest Billy erzählt." Jos streckte die Zunge heraus. Kip nahm an, dass Jos nicht über seine Tante und das, was gerade passiert war, sprechen wollte und beschloss, es dabei zu belassen. „Er hat ein Lebergericht gemacht und es war nicht schlecht, aber danach stank das ganze Restaurant. Billy und ich sind rumgerannt, um den Geruch aus dem Restaurant herauszubekommen, bevor wir öffnen. Darryl hat zugestimmt, dass er das Gericht lieber nicht auf die Speisekarte setzen wird." Während sie liefen, wurde Jos still.

Kip wartete darauf, dass er etwas sagte, aber sie gingen einfach weiter. Mit jedem Schritt, den sie machten, schienen sie immer tiefer in die Nacht hinabzusteigen und die Stille umgab sie immer mehr. Als sie das Haus erreichten, hatte Jos immer noch nichts gesagt und als sie hinein gingen, nahm Jos Isaac mit nach oben, um ihn ins Bett zu legen.

Isaac hatte den Großteil des Weges geschlafen, daher musste es für Jos ein Leichtes sein, ihn ins Bett zu bringen. Nur kurze Zeit später gesellte er sich wieder zu Kip ins Wohnzimmer.

„Ich wollte Tee kochen", sagte Kip.

Jos schüttelte den Kopf. „Alles, was ich will, ist, dass der Mist endlich aufhört."

„Isaac gehört zu dir. Das hat deine Mutter in ihrem Testament bestimmt. Deine Tante kann da sehr wenig dran ändern."

Jos nickte. „Aber was, wenn sie sich wirklich besser um Isaac kümmern kann als ich? So wie sie aussah und nach dem, was meine Mutter sagte, könnte sie Isaac Dinge geben, die ich mir nie leisten könnte. Und sie ist unsere Tante, die Schwester meiner Mutter. Ich nehme an, wenn sie Zeit mit Isaac verbringen möchte, kann ich nicht Nein sagen."

Kip seufzte. „Ich habe dir von meiner Mutter erzählt." Jos nickte. „Nach ihrem Tod gingen mein Vater und ich zur Therapie. Er sagte, wir wären beide ziemlich fertig wegen ihres Alkoholismus. Ich dachte, wir wären fertig wegen dem, was mit Adrienne passiert ist. Mein Vater sagte Nein. Das war ein Unfall und nicht meine Schuld. Es war das Trinken meiner Mutter, das es verursacht hat. Wie auch immer, Dad hat uns beide zur Therapie geschickt und es hat geholfen. Ich glaube, er hat erkannt, dass er co-abhängig war. Eines der Dinge, die ich über mich selbst gelernt habe, war, dass Kinder alkoholkranker Eltern oft fürsorglich sind. Ich habe mich um Adrienne gekümmert, weil meine Mutter es nicht konnte, genauso wie du auf Isaac aufpasst."

„Ist das schlecht?", fragte Jos.

„Nein, ist es nicht. Aber die andere Sache ist, dass wir immer versuchen, alle glücklich zu machen. Ich dachte immer, wenn meine Mutter glücklich wäre, müsste sie nicht trinken. Ich habe mich geirrt, aber so dachte ich damals. Ist es das, was du tust?"

Jos zuckte mit den Schultern.

„Warst du jemals bei einer Gruppe für die Angehörigen von Alkoholikern?" Jos schüttelte den Kopf, antwortete aber ansonsten nicht.

„Ich war eine Weile bei so einer Gruppe. Am Anfang hat es mir nicht viel geholfen. Aber als ich mich langsam den anderen öffnete, wurde mir vieles klar. Zum Beispiel wie sehr mich das Trinken meiner Mutter beeinflusst und zu der Person gemacht hat, die ich bin. Ich habe auch gesehen, wie ich immer wieder versucht habe, alle anderen glücklich zu machen."

„Ja. Ich glaube, das geht mir auch so." Jos sah vom Boden auf. „Ich denke, wenn die Leute glücklich sind, trinken sie vielleicht nicht mehr oder vielleicht mögen sie mich dann." Jos begegnete seinem Blick. „Du meinst also, ich solle mir keine Sorgen machen, was Tante Kathy will?"

„Die einzigen Menschen, um du dir Sorgen machen musst, sind Isaac und du. Wenn du nicht willst, dass sie zu Besuch kommt, kannst du Nein sagen."

„Aber was ist, wenn sie versucht, mir Isaac wegzunehmen?" Jos zitterte, als er die Worte sagte. Kip konnte es nicht ertragen, Jos so zu sehen. Er hatte schon genug Schlimmes durchgemacht. Und gerade jetzt, wo es aussah, als würden sich die Dinge zum Guten wenden, musste so etwas geschehen.

„Wir werden Donald morgen früh anrufen. Er wird uns bestimmt helfen können. Die Sache ist die, sie kann nicht einfach um das Sorgerecht klagen. Na ja, sie kann schon, aber das läuft nicht ab wie eine normale Klage. Familiengerichte funktionieren anders. Bei Kindern und Sorgerecht müssen alle möglichen Dinge getan werden. Sie müsste eine ganze Menge Beweise vorzeigen, um Isaac zu bekommen."

„Ich muss mir ein eigenes Haus suchen. Ein Zuhause für Isaac, damit ich zeigen kann, dass er einen sicheren Ort hat."

„Ich weiß nicht." Kip wollte gerade sagen, dass Jos und Isaac dort, wo sie waren, ein Zuhause hatten. Aber er war sich nicht sicher, ob das Jos nur wegstoßen würde. Außerdem wollte Kip, dass Jos sich aus eigenem Willen dafür entschied, bei ihm zu bleiben und nicht nur einzuziehen, weil er dachte, er müsste es tun, um seinen Bruder zu behalten. Wenn Jos glaubte, eine eigene Wohnung finden zu müssen, würde Kip ihm helfen, egal wie glücklich es ihn machte, dass die beiden bei ihm waren. „Wir können Donald morgen früh alle deine Fragen stellen."

„Okay." Jos stand auf, beugte sich hinunter und küsste Kip auf die Lippen. Dann verließ er das Zimmer und Kip hörte ihn die Treppe hinaufsteigen. Er seufzte, als er begann die Lichter auszuschalten und das Haus abzuschließen. Als er oben ankam, war die Tür zu Isaacs Zimmer angelehnt. Kip ging in sein eigenes Zimmer und fand dort ein leeres Bett vor.

Er starrte darauf und stöhnte leise. Jos hatte sich die letzte Woche lang das Bett mit ihm geteilt und schien damit zufrieden zu sein. Jetzt kam es Kip vor, als wäre ihm etwas Kostbares und Besonderes entrissen worden. Es war jedoch Jos' Entscheidung und Kip würde weder danach fragen noch ihn stören. Wenn Jos Raum für sich brauchte, dann war das seine Entscheidung und Kip würde es respektieren.

Kip wusch sich und zog sich aus, ging ins Bett und machte das Licht aus. Er wälzte sich eine Weile im Bett hin und her, dann starrte er die Decke an. Ein leises Quietschen kam aus dem Flur. Kip vermutete, dass Jos aufstand, um auf die Toilette zu gehen. Er hörte, wie Wasser lief und dann stoppte. Schließlich öffnete und schloss sich die Tür. Kip hörte das Quietschen wieder und drehte sich von der Tür weg. Er musste schlafen, sonst würde er seine Schicht morgen nicht überstehen.

„Kip", sagte Jos.

Kip rollte sich zurück in Richtung der Tür und sah Jos im Türrahmen stehen. Kip hob die Decke hoch und Jos glitt darunter.

Jos fühlte sich gut an in seinen Armen. Alles, woran Kip dachte, war, dass er Jos zeigen wollte, wie sehr er ihn in seinem Bett und in seinem Leben haben wollte. Er konnte es nicht in Worte fassen, also schob Kip Jos' Shirt hoch ihm über den Kopf. Dann zog er Jos' Shorts aus, ehe er seine warme, glatte Brust und seinen Bauch streichelte. Er konnte einfach nicht genug bekommen, fuhr mit den Händen über Jos' Arme.

„Du bist wie ein Oktopus."

„Ich kann nicht genug von dir bekommen und ich hatte das Gefühl, dass du dich von mir zurückziehst", sagte Kip, während er seine Erkundungen fortsetzte. Er würde nie wissen, was Jos als nächstes sagen wollte, denn er küsste die Worte weg und Jos schlang seine Beine um Kips Taille. Kip leckte über Jos' Nacken und über seine Schulter, saugte leicht an seiner salzigen Haut. Er liebte es, wenn er eine dieser Stellen fand, die Jos einen Schauer über den Rücken laufen ließen.

„Wieso bin ich nackt und du nicht?", fragte Jos. Kip ließ kurz von ihm ab, um sein Shirt auszuziehen. Jos presste seine Hände auf seine Brust, Kips Haut war wie elektrisiert. Er hatte so etwas noch nie mit jemand anderem erlebt. Es schien egal zu sein, wo Jos ihn berührte – in Sekunden war seine Haut von Gänsehaut überzogen. Kip schaffte es, seinen Kopf so weit freizubekommen, dass er sich aus seiner Unterhose befreien und sie aus dem Bett werfen konnte. Dann zog er Jos näher. Sie lagen Brust an Brust, Hüfte an Hüfte, Jos' Erektion an seiner. Gott, wie er das liebte. Er zitterte vor Aufregung, als Jos seine Hüften kreisen ließ.

Jos drückte sich nach oben und Kip ließ sich von ihm auf den Rücken schieben. Kip mochte es, wie er sich auf ihm anfühlte und als Jos an seiner Brustwarze saugte, schloss Kip die Augen. Jos zog seine Zähnen über seine Haut und Kip machte ein leises zischendes Geräusch, als das Gefühl direkt in sein Gehirn und seine Erektion schoss, die an Jos' Bauch gedrückt pochte.

Er erwartete, dass Jos seinen Bauch hinunter küssen würde, aber stattdessen leckte er über seine Brust und hob Kips Arm über seinen Kopf. Dann leckte er die Seite von Kips Oberkörper entlang und machte Kip damit fast verrückt. Wer hätte gedacht, dass es eine Stelle direkt über seiner Hüfte gab, die sich so verdammt gut anfühlte? Er hatte es nicht gewusst, aber Jos hatte sie gefunden und schien davon fasziniert.

„Jos", wimmerte Kip. Tatsächlich – er wimmerte.

„Du hast so viele tollen Stellen, und ich möchte sie alle finden", sagte Jos.

Kip war sich nicht sicher, wie viele dieser Stellen er noch finden konnte, bevor sein Kopf explodierte. Jos' Küsse wanderten tiefer, bis knapp über seiner Hüfte. Kips Bein zuckte, als Jos die Innenseite seiner Hüfte leckte. Sein Schwanz zuckte und er wünschte sich so sehr, dass Jos seine Aufmerksamkeit darauf lenken würde. Er war sich nicht sicher, wie er das hier alles aushalten sollte. Es fühlte sich gleichzeitig seltsam und wunderbar an, irgendwie prickelnd. „Verdammt", stöhnte Kip.

„Was willst du, dass ich tu? Soll ich dir einen blasen?" Jos hob sein Gesicht und kletterte langsam wieder an ihm hoch, wobei er kleine Kreise mit seinen Händen auf Kips Bauch und Brust malte. „Willst du mich in dir haben?", fragte er und Kip spürte, wie er in seinen Armen zitterte.

„Macht dich das an?", fragte Kip. „Ist es das, was du willst?"

„Ja", hauchte Jos. „Ich will dich sehen, wenn ich dich ausfülle und wenn du nur davon kommst, dass ich in dir bin."

Kip verstummte, als er begriff, was Jos gesagt hatte. Die Art, wie er die Worte, kehlig und tief, ausgesprochen hatte, hatte ihn mitgerissen, obwohl die Worte selbst nicht sofort bei ihm ankamen. „Du willst …"

„Ja", sagte Jos. „Du bist wirklich sexy und ich will dich sehen, wenn ich …" Jos hielt inne und begann. „Warst du noch nie … unten?"

„Vor langer Zeit mal und es hat mir nicht besonders gefallen", gab Kip zu. Er wollte wirklich nicht so an die Sache rangehen. „Ich glaube, ich dachte, weil ..." Jetzt war er an der Reihe, die Sätze nicht zu Ende zu bringen.

„Du dachtest, da ich ein bisschen kleiner bin als du, wäre ich derjenige, der unten liegt? Ich mag beides." Jos kuschelte sich näher. „Ich kann dafür sorgen, dass du dich so verdammt gut fühlst."

Kip kicherte und löste sich von seiner Angst. Hier ging es um Jos. „Das kannst du, was?"

„Oh, ja. Ich werde dich ausfüllen und diesen Ort tief in dir berühren, der dich verrückt macht und dich mich anflehen lässt, nie aufzuhören." Jos rutschte seinen Körper hinunter und Kip hielt ihn nicht auf. Er war sich nicht so sicher, wie er es fand, derjenige zu sein, der unten lag, aber er war auch nicht egoistisch und wollte Jos glücklich machen.

Jos rollte ihn auf den Bauch und setzte sich auf seine Beine. Kip spürte, wie Jos' Schwanz über seinen Hintern glitt, und dann streichelte Jos über seinen Rücken. Er massierte ihn von seinen Schultern bis knapp über seinen Hintern und dann wieder nach oben. Immer und immer wieder streichelte er ihn und für eine Sekunde lang fragte sich Kip, was hier gerade passierte. Er war doch derjenige, der Jos trösten und ihm ein besseres Gefühl geben sollte.

Er stöhnte, als Jos seinen Hintern massierte, die Finger zwischen seine Pobacken grub und sie dann auseinander spreizte. Er stöhnte schamlos auf, als Jos seiner Öffnung immer näher kam und ihn mit sanften, magischen Fingern neckte, bevor er sie schließlich über seine Öffnung gleiten ließ. Kip zitterte und griff nach dem Nachttisch. Er holte ein paar Vorräte heraus, und schaffte es gerade so, dass sie dabei nicht auf den Boden fielen.

Jos nahm das Gleitgel und verteilte es auf seiner Hand. Er ließ seine Finger um seine Öffnung gleiten, bevor er langsam hineinglitt. „Mit was für Typen warst du vor mir zusammen?", fragte Jos.

„Ich war jung." Kips Antwort verwandelte sich in ein Stöhnen, als Jos seinen Finger krümmte und über eine Stelle rieb, die ihn Sterne sehen ließ. Natürlich war sich Kip bewusst, dass es diese Stelle gab. Er hatte sie bei anderen Typen gefunden und hatte gelegentlich eine tolle Zeit damit gehabt, danach zu suchen, aber er hatte nie jemanden nach seiner suchen lassen. „Er war es auch", fügte er hinzu.

Jos flüsterte etwas und Kip hätte gerne als Antwort geknurrt – vielleicht tat er das sogar, er konnte sich nicht erinnern, denn Jos nahm einen zweiten Finger dazu. Kip wusste, dass er gleich so weit war, und bald war es tatsächlich so weit. Jos war direkt hinter ihm und drückte sich gegen seinen Eingang. Kip tat sein Bestes, um sich zu entspannen und darauf zu vertrauen, dass Jos es schaffen würde, dass es sich gut für ihn anfühlte.

„Ich will dich sehen", sagte Kip. Er rollte sich langsam um. Auf dem Bauch liegend fühlte er sich zu weit von Jos entfernt. Er brauchte diese Verbindung.

Jos ließ sich zwischen seinen Beinen nieder und beugte sich über ihn, ihre Lippen waren dicht beieinander. „Du hast ja keine Ahnung, was das für mich bedeutet. Dass du mir genug vertraust, um –" Jos schluckte.

„Natürlich vertraue ich dir", sagte Kip, umfasste Jos' Wangen und zog ihn zu sich zu einem Kuss. Als er das tat, drängte Jos nach vorne und Kips Körper öffnete sich ihm. Er zischte gegen Jos' Lippen und unterbrach den Kuss, als die Dehnung ihn überwältigte. Der Schmerz brachte ihm für sekundenlang Tränen in die Augen und dann glitt Jos in ihn und Kip konnte gerade noch atmen.

„Tue ich dir weh?", fragte Jos und hielt inne.

„Ja ... Nein ... Wage es nicht, aufzuhören", sagte Kip zu ihm, während er innerhalb von wenigen Sekunden eine ganze Reihe von verschiedenen Empfindungen durchging. Jos nickte und drang tiefer in ihn ein. Jos drückte seine Hüften gegen Kips Hintern, und Kip hatte sich noch nie in seinem Leben so voll gefühlt. Jos hielt ein paar Sekunden still und zog sich dann zurück. „Oh Gott."

„Ja. Rein ist gut, raus ist fantastisch", flüsterte Jos und strich sich über seine Brust. „Ich weiß, dass du schreien willst. Verdammt, das tue ich auch, aber dann hätten wir hier einen Besucher, den wir im Moment nicht haben wollen. Also musst du ruhig bleiben." Jos kicherte ihn tatsächlich an.

„Ich bin hier nicht der Laute."

„Du wirst es sein, wenn ich mit dir fertig bin."

Jos begann sich schneller zu bewegen. Kip spreizte seine Beine weiter auseinander und Jos rutschte ein wenig tiefer und bewies, dass er recht hatte. Kip musste sich sehr zurückhalten, um nicht aus vollem Halse zu schreien. Jos' Finger in ihm waren eine Sache gewesen, aber als seine Erektion diese eine Stelle berührte, schickte es Kip in andere Welten. Und er tat es immer und immer wieder.

Innerhalb von Minuten schnappte Kip nach Luft und war am Rande des Kontrollverlusts. Er fühlte sich wieder wie ein Teenager und das alles nur wegen Jos. Kip umfasste seinen eigenen Schwanz und ließ ihn dann los, denn ansonsten wäre alles in Sekunden vorbei und er wollte, dass es länger anhielt.

Jos schien andere Ideen zu haben. Als wäre Kip nicht eh kurz davor durchzudrehen, waren Jos' Hände auch noch damit beschäftigt, ihn über und über zu berühren.

„Willst du mich kitzeln?", knurrte Kip und er hielt Jos' Hände fest.

„Nein. Da ist einer deiner Punkte, direkt über deinem Bauchnabel." Jos streichelte ihn dort und machte kleine Kreise und Kip war sich nicht sicher, ob er lachen, stöhnen oder kommen sollte. Er würde Jos fragen müssen, woher er das alles wusste, aber im Moment war er zu weit weg, um darüber nachzudenken.

„Jos", stöhnte Kip. Er versuchte, die Kontrolle über seinen eigenen Körper zu behalten, aber es funktionierte nicht. Jos war dabei ihn in ganz andere Sphären zu schicken. Kip biss sich auf die Unterlippe, während er versuchte, nicht zu schreien. Er war kurz davor, so kurz davor. Wenn Jos ihm noch ein bisschen mehr gab, würde er in einen Abgrund stürzen, aber Jos hielt ihn auf der Messerschneide, bis seine

Stöße unregelmäßig wurden, dann beschleunigte er das Tempo und Kip hielt es nicht mehr aus. Er schloss die Augen und versuchte, nicht zu explodieren. Kip hätte schwören können, dass er flog, als sein Höhepunkt ihn umwarf. Er spürte auch, wie Jos kam, aber er war so weit weg, dass er es nur am Rande seines Bewusstseins wahrnahm.

Als Jos auf ihm lag, drückte Kip ihn fest an sich. „Du bist unglaublich", hauchte Kip, als er wieder sprechen konnte.

„Du auch, Schatz", sagte Jos, atmete tief durch und lehnte sich an ihn. Es war wunderbar. Die beiden lagen in der Dunkelheit, kein Geräusch außer ihrem Atem war zu hören und es gab nichts, das zwischen ihnen lag. „Ich denke, wir müssen uns sauber machen oder wir kleben zusammen."

„Es gibt niemanden, an dem ich lieber festkleben würde", hauchte Kip, der sich überhaupt nicht bewegen wollte. Als sich ihre Körper getrennt hatten, stand Jos langsam vom Bett auf und zog Kip auf die Füße. Sie landeten im Dunkeln unter der Dusche, betasteten und hielten sich gegenseitig fest, als das warme Wasser über sie strömte. Kip wollte seine Augen nicht öffnen und hielt Jos einfach fest, bis das Wasser kalt wurde. Das Nachtlicht, das er im Badezimmer hatte, gab genug Licht, um sich gegenseitig abzutrocknen und die Handtücher aufzuhängen. Dann zogen beide sicherheitshalber Shorts an und legten sich wieder ins Bett.

Jos kuschelte sich eng an ihn, seinen Hintern und seinen Rücken an Kip gepresst. „Danke", flüsterte Jos.

„Wofür?"

„Dafür, dass du mir gegeben hast, was ich brauchte." Jos drehte sich um. „Ich weiß, dass du stark und groß und sexy bist. Du bist es gewohnt, die Kontrolle zu haben, aber heute Nacht habe ich das mehr gebraucht, als du wissen kannst, und das hast du mir ermöglicht."

Kip schluckte schwer und zog Jos an sich, hielt ihn fest, ohne etwas zu sagen. Er wollte seine Blase nicht platzen lassen, aber er hatte Jos nur glücklich machen wollen. Manchmal funktionierten Dinge einfach. „Versuch zu schlafen", flüsterte Kip und Jos rollte sich wieder weg. Kip umarmte ihn und schloss die Augen. Innerhalb von Minuten war er eingeschlafen.

Ein Donnerschlag weckte ihn mitten in der Nacht. Kip kuschelte sich tiefer unter die Decke und schloss erneut die Augen. Er liebte Stürme und hörte dem Regen gerne zu. Nach ein paar Minuten öffnete sich jedoch die Tür. „Jos, Spistazie hat Angst."

Er antwortete nicht einmal, bevor Isaac auf die andere Seite des Bettes lief und sich neben Jos legte, der sich leicht von Kip wegbewegte.

„Ist schon in Ordnung. Das ist nur ein bisschen Blitz und Donner. Es wird nicht allzu lange anhalten", sagte Jos und Kip hörte, wie Isaac etwas darüber flüsterte, dass Gott wütend sei. Jos beruhigte ihn und schließlich schlief Isaac wieder ein.

Als Kip wieder einnickte, konnte er sich für eine Weile vorstellen, wieder Teil einer Familie zu sein. Genau wie bei der Familie, die er gehabt und Stück für Stück verloren hatte, wusste er, dass er das Beste aus dem machen musste, was er hatte, bevor etwas passierte und er auch Jos und Isaac verlor. Das schien für ihn der Lauf der Dinge zu sein: Die Leute verließen ihn und er endete allein. Ob es ihm gefiel oder nicht.

6

AM NÄCHSTEN Tag kontaktierte Tante Kathy Jos, der Isaac vor Arbeitsbeginn ins Bed-and-Breakfast brachte. Sie war seine einzige lebende Verwandte und Jos fand, Isaac sollte sie ein wenig kennenlernen, trotzdem war er in ihrer Nähe sehr vorsichtig, und wenn sie Fragen darüber stellte, wie er gelebt hatte und ob er Hilfe brauchte, antwortete er nur vage. Als sie fragte, ob sie helfen könne, sagte Jos ihr, dass er viel Unterstützung habe und derzeit auf der Suche nach einer eigenen Wohnung sei. Was er wirklich brauchte, war etwas Geld, bis er bezahlt wurde und damit er bei Kip etwas beitragen konnte, aber er würde sie ganz sicher nicht darum bitten. Also schwieg er und ließ Isaac im Mittelpunkt stehen.

„Wie heißt dein Bär?", fragte Tante Kathy.

„Das ist Weeble", sagte Isaac und hielt das abgenutzte Stofftier hoch. „Und das ist Spistazie. Onkel Kip hat ihn für mich besorgt. Ich hab ihm gesagt, dass ich ein richtiges Pferd will und er hat mir eins besorgt." Isaac umarmte ihn. „Ich weiß, das ist kein echtes Pferd. Aber es ist besser als ein Lego-Pferd." Damit schien für Isaac alles gesagt und er ließ Pistazie durch den Raum laufen und machte dabei galoppierende und wiehernde Geräusche.

„Magst du es da, wo du lebst?", fragte seine Tante Isaac und Jos versteifte sich ein wenig.

„Ja. Es ist wirklich schön und ich habe ein großes Zimmer mit einem großen Bett für mich allein." Isaac fing wieder an zu spielen und Jos atmete erleichtert auf, weil Isaac nicht erwähnt hatte, wo Jos schlief. Er schämte sich nicht dafür, dass er schwul war oder dass er mit Kip schlief. Aber er wollte seiner Tante keine zusätzliche Munition geben, falls sie sich wirklich dazu entschloss, Ärger zu machen.

„Hast du noch andere Spielsachen?", fragte sie.

„Sie wurden geplättet", sagte Isaac und begann wieder zu spielen.

„Ich hatte eine Wohnung gefunden, die ich mir leisten konnte, aber der Vermieter war ein Verbrecher", sagte Jos. „Ich habe meinen Job verloren und er hat uns rausgeschmissen. Es ist eine lange Geschichte, aber ich konnte nichts mitnehmen und er hat das Gebäude abgerissen, in dem die meisten unserer Sachen noch drin waren. Kip und sein Freund Red haben es geschafft, dass wir einige der wichtigsten Sachen zurückbekommen haben. Der Vermieter sagte, er hätte uns ganz legal mit Vorwarnung gekündigt, aber in echt hat er uns einfach rausgeschmissen. Der Kerl ist total hinterlistig. Aber viele unserer Sachen sind weg. Kip hat in den Trümmern gegraben, als Isaac ihm erzählte, wo Weeble war." Jos lächelte. „Du hättest ihn mal sehen müssen. Er hat Ziegelsteine und Wandstücke beiseite geschoben. Er und Red haben sogar ein Stück Wand hochgehoben, bis sie gefunden haben, was von Isaacs Bett übrig war. Er hatte Weeble darunter gelegt, um zu versuchen, ihn zu beschützen."

Für kurze Zeit dachte Jos, er hätte in den Augen seiner Tante ein Aufblitzen von Emotionen gesehen, aber dann sah sie distanziert wie immer aus. Seine Tante saß in ihrem Stuhl und sah Isaac beim Spielen zu. Nach ein paar Minuten rief Jos ihn zu sich. Es war klar, dass seine Tante ihm nicht nachgehen oder viel Zeit damit verbringen würde, direkt mit ihm zu interagieren. Es war fast so, als wüsste sie nicht genau, wie sie mit ihm umgehen sollte.

„Wo geht Isaac tagsüber hin?"

„Wenn ich arbeite, besucht er eine Kita. Das sind nicht nur Babysitter. Sie haben richtig gute Bewertungen und helfen Isaac beim Lernen von Zahlen und Buchstaben. Alles ist sehr lehrreich und macht Spaß. Isaac liebt es dort. Donald, der Partner eines anderen Officers, mit dem Kip zusammenarbeitet, hat mir geholfen, den Ort zu finden und Isaac dort anzumelden. Er arbeitet mit dem Jugendamt zusammen und hat uns sehr geholfen." Jos hob Isaac auf seinen Schoß.

„Können wir jetzt gehen?", fragte Isaac.

„Ja. Ich muss dich nach Hause bringen, um dich für die Kita fertig zu machen. Pistazie und Weeble können sich gegenseitig Gesellschaft leisten, während du weg bist. Onkel Kip wird dich wie gestern abholen."

„Können wir bei dir essen, so wie gestern?"

„Nein, ich glaube nicht. Aber Onkel Kip hat gesagt, er würde dir zum Abendessen Makkaroni machen." Das kam immer gut an.

„Und Chicken Nuggets?" fragte Isaac.

„Ich schwöre, irgendwann wirst du dich selbst in ein Chicken Nugget verwandeln", sagte Jos und kitzelte Isaac, der kicherte und sich in seinen Armen wand.

„Hi, Onkel Kip", sagte Isaac und glitt von Jos' Schoß, ehe er zu Kip rannte, als der den Frühstücksraum des Bed-and-Breakfast betrat. Jos hatte ihn nicht erwartet, aber als er ihn in seiner Uniform sah, war er beeindruckt. Kip sah darin besonders stark und imposant aus.

„Bist du bereit zu gehen?", fragte Kip Isaac und nickte Jos' Tante zu. Jos dachte, sein unerwartetes Erscheinen sollte wohl einschüchternd wirken. Jos war sich nicht sicher, wie sehr das bei seiner Tante funktionieren würde, aber er genoss zumindest den Anblick. „Deine Schicht beginnt in einer Stunde und ich dachte, ich könnte Isaac zur Schule fahren, damit du Zeit hast, dich fertig zu machen. Ich muss in einer halben Stunde in der Polizeistation sein."

Jos sah seine Tante an. „Es war gut, dich zu sehen."

„Wir werden uns bald wieder unterhalten, da bin ich mir sicher", sagte sie förmlich und ein wenig bedrohlich, bevor sie Jos' Hand schüttelte.

„Verabschiede dich von deiner Tante", sagte Jos zu Isaac, der sich von Kip löste, zu ihr rannte und gegen ihre Beine prallte. Isaac umarmte sie und verabschiedete sich. Tante Kathy berührte leicht Isaacs Kopf.

„Tschüss", sagte sie mit der ersten Andeutung eines Lächelns auf ihren Lippen. Isaac zog sich zurück und rannte dann zurück zu Kip, der ihn in seine Arme nahm.

„Lass uns gehen, kleiner Mann. Wir haben Termine, zu denen wir müssen, und du hast Freunde, die du treffen musst." Kip nickte noch einmal seiner Tante zu und verließ den Raum. Es war überraschend. Er konnte in der Arbeit und wenn er mit anderen agierte oft so streng sein, aber Isaac und ihm brachte er nichts als Wärme und Fürsorge entgegen.

Als sie aus dem Zimmer traten, kam Kip näher und küsste ihn sanft.

„Ooooh, küssen", sagte Isaac und verzog das Gesicht. „Carly hat versucht, mich zu küssen." Er schüttelte heftig den Kopf und verzog immer noch das Gesicht. „Ich habe Carly gesagt, sie soll ihre Mädchenlippen bei sich behalten."

„Du willst nicht, dass Mädchen dich küssen?", fragte Jos.

„Ich möchte nicht, dass mich irgendjemand küsst. Das ist eklig." Er nickte, als hätte er damit das abschließende Wort zu diesem Thema gesagt. Jos half Isaac in seine Jacke und zog dann seine eigene an. Kips Auto stand direkt vor der Tür und sobald Isaac angeschnallt war, fuhr Kip sie nach Hause.

DIE NÄCHSTE Woche war ruhig. Er und Kip arbeiteten und kümmerten sich um Isaac. An einem Tag telefonierte er in seiner Pause mit Donald, der zunächst Schwierigkeiten gehabt hatte, eine Wohnung zu finden, die sich Jos leisten konnte.

„Vielleicht klappt es bald. Ein Freund, dem das Gebäude neben dem Café Belgie gehört, sagte mir, ein Mieter habe ihm gerade gekündigt. Es ist klein, aber es gibt einen zweiten Raum, der als ein Schlafzimmer für Isaac dienen könnte", sagte Donald. „Glaubst du, du kannst etwas warten?"

„Ich hoffe es", sagte Jos zögernd. „Wir verstehen uns alle gut bei Kip, aber ich will ihm nicht auf der Tasche liegen. Er ist so gut zu uns, aber ich bin sicher, er möchte sein altes Leben wieder zurück." Ein kalter Stich durchfuhr ihn und er zitterte.

Donald antwortete nicht sofort. „Okay. Dann bleib ich für dich an der Wohnung dran. Ich habe gehört, dass du bald von der Sozialhilfe hören wirst. Es kann eine Weile dauern, bis das Geld bei dir ankommt, aber ich hoffe, dass die Genehmigung durchgeht."

„Was ist mit meiner Tante und dem, was sie gesagt hat?", fragte Jos.

„Hast du in der letzten Woche von ihr gehört?", erwiderte Donald.

„Nein. Sie ist weg und hat nicht mehr angerufen oder so", sagte Jos. „Ich hoffe, das bedeutet, dass sie ihre Meinung geändert hat. Ich kenne meine Tante nicht sehr gut, aber sie sieht nicht aus wie der Typ, der nicht bekommt, was er will."

„Es wird ihr nicht leichtfallen, besonders weil du dein Leben immer mehr auf die Reihe bekommst und ein stabiles Zuhause für Isaac aufbaust. Ihre Chancen werden von Tag zu Tag kleiner und kleiner."

Jos stieß einen Seufzer der Erleichterung aus. „Das ist gut zu hören." Er sah auf die Uhr und merkte, dass seine Pause fast vorbei war. „Ich muss gehen, aber ich rede später mit dir. Bitte sag deinem Freund, dass ich jederzeit vorbeikommen kann, um die Wohnung zu besichtigen."

„Das werde ich. Und lass es mich wissen, wenn du etwas von deiner Tante hörst." Sie legten auf und Jos legte sein Handy zurück in seinen Spind, bevor er wieder an die Arbeit ging. Als er das Restaurant betrat, war er überrascht, Kip an einem seiner Tische zu sehen. Er sah in seiner Uniform fantastisch aus.

„Das ist hier nicht der Donut-Laden", neckte Jos. „Du musst am falschen Ort sein." Er wurde genauso nervös wie letztens, als Kip Red und Isaac zum Abendessen mitgebracht hatte. Er spürte ein Flattern in seinem Bauch und er holte tief Luft. „Was möchtest du haben?"

„Nur eine Tasse Kaffee", sagte Kip. Er bedeutete Jos, sich zu setzen, als er zurückkam. „Auf dem Anrufbeantworter zu Hause war eine Nachricht von einem Freund. Anscheinend hat deine Tante das Sorgerecht für Isaac beantragt. Die Nachricht enthielt keine Details und ich möchte nicht, dass du dich aufregst. Sie kann tun und lassen, was sie will, aber sie wird dir deinen Bruder nicht wegnehmen können."

„Woher weißt du das?"

„Ich glaube, deine Tante ist so daran gewöhnt, ihren Willen durchzusetzen, dass sie nicht sehen kann, dass sie hier keine Chance hat. Nicht wirklich. Ich habe darüber nachgedacht, es dir später zu sagen, aber ich wollte nicht, dass dich jemand anderes damit überrascht."

„Aber was mache ich jetzt?" Jos konnte fühlen, wie die Welt, die er gerade für sich und Isaac aufbaute, zu bröckeln begann.

„Im Moment nichts. Du musst trotzdem arbeiten und deinen Job machen. Dass du arbeitest, ist ein Pluspunkt für dich. Du hast einen Job und eine Wohnung. Das zeigt, dass du sowohl auf dich als auch auf Isaac aufpassen kannst und die Wünsche deiner Mutter erfüllt hast. All das wird schwer anzufechten sein."

„Aber ich kann mir keinen Anwalt leisten", flüsterte Jos. „Ich habe kein Geld und ich werde nicht zulassen, dass du das übernimmst, so wie du es bei den zusätzlichen Kosten für die Tagesbetreuung getan hast." Kips Gesichtsausdruck wurde verlegen. „Ja, ich weiß, was du getan hast und ich bin dir dankbar, aber das hier muss ich selbst irgendwie regeln."

„Es gibt viele Möglichkeiten, Hilfe zu bekommen. Wir können Prozesskostenhilfe beantragen."

Jos nickte. Das stimmte wahrscheinlich. Aber Kip, Donald, Red und alle, die er in letzter Zeit kennengelernt hatte, hatten ihm schon genug geholfen. Jos fing an, das Gefühl zu haben, dass er und Isaac jedermanns Wohltätigkeitsfall waren, und das musste ein Ende haben. Das Ganze musste ein Ende haben. „Lass mich darüber nachdenken, was ich machen muss", sagte Jos und stand auf. „Ich muss jetzt erst mal wieder arbeiten."

„Ich lasse es dich wissen, wenn ich noch etwas höre und du tust bitte dasselbe", sagte Kip. Jos nickte, als sein Gehirn begann, ihm alle möglichen Szenerien vorzuspielen, von denen keine sehr attraktiv war. „Versuch nicht zu viel drüber nachzudenken. Es gibt nichts, was sie sofort tun kann."

Das war leicht für Kip zu sagen, aber Jos war verängstigt und wütend. Er würde nicht zulassen, dass seine eiskalte Tante ihm seinen Bruder wegnahm. „Ich werde es versuchen", sagte er, aber er wusste, dass es eine Lüge war. Wie konnte er an etwas anderes denken?

„Wir können uns beim Abendessen unterhalten und entscheiden, was zu tun ist", sagte Kip und trank seinen Kaffee aus. „Ich verspreche dir, wir finden eine Lösung."

Jos nickte. Kip reichte ihm etwas Geld für den Kaffee und ging dann. Jos zerknüllte den Geldschein in der Hand, ohne darüber nachzudenken. Er räumte den Tisch ab und ging automatisch seinen Aufgaben nach. Er wusste, was passieren musste. Er wusste genau, er musste sicherstellen, dass Isaac in Sicherheit war.

„Ist alles in Ordnung?", fragte Billy.

Er nickte, ehe er fragte, ob er telefonieren könne. Billy sagte ihm, das sei in Ordnung und Jos eilte nach hinten und rief die Kindertagesstätte an, um sich zu vergewissern, dass nur er oder Kip die Erlaubnis hatten, Isaac abzuholen. Sie sollten die Polizei rufen, wenn jemand anderes es versuchte. Sie stimmten zu und erklärten, dass sie das sowieso getan hätten. Es beruhigte ihn etwas, dass Isaac im Moment in Sicherheit war, aber er musste darüber nachdenken, was er tun musste, um sicherzustellen, dass dies weiterhin so blieb.

„WAS MACHST du?", fragte Kip an diesem Abend, als er die Treppen hinaufstieg. „Ich wollte Isaac abholen und da wurde mir gesagt, du hättest es bereits getan." Er kam ins Schlafzimmer, während Jos Kleidung für ihn und Isaac in eine Tasche packte.

„Wir müssen gehen. Ich werde ihn mitnehmen und sie kann zur Hölle fahren." Jos knallte die Schublade der Kommode zu, um sich danach noch mal im Zimmer umzusehen.

„Weglaufen ist nicht die Lösung", sagte Kip, aber Jos war nicht in der Lage richtig zuzuhören. Er war vollkommen auf Isaac konzentriert und darauf, seine Familie zusammenzuhalten.

„Sie hat mich heute angerufen und … Das hier muss ich tun", sagte Jos. „Du hast sie gesehen. Meine Tante hat Geld und kann kaufen, was sie will."

„Hat sie das wirklich gesagt?", fragte Kip.

„Nicht mit so vielen Worten." Jos zuckte mit den Schultern. „Ich habe kein Geld, um so tolle Anwälte wie sie zu engagieren. Was auch immer ich tue, sie wird mich wie einen Obdachlosen aussehen lassen, der sich nicht um Isaac kümmern kann, obwohl ich alles für ihn getan habe, was ich konnte. Immer wenn wir etwas zu essen hatten, hat er zuerst gegessen. Als es einmal nur ein Bett im Obdachlosenheim gab, habe ich neben ihm auf dem Boden geschlafen, damit er das Bett haben konnte." Jos hob die Tasche auf und trug sie die Treppe hinunter. „Er ist die einzige Familie, die ich habe, und ich werde nicht zulassen, dass ein Fremder ihn mir wegnimmt."

„Sie ist deine Tante, die Schwester deiner Mutter", sagte Kip.

„Ich dachte, du wärst auf meiner Seite", sagte Jos und nahm Kip damit den letzten Hoffnungsschimmer. „Du denkst, ich bin auch nicht gut genug. Du denkst, Isaac sollte bei ihr leben." Jos ließ die Tasche neben der Haustür fallen und wirbelte herum. „Wie kannst du das nur denken?" Er zitterte vor Wut und es schmerzte tief in seinem Herzen, aber er konnte nicht aufhören.

„Ich bin auf deiner Seite", sagte Kip, aber es klang in Jos' Ohren hohl. Kip hielt Jos' Schultern fest und starrte in seine Augen. „Du kannst das nicht tun."

„Ich muss." Die Verzweiflung machte sich in ihm breit.

„Wenn du wegrennst und die Gerichte dich oder Isaac nicht finden können, werden sie einen Haftbefehl gegen dich ausstellen und rate mal, wer versuchen muss, dich zu finden? Red, Carter, ich … All die Menschen, denen du wichtig bist. Glaubst du, jeder hat dir nur geholfen, um dir persönlich zu helfen? Uns allen bist du und Isaac ans Herz gewachsen. Wenn du gehst, geht das alles verloren."

Jos blieb blinzelnd stehen, als Kips Worte und dessen Tonfall sein Bedürfnis zu fliehen durchdrangen.

„Du hast einen Job und ihr habt einen sicheren Ort zum Leben. Du baust dein Leben neu auf und musst aufhören zu denken, dass dir das alles jeden Moment weggerissen wird."

„Was mache ich dann?", fragte Jos. Die Luft um ihn herum schien dünn und er fühlte sich ebenso benommen wie nach dem Angriff. Verdammt, er wurde wieder angegriffen, nur diesmal war es seine Tante und sie würde Anwälte benutzen, um ihn übers Ohr zu hauen, anstatt … anstatt dem, wie Tyler es versucht hatte.

„Du kämpfst. Wenn du Isaac erziehen willst, dann musst du dich ihr stellen und sie wissen lassen, dass du nicht nachgeben wirst."

„Onkel Kip", rief Isaac, als er die Treppe herunterkam, Pistazie und Weeble jeweils unter einem Arm. „Bist du sauer auf Jos?" Isaac kam zu ihnen hinüber und Jos' Entschlossenheit fiel in sich zusammen wie ein Kartenhaus. Er konnte seinen Bruder nicht wieder auf die Straße setzen.

„Nein", sagte Kip. „Er und ich besprechen ein paar Dinge und ich habe etwas zu laut geredet." Kip verstärkte seinen Griff und zog Jos dann an sich. „Du kannst nicht gehen, weil ich nicht will, dass du gehst", flüsterte Kip. „Du musst kämpfen, damit du und Isaac ein gemeinsames Zuhause haben könnt."

„Aber was ist, wenn ich verliere?", fragte Jos mit gedämpfter Stimme.

„Dann kämpfen wir weiter, aber wenn du wegrennst, wirst du definitiv verlieren, denn all die guten Dinge, die du geschaffen hast, werden weg sein. Keine Arbeit, kein Zuhause … Das bedeutet, dass die Gerichte einschreiten werden. Aber du baust gerade für Isaac ein besseres Leben auf und das kann jeder sehen – nun ja, jeder außer deiner Tante. Wenn du sie zu einem Besuch einlädst, kann sie vielleicht das Leben sehen, das du gerade aufbaust, und vielleicht wird sie dich auch unterstützen, anstatt zu versuchen, dich zu bekämpfen."

Jos zitterte und Kip hielt ihn fester. „Ich will sie auch nicht wiedersehen, aber es kann nicht schaden, es zu versuchen." Kips Telefon klang wie eine Sirene, als es zu klingeln begann. „Da muss ich rangehen. Es ist Carter. Er hat mir einen Gefallen getan." Kip trat zurück und Jos lehnte sich gegen die Wand und rutschte daran herunter. Isaac kletterte, ihm Weeble reichend, auf seinen Schoß.

„Ist schon in Ordnung. Sei nicht traurig."

Kip wirbelte herum, das Telefon immer noch an sein Ohr gepresst. „Warte", sagte er ins Telefon und ließ es beinahe fallen, als er es hastig auf den Tisch legte. Dann half Kip Jos auf die Füße und brachte ihn und Isaac zum Sofa. „Atme, Liebling. Carter sucht nach etwas für mich und ich muss mit ihm reden, aber ich muss sicherstellen, dass es dir gut geht."

„Mir geht es gut." Er drückte Weeble an seine Brust. „Wirklich. Ich muss nur zu Atem kommen." Jos atmete tief durch und Kip nahm sein Handy wieder in die Hand. Isaac setzte sich neben Jos, kletterte dann auf seinen Schoß und Jos setzte Weeble neben sich, Isaac fest in den Armen haltend. Jos wusste, dass sein Bruder seine Aufregung spüren konnte, daher musste er sie endlich unter Kontrolle bringen.

Als Kip ins Zimmer zurückkam, setzte er sich zu ihnen. „Ich werde unser Abendessen kochen."

„Worum ging es bei dem Anruf?", fragte Jos und merkte dann, dass er wirklich kein Recht hatte, danach zu fragen.

„Ich habe Carter gebeten, sich für mich ein paar Dinge anzusehen und er hatte ein paar Fragen." Kip hob Isaac hoch. „Komm schon, kleiner Mann. Lass uns das Abendessen machen, damit Jos ein wenig zur Ruhe kommen kann. Einverstanden?"

Kip schob Isaacs Hemd hoch und blies auf seinen Bauch. Isaac kicherte und wand sich, als Kip ihn dann aus dem Raum in Richtung Küche trug. Jos atmete tief durch und versuchte, sich daran zu erinnern, was Kip ihm gesagt hatte. Er hatte einen Job und er würde eine Wohnung finden. Isaac war glücklich und fand

Freunde in der Schule. Die Dinge liefen viel besser als noch vor ein paar Wochen und sie würden noch besser werden. Er fragte sich nur, ob es reichen würde.

„Jos", sagte Isaac und rannte hinein. „Kip macht Pfannkuchen!"

„Zum Abendessen?", fragte Jos und Isaac nickte energisch, während er sich die Lippen leckte.

„Ich habe ihn gefragt, was er will, und er hat Pfannkuchen gesagt, also essen wir das auch", sagte Kip von der Tür aus mit einer Rührschüssel in der Hand. „Möchtest du kommen und uns helfen?"

Jos nickte und stand auf. Isaac rannte zum Sofa, packte Weeble und trug ihn in die Küche. Pistazie wurde auf einen der Küchenstühle gesetzt und Isaac setzte Weeble auf einen anderen, bevor er zu ihm eilte und auf den Hocker kletterte, den Kip ihm gebracht hatte.

„Was soll ich tun?"

„Speck braten", sagte Kip und verdrehte mit einem Lächeln die Augen. „Wenn wir schon zum Abendessen frühstücken, dann lass uns keine halben Sachen machen." Kip stellte die Schüssel ab und legte einen Arm um ihn. „Ich weiß, dass das alles schwer für dich ist und deine Tante macht es dir nicht leichter."

„Familie sollte einen besser behandeln", sagte Jos. „Isaac und ich haben etwas Besseres verdient und es nie bekommen."

„Ich auch nicht. Zumindest nicht sehr oft. Aber manchmal gründen wir unsere eigene Familie. Zum Teufel mit den anderen."

„Onkel Kip hat ein ungezogenes Wort gesagt", krächzte Isaac.

„Stimmt. Onkel Kip war unartig und es tut ihm leid." Jos verstand, was Kip sagte. Zumindest dachte er, dass er es tat. Meinte Kip das rhetorisch oder redete er über sie? Jos drehte sich um, damit er Kip in die Augen sehen konnte, denn er wollte sichergehen, es verstanden zu haben. Aber Kip ließ ihn los und wandte sich der Bratpfanne auf dem Herd zu.

„Kannst du einen Pfannkuchen in Form von Weeble machen?", fragte Isaac und beobachtete von seinem Hocker aus, wie Kip den Teig in die Pfanne goss. Kip formte einen Teddybären und Isaac klatschte, als er zusah, wie Kip darauf wartete, dass er fest wurde, um ihn dann umzudrehen.

Als der Pfannkuchen fertig war, legte Kip ihn auf einen Teller und gab etwas Butter und Sirup hinzu. Dann setzte er Isaac mit einem Glas Saft und einer Gabel auf seinen Stuhl. „Achte darauf, bei jedem Bissen zu pusten, damit es nicht zu heiß ist."

Isaac grinste und begann dann so schnell zu essen, als wäre er am Verhungern. „Lecker", sagte er lächelnd, den Mund voller Sirup.

„Wie läuft es mit dem Speck?", fragte Kip ihn. Jos war natürlich viel zu sehr damit beschäftigt gewesen, alles andere zu beobachten, um irgendwas zuzubereiten. Kip machte die Herdplatte an, die am weitesten von ihm entfernt war, und Jos begann den Speck zu braten.

„Iss langsamer", sagte Jos sanft zu Isaac. „Es gibt noch viel mehr, und niemand wird es dir wegnehmen. Kip wird dir ganz sicher mehr machen."

Isaac aß danach nicht wirklich langsamer. Er aß seinen Pfannkuchen auf und brachte Kip seinen Teller, wobei etwas Sirup auf den Boden tropfte. Jos wollte schimpfen, aber er hielt inne, als Kip den Teller nahm. „Lass mich deine Siruptropfen aufwischen, kleiner Mann, und dann mache ich dir noch einen."

„Kannst du diesmal Pistazie machen?" fragte Isaac.

„Ich werd's versuchen. Jetzt setz dich hin und warte ein bisschen, okay?" Kip wischte den Boden und brachte Isaac dazu, sich hinzusetzen, während Jos die ersten Speckstreifen herausholte und neue in die Pfanne gab. „Nachdem meine Mutter gestorben war, frühstückten Dad und ich jeden Sonntag zum Abendessen. Er liebte Waffeln und Pfannkuchen, also war das einmal in der Woche unser Ding. Er und ich kochten zusammen, dann unterhielten wir uns. Es war immer unsere Zeit als Familie."

Jos nickte und machte den Speck fertig. Sein Herz raste, als er sich erneut fragte, was genau Kip ihm zu sagen versuchte. „Ich hatte nie viel Zeit mit meiner Familie. Mom interessierte sich nicht für viel anderes als der Frage, woher ihr nächster Drink kam, also weiß ich nicht, wie sich eine Familie verhalten soll. Ich möchte Isaac eine bessere Familie geben als die, die ich hatte, aber ich weiß nicht, wie ich das machen soll."

„Hey." Kip packte seine Schultern. „Wenn mein Vater nicht gewesen wäre und die Tatsache, dass er uns beide nach dem Tod von Mom geholfen hat, damit wir herausfinden konnten, wie sehr Moms Alkoholkonsum uns beeinflusst hat, wäre die Sache für mich ganz anders ausgegangen. Das Trinken deiner Mutter hat dich beeinflusst und ich weiß, du willst, dass Isaac nicht davon beeinflusst wird. Aber das wird er."

„Ich weiß. Manchmal greife ich auf das zurück, was ich von ihr gelernt habe. Woher weiß ich, wie ich Teil einer richtigen Familie sein kann, wenn ich es noch nie war?" Jos machte den Herd aus und legte den Speck auf einen Teller. Kip brachte den Stapel Pfannkuchen zum Tisch, darunter war einer, der wie Pistazie aussah – oder zumindest wie ein vage pferdeförmiger Klecks. Er legte ihn auf Isaacs Teller und gab wieder Butter und Sirup dazu.

„Ist schon gut. Ich bin kein Experte, aber wir werden es gemeinsam herausfinden." Kip sah ihm direkt in die Augen, worauf Jos nickte ohne nachzudenken. „Wir haben gute Freunde und Menschen, denen wir wichtig sind. Das hilft." Kip stellte die Teller auf den Tisch und sie setzten sich. Isaac griff nach dem Speck, aber zum Glück war er außerhalb seiner Reichweite. Jos gab ihm ein Stück und Isaac aß es sofort auf.

„Glaubst du, dass er sich jemals daran gewöhnen wird, genug zu essen und sich nicht vollzustopfen?", fragte Jos.

„Ja. Alles braucht seine Zeit. Die Erinnerungen an Hunger müssen erst verblassen." Kip nahm ein paar Pfannkuchen und reichte Jos den Teller.

Als Isaac zu satt war, um noch mehr zu essen, spielte er mit Weeble und Pistazie in der Küchenecke.

„Ich hab drüber nachgedacht ... Vielleicht könnte ich versuchen, meine Tante zum Essen einzuladen oder so", sagte Jos. „Ich denke, ich möchte versuchen, deinen Rat zu befolgen und sie sehen lassen, wo Isaac und ich leben. Ich weiß nicht, ob sie wirklich kommen wird, aber eigentlich kann sie nicht nicht erscheinen. Sonst gibt sie die Chance auf, den Neffen kennenzulernen, für den sie sich angeblich so interessiert."

Kip grinste. „Na siehst du. Ja, lad sie ein, aber sag nichts über die Klage. Tu lieber erst mal so, als wüsstest du davon nichts und verhalte dich nett. Das wird sie durcheinander bringen. Wenn sie zustimmt, können wir noch überlegen, was genau unser Plan ist."

„Wie meinst du das?", fragte Jos. „Ich hatte gehofft, sie davon zu überzeugen, die Klage fallen zu lassen."

„Vielleicht. Aber sie hat Informationen, die wir brauchen. Du weißt nicht viel über sie, also müssen wir alles herausfinden, was wir können. Oh, und wenn sich die Gelegenheit bietet, such nach ihr im Internet. Alles, was wir über sie herausfinden können, kann hilfreich sein." Kip schien viel zu glücklich. Jos wusste nicht, warum, war aber jetzt weniger nervös, da er einen Plan hatte, wie er mit seiner Tante umgehen sollte. Sein Appetit, der ihm gefehlt hatte, kehrte mit aller Macht zurück. Er griff nach etwas Speck und begann sich tatsächlich besser zu fühlen. Kip hatte diese Wirkung auf ihn.

„Nach dem Abendessen werde ich sehen, was ich über sie finden kann", sagte Jos.

„Gute Entscheidung. Alles fühlt sich weniger schlimm an, wenn man einen Angriffsplan hat. Und man fühlt sich nicht so außer Kontrolle."

JOS BRACHTE Isaac ins Bett und dann, während Kip die Küche aufräumte und das Geschirr spülte, saß er am Küchentisch und benutzte den Laptop. Ein Schreibblock lag neben ihm. Er pfiff ein paar Mal und Kip blickte rechtzeitig hinüber, um zu sehen, wie Jos sich Notizen machte.

„Wie es aussieht, führt sie ein Hochzeitsgeschäft. Kleider, Events, Blumen, Catering, alles. Es sieht so aus, als würde sie alles für die Braut tun, außer den Bräutigam dazu bringen, einen Antrag zu machen. Die Preise sind ..." Er pfiff wieder. „Ich hab ihre Adresse herausgefunden. Auf Google Earth ist es schwer zu erkennen, aber es sieht nach einem hübschen Haus aus."

„Sieht es aus, als wäre sie jemals verheiratet gewesen?", fragte Kip.

„Falls ja, hat sie ihren Namen behalten. Ich habe sie unter Katherine Applewhite gefunden, also vermute ich, dass sie nie verheiratet war."

Kip machte ein Mhm-Geräusch. „Hat sie nicht gesagt, dass sie dich hat finden lassen?"

„Durch einen Privatdetektiv oder so. Ja", sagte Jos.

Kip nickte. „Wieso hat sie das getan? Sie hat Isaac noch nie zuvor getroffen und du hast sie seit Jahren nicht mehr gesehen. Warum sollte sie sich jetzt plötzlich dafür interessieren? Wenn du kein Teil ihres Lebens warst, warum lässt sie dich dann nicht einfach in Ruhe?"

„Weil wir verwandt sind?", antwortete Jos, aber sein Tonfall zeigte deutlich, dass er seinen eigenen Antwort nicht glaubte. „Ich weiß nicht. Ich meine, wenn es ihr wirklich wichtig wäre, würde sie versuchen, uns beiden zu helfen, anstatt nur Isaac mitnehmen zu wollen. Meine Mutter hasste sie und ich habe sie zweimal getroffen und kann sagen, dass ich sie auch nicht besonders mag. Sie wollte nicht mit Isaac spielen und als er ihr Weeble anbot, sah sie aus, als hätte sie Angst, sich mit irgendwas anzustecken und hat ihn vorsichtig beiseite gelegt. Ich verstehe es nicht." Jos seufzte und schloss den Computer. „Ich habe ein paar Informationen, aber ..."

„Das hat mich auch verwirrt. Ich hab Carter gebeten, nach ihr zu suchen, wenn er mal eine Minute Zeit hat. Ich will ja glauben, dass sie das alles tut, weil sie denkt, dass sie Isaac ein besseres Leben bieten kann als du. Das würde zumindest bedeuten, dass sie ein Herz hat." Aber er war sich nicht so sicher. Wenn das der Fall wäre, wäre sie herzlicher gewesen und würde sich wirklich für Isaac interessieren. Außerdem dachte er, dass sie dann daran interessiert gewesen wäre, ihnen beiden zu helfen. „Irgendetwas fühlt sich nicht richtig an und er kann Dinge herausfinden, die andere Leute nicht finden können. Seine Möglichkeiten sind begrenzt, da es keine offizielle Polizeiarbeit ist, aber er sagte, er würde es versuchen."

„Ich habe ihre Adresse und Telefonnummer, also versuche ich anzurufen, um eine Nachricht zu hinterlassen."

„Okay. Soll ich da bleiben?", fragte Kip, als Jos aufstand und anfing auf und ab zu gehen. Jos bat Kip zu bleiben, wo er war. Er war nahe genug, um für ihn da zu sein, aber wenn Jos das Gefühl bekam, dass er das hier alleine tun musste, würde er gehen. Die Voicemail schien dran zu gehen und Kip hörte, wie Jos eine Nachricht hinterließ, in der er sie zum Essen einlud. Er tat genau das, was sie besprochen hatten und gab nicht zu, dass er wusste, was sie vorhatte.

„In Ordnung. Jetzt werden wir sehen, ob sie zurückruft", sagte Jos und legte sein Telefon weg. Er starrte es an, als erwartete er, dass es jeden Moment klingeln würde.

„Komm", sagte Kip. „Lass uns ins Bett gehen. Es war ein harter Tag und wir brauchen etwas Ruhe. Wir finden eine Lösung."

Jos nahm sein Telefon und Kip legte ihm einen Arm um die Schulter. „Ich fange langsam wirklich an, daran zu glauben", sagte Jos.

„Gut." Kip blieb stehen und zog ihn für einen Kuss zu sich. „Das solltest du wirklich." Sie gingen nach oben und machten dabei das Licht aus. Oben an der Treppe ließ Kip Jos los und ließ ihn wählen, wo er schlafen wollte. Er hoffte, dass

Jos bei ihm bleiben würde, aber er wollte ihn nicht unter Druck setzen. Jos nahm seine Hand, gemeinsam gingen sie in Kips Schlafzimmer.

Abwechselnd machten sie sich bettfertig. Jos benutzte zuerst das Badezimmer und als Kip an der Reihe war und herauskam, machte er das Licht aus und gesellte sich zu Jos ins Bett. Jos hielt Kip fest ihm Arm, doch keiner von beiden wollte mehr. Nach allem, was passiert war, genügte es, einander nahe zu sein. Jos musste wissen, dass Kip für ihn da war, denn er verstand langsam, wie schön es sein konnte, Jos im Dunkeln einfach nur festzuhalten.

7

JOS SASS auf glühenden Kohlen. Er hatte seine Tante angerufen und fragte sich immer noch, ob sie zurückrufen würde. Nachdem er einen ganzen Tag gewartet hatte, meldete sie sich endlich und sagte, sie würde zum Abendessen vorbeikommen. Keiner von ihnen hatte ein Wort über den nebulösen Sorgerechtsstreit gesagt. Jos hatte immer noch nichts Offizielles gehört und hoffte, dass er das alles verhindern konnte.

„Sollen wir Wein servieren?", fragte Jos.

„Lass uns welchen da haben, falls deine Tante welchen will." Kip lächelte. „Vielleicht macht sie der Alkohol ein wenig lockerer."

Jos stimmte in Kips Kichern ein. In der letzten Woche hatte Jos begonnen, sich immer wohler zu fühlen; es war ein neues Gefühl für ihn, aber es war gut. Die Arbeit lief gut und die Sozialversicherung hatte Isaacs Hinterbliebenenleistungen genehmigt. Wenn genug Leute wussten, wie das System funktionierte, konnten anscheinend viele Dinge ins Laufen gebracht werden. Man hatte ihm gesagt, dass es vermutlich ein paar Monate dauerte, bis er das Geld bekommen würde, aber es stand ihm jetzt schon zur Verfügung. Sein Leben – ihr Leben – begann sich zu fügen.

Es klopfte an der Haustür. Jos zuckte leicht zusammen, sodass Kip ihm beruhigend über die Schulter strich. „Erinnere dich an den Plan und lass dich nicht von ihr provozieren. Wir haben hier ein Ziel." Er lächelte, als Isaac durch das Haus raste und die Haustür öffnete.

„Tante Kathy", sagte Isaac glücklich.

Jos zuckte leicht zusammen, aber er hatte Isaac alles, was passiert war, vorenthalten. Für ihn war es einfach nur ein normaler Besuch ihrer Tante. Als Jos und Kip den Flur betraten, hatte Isaac seine Arme um ihre Beine geschlungen und sie tätschelte ihm unbehaglich den Kopf. Etwas an diesem Bild ergab für ihn überhaupt keinen Sinn. „Komm und sieh dir mein Pony an." Isaac nahm sie bei der Hand und zog sie in Richtung Wohnzimmer.

„Pony?", fragte Tante Kathy. „Oh, dein Spielzeug", sagte sie, als sie im anderen Zimmer ankamen.

Jos eilte in die Küche, holte den Teller mit Fleisch, Käse und Crackern, den Kip zubereitet hatte, und stellte ihn auf den Couchtisch.

„Wohnst du hier?", fragte Tante Kathy.

„Es ist Kips Haus, ja, aber ich habe gerade eine Wohnung bekommen und Isaac und ich werden in ein paar Tagen dorthin ziehen." Er hatte eine Wohnung, einen Job und Isaac wurde versorgt, während er bei der Arbeit war. „Kip war so nett, uns aufzunehmen und uns zu helfen." Jos setzte sich. „Möchtest du etwas trinken? Ich kann dir Wein anbieten, aber es gibt auch Wasser und Limonade."

„Darf ich auch?", sagte Isaac.

„Ich habe Saft für dich", sagte Jos zu Isaac und stand auf. Er holte den Saft und reichte ihn Isaac. Inzwischen war Kip aufgestanden, um etwas Wein zu holen. Er kam mit drei Gläsern zurück und reichte jedem eins.

„Was arbeitest du?", fragte Jos, als er sich setzte. Er würde nicht zugeben, dass er nach ihr geforscht hatte.

„Ich plane Hochzeiten", antwortete sie. „Wie läuft deine Arbeit?"

„Mir gefällt es wirklich. Sie bezahlen mich ziemlich gut und ich bin gut in meinem Job, also bekomme ich ziemlich gutes Trinkgeld. Darryl und Billy besitzen das Café Belgie und zwei weitere Restaurants in der Stadt. Eines ist Griechisch und das andere Italienisch. Darryl kennt sich wirklich gut aus und in der vergangenen Woche brauchten sie Hilfe im Napoli, also habe ich dort eine zusätzliche Schicht übernommen."

„Wer ist in der Zeit bei Isaac? Du lässt ihn bestimmt nicht allein und er hat sicher komplizierte Arbeitszeiten", sagte sie und deutete auf Kip.

„Er geht in eine Kindertagesstätte, die gleichzeitig als Vorschule dient. Ich bekomme Gutscheine für die Tagespflege. Ein Freund hat mir geholfen, eine Wohnung zu finden, die ich mir leisten kann. Je mehr ich mich etabliere, desto selbstständiger werde ich." Jos nippte an seinem Wein und bemerkte, dass seine Tante angestrengt nachdachte. „Isaac und ich hatten eine schwierige Zeit, aber ich denke, wir sind jetzt auf dem richtigen Weg."

„Du hast also nicht vor, hier weiter zu leben?", fragte sie und sah sich um. „Zusammen mit ihm."

„Kip hat es uns angeboten", antwortete Jos offen. Es gefiel ihm, dass Kip ihm das Angebot gemacht hatte. „Aber wir haben beschlossen, die Dinge langsam anzugehen. Ich werde in meine eigene Wohnung ziehen und gehen weiterhin miteinander aus."

Sie nickte. „Es klingt, als ob du alles durchdacht hast."

„Das muss ich auch. Isaac verdient das beste Zuhause, das ich ihm geben kann." Jos warf einen Blick zu Isaac, der auf dem Boden spielte. „Es ist so schön, ihn glücklich zu sehen." Er hob seinen Blick wieder zu Kip und sah, wie er seinen Kopf zu seiner Tante neigte. „Welche Arten von Hochzeiten planst du?"

„Alle möglichen. Wer auch immer es sich leisten kann", fügte sie hinzu und räusperte sich. „Ich habe das Unternehmen vor zehn Jahren gegründet. Ich brauchte etwas, um meine Zeit zu füllen, und ich war immer gut darin, Partys zu organisieren."

Jos warf Kip einen Blick zu, ehe er wieder zu seiner Tante blickte. „Was hast du gemacht, bevor du die Firma gegründet hast?"

„Dies und das", antwortete seine Tante ausweichend. „Ich weiß nicht, was deine Mutter dir darüber erzählt hat, wie wir aufgewachsen sind, aber sie und ich hatten beide einen Treuhandfonds von unseren Eltern. Als deine Mutter ihren bekam, hat sie das meiste Geld sehr schnell ausgegeben." Tante Kathy verzog ihr Gesicht, als hätte sie etwas Ekliges gegessen. Jos wusste, dass seine Mutter keine Heilige war, aber die Verachtung seiner Tante war so deutlich zu spüren, dass es ihm wehtat. „Ich war vorsichtig. Ich habe mich ausgebildet, sparsam gelebt und hart gearbeitet. Wenn du es unbedingt wissen willst: Ich habe ein paar Jahre in der Schule unterrichtet und eine Weile in einer Bibliothek gearbeitet. Ich wurde mit den Spendenaktionen der Bibliothek beauftragt und stellte dabei fest, dass ich tolle Partys veranstalten konnte. Schließlich habe ich das Geld aus dem Fonds verwendet, um das Geschäft zu starten."

„Das hört sich wirklich gut an", sagte Jos. „Ich arbeite auch hart. Du weißt wahrscheinlich, dass Mom nicht viel hinterlassen hat, also baue ich mein eigenes Leben und eines für Isaac auf, ohne die Hilfe, die du hattest." Jos hielt den Kopf hoch. Er hatte in kurzer Zeit viel geschafft.

„Ich denke, es ist nur fair, dir zu sagen –"

„Was?" Jos unterbrach sie. „Dass du denkst, dass du Isaac ein besseres Leben geben kannst als ich?" Der Ton seiner Stimme ließ Isaac wimmern und er eilte herüber, um zwischen Jos' Knien zu stehen. „Kinder brauchen viel mehr als Geld und materielle Güter. Sie brauchen Liebe und Fürsorge, und das kannst du ihm nicht geben." Jos legte einen Arm fest um Isaacs Brust. „Du hast gesehen, wie er dich begrüßt hat. Isaac hat sich gefreut, dich zu sehen. Er hatte dich nur einmal getroffen, aber er hat dich wie eine alte Freundin begrüßt und du hast ihn wie einen Aussätzigen behandelt."

„Ich hatte noch nie Kinder."

„Willst du deshalb versuchen ihn mitzunehmen?", fragte Jos und wich von dem Skript ab, das sie vorbereitet hatten. „Du musst wissen, dass das nicht passieren wird. Ich habe einen Job, eine Wohnung, Isaac hat Freunde in der Kindertagesstätte und wir bauen ein Leben für uns auf."

„Kathy", unterbrach Kip. „Dein Anwalt muss dich doch gewarnt haben, wie schwierig das sein wird, was du hier versuchst. Die Gerichte werden dir nicht das Sorgerecht für Isaac geben, es ist gegen den ausdrücklichen Wunsch seiner Mutter."

„Habt ihr mich deshalb hergebeten? Um zu versuchen, mich davon abzubringen, das Sorgerecht für ihn zu gewinnen?", fragte sie und stellte ihr Glas ab.

„Nein", sagte Jos. „Ich habe dich hierhergebeten, weil du unsere einzige Verwandte bist. Keiner von uns kennt dich sehr gut." Jos versuchte, das Gespräch wieder in Gang zu bringen. „Was ich nicht verstehe, ist, warum du Isaac mitnehmen willst, anstatt zu versuchen, uns zu helfen. Du könntest Teil unseres Lebens sein, anstatt zu versuchen, unsere Familie auseinander zu reißen." Jos hielt Isaac etwas fester. „Wir brauchen dich, aber nicht so."

Tante Kathy sah sie alle an und stand dann auf. „Ich glaube, ich muss jetzt gehen."

„Nein. Ich denke, du musst dich hinsetzen und zuhören, was Jos dir zu sagen hat", sagte Kip im gleichen Tonfall, den er in der ersten Nacht benutzt hatte, als er Tyler sagte, er solle sich auf den Boden legen. Es war ein Ton, dem man gehorchen musste und Jos sah zu, wie Tante Kathy sich langsam wieder auf den Stuhl sinken ließ. „Ich weiß noch nicht, was los ist, aber du musst doch wissen, dass ich dem auf den Grund gehen werde, was du zu verbergen versuchst." Kips Blick war hart wie Stein und Jos fröstelte für eine Sekunde. Er hoffte, dass dieser Blick nie auf ihn gerichtet sein würde.

„Ich habe keine Ahnung, wovon du redest", sagte Tante Kathy und hielt ihre glänzend schwarze Handtasche auf den Knien, als wäre sie ein Schild.

„Ich denke, das weißt du sehr wohl. Die Wirtschaftskrise hat es mit deinem Unternehmen in den letzten Jahren nicht so gut gemeint. Früher waren Leute bereit, ein Vermögen für deine Dienste zu bezahlen, aber das ist nicht mehr drin. Manche schmeißen ihre Hochzeiten selbst und andere weichen auf kleinere Feiern aus. In einem Business, das auf Exzess basiert, muss das wehtun."

„Ich muss nicht hier sitzen bleiben und mir –"

„Ich denke, das musst du sehr wohl", konterte Kip. Jos fragte sich, worauf Kip hinaus wollte. Es war offensichtlich, dass Kip etwas herausgefunden hatte. Seine Tante war etwas blasser geworden und ihre Fingerknöchel waren weißer als zuvor, besonders dort, wo sie ihre Ledertasche fest umklammert hielt.

„Ich werde so tief graben, wie ich muss, und einige meiner Freunde auch. Sie sind Experten darin, Informationen herauszufinden, einschließlich Details zu deinem Unternehmen."

„Diese Daten sind nicht öffentlich. Wie kannst du bitte wissen, wie mein Geschäft läuft?", schnappte Tante Kathy.

„Das tue ich nicht", sagte Kip. „Aber du hast es mir gerade verraten." Er drehte sich lächelnd zu Jos um. „Ich wette, ein kostspieliger Rechtsstreit wird dir also nichts nützen. Und es wird sehr teuer – dafür sorgen wir. Vor einem Monat, als du Jos und Isaac zum ersten Mal gefunden und nichts unternommen hast, hättest du ihnen vielleicht helfen können. Du hast keinen Finger gerührt, um ihnen zu helfen. Wieso nicht?"

Tante Kathy zitterte.

„Was immer du auch versteckst, ich werde es finden und dann zu unserem Vorteil nutzen. Wenn es auch nur im Entferntesten illegal ist oder auch nur in die Richtung geht, werde ich dafür sorgen, dass du angeklagt wirst. Und was passiert dann mit deinem Geschäft? Es wird sich vielleicht von der Flaute erholen, wenn du lange genug durchhalten kannst, aber wenn dein Ruf beschädigt ist, wirst du dich nie wieder davon erholen." Kip trat zurück. „Ich denke, du solltest jetzt gehen und darüber nachdenken, was du wirklich willst."

Jos' Tante stand auf. Sie war sichtlich erschüttert und sagte, dass sie es nicht für angebracht hielt, zum Abendessen zu bleiben. Kip schien verdammt zufrieden mit sich zu sein. Isaac sah sie beide abwechselnd an; er war verwirrt.

„Verabschiede dich", flüsterte Jos.

Isaac nickte. „Tschüss, Tante Kathy." Er rührte sich einige Sekunden lang nicht, bis Jos ihn anstupste. Isaac zog Weeble vom Sofa und klemmte ihn unter den Arm, bevor er sich seiner Tante näherte. Diesmal ging Tante Kathy in die Knie und umarmte Isaac sanft. Sie fühlte sich offensichtlich immer noch unwohl, aber sie gab sich Mühe. „Tschüss."

Jos begleitete seine Tante zur Tür. Keiner von ihnen sagte ein Wort, doch seine Tante war sichtlich verunsichert, als sie nach draußen trat. „Bist du immer noch im Bed-and-Breakfast?", fragte Jos, als er seiner Tante auf die Veranda folgte.

„Ja. Aber ich werde morgen früh abreisen", sagte sie ihm, als sie auch schon den Weg hinuntereilte. Jos stand unter der Verandabeleuchtung, als er beobachtete, wie sie in ihren Lexus stieg und dann die Straße hinunterfuhr.

„Was war das alles?", fragte Jos, als Kip hinter ihm auftauchte. „Hat Carter dir etwas erzählt?"

„Nichts anderes als das letzte Mal, als er und ich geredet haben, aber er hat erwähnt, dass es mit ihrem Geschäft sicher nicht so gut läuft, und das hat mich zum Nachdenken gebracht. Sie war sichtlich nervös und wollte nicht über sich selbst oder das Geschäft sprechen, auf das sie doch eigentlich so stolz sein müsste, also habe ich einen Versuch gewagt und lag goldrichtig." Kip kicherte. „Ich hätte nicht gedacht, dass es so einfach sein würde."

„Glaubst du, sie wird jetzt aufgeben?"

„Sie sah aus, als hätte sie aufgegeben. Sie muss doch jetzt einsehen, dass du und Isaac ein Zuhause und ein Leben habt. Es gibt nichts für sie zu gewinnen, aber … Ich frage mich immer noch, was dahinter steckt. Sie hatte einen Grund, vermutlich etwas, das sie wollte."

„Wie werden wir es herausfinden?"

„Carter. Er wird etwas herausfinden." Kip nahm seine Hand. „Wir sollten wieder reingehen und sehen, was Isaac so treibt, und etwas zu Abend essen. Wir haben genug Zeit damit verbracht, es zu kochen – dann können wir es genauso gut genießen."

Jos nickte und seufzte erleichtert auf. „Ich hoffe, das ist jetzt alles vorbei."

„Ich auch. Aber mein Instinkt sagt mir, dass da noch was kommt. Ich werde morgen mit Carter sprechen, vielleicht hat er irgendeine Idee. Aber im Moment machen wir uns darüber keine Sorgen." Er lächelte und zog Jos an sich.

„Wir sind draußen und wollen doch nicht die Nachbarn erschrecken", flüsterte Jos, als Kip für einen Kuss an ihn heran trat.

„Dann können sie ja die Polizei rufen", sagte Kip, als er Jos küsste. Falls jemand gerade zusehen sollte, dann bekamen sie eine richtige Show geboten. Besonders als Kip die Hände über seinen Rücken gleiten ließ und die Pobacken packte; ihn näher an sich presste.

„Ihhh, küssen", rief Isaac von der Tür aus.

Kip löste sich von kichernd von Jos, ehe sich ihre Lippen für einen weiteren Kuss trafen. Jos schloss die Augen und genoss die wunderbare Salzigkeit von Kips Lippen. Er war in Sicherheit. Kip gab ihm das Gefühl, als könne ihm nichts etwas anhaben und egal was passierte, er würde für ihn da sein – für sie beide.

„Eklig", sagte Isaac und Kip ließ Jos los. Sie schenkten einander ein warmes Lächeln, bevor Kip zu Isaac rannte, ihn hoch hob, sodass Isaacs Kichern durch das ganze Haus und in die Nacht hinein hallte. Jos zitterte vor der Herbstkälte und ging wieder hinein, schloss die Tür ab und ließ die Kälte draußen.

Das Haus sah warm aus, fühlte sich warm an und klang selbst warm. Jos kam nicht umhin zu denken, dass er vor ein paar Wochen auf der anderen Seite dieser Tür gewesen war, draußen in der Kälte, ganz allein. Jetzt war er bei Kip, dort wo alles richtig schien. Als er und Kip vor ein paar Tagen miteinander geredet hatten, hatte er noch gedacht, er müsse all das alleine schaffen. Aber jetzt war er sich nicht mehr so sicher, ob er das wollte. All die guten Dinge, die ihm passierten, waren wegen Kip geschehen. Was, wenn er nicht alleine auf sich und Isaac aufpassen konnte? Was, wenn er bei Kip einzog und es nicht funktionierte? Jos wusste, dass er alleine überleben musste. Jos lag Kip sehr am Herzen und irgendwie liebte er ihn für alles, was er für sie getan hatte. Aber beruhte das, was er fühlte, auf Dankbarkeit oder auf mehr? All diese Fragen rasten ihm durch den Kopf wie Autos auf einer Autobahn, voller Angst und Unsicherheit. Die Wahrheit war, dass er sich im Moment nicht zutraute, die richtigen Entscheidungen zu treffen. Kip und seine Freunde hatten ihn bisher in die richtige Richtung geführt und er hatte es ihnen erlaubt. Er vertraute Kip, aber was, wenn er die schwierigen Entscheidungen nicht treffen konnte, wenn es drauf an kam? Was für ein Partner würde er für Kip sein? Verdammt, das warf die Frage auf, ob Kip ihn überhaupt als Partner betrachtete. Vielleicht mochte Kip ihn nur, weil Jos ihn brauchte.

„Jos, es ist Zeit zu essen", sagte Isaac und ergriff seine Hand. „Komm schon", sagte er, bevor er Jos in Richtung Esszimmer zerrte, seine Gedanken hinter sich lassend. Er und Kip hatten nicht erwartet, dass die Dinge mit seiner Tante so laufen würden, deshalb war alles für ein stilvolles Abendessen vorbereitet. Kip nahm das Geschirr und die Teller und trug sie in die Küche. Isaac kletterte an seinen üblichen Platz und sobald alles aufgedeckt war, begann Kip das Essen zu verteilen. Sobald das Essen auf Isaacs Teller landete, begann er zu essen. Das erinnerte Jos wieder daran, was er seinem Bruder angetan hatte.

„Hey", sagte Kip leise und zog ihn zurück ins Hier und Jetzt. „Alles in Ordnung?"

„Ja. Ich denke nur zu viel nach", antwortete Jos.

„Mach dir keine Sorgen. Was auch immer deine Tante tun wird, wir werden darauf vorbereitet sein." Er erinnerte sich, dass er bei Kip immer in Sicherheit war und tat sein Bestes, um die Fragen und Sorgen zumindest für den Moment beiseitezulegen.

ALS SIE mit dem Essen fertig waren, half Jos Kip beim Aufräumen und nahm Isaac zum Baden mit nach oben. Isaac spielte in der Wanne, sodass das Wasser in alle Ecken spritzte und Josh dabei vollständig durchnässte. Am Ende lachten sie beide, bis sie heiser wurden und als Jos Isaac getrocknet und seinen Schlafanzug angezogen hatte, brachte er ihn mit seinen Kuscheltieren ins Bett.

„Ich mag es hier mit Onkel Kip", sagte Isaac. „Er ist nett ... Selbst wenn du ihn küsst." Isaac machte ein angeekeltes Gesicht und kicherte dann. „Warum küssen du und Onkel Kip?", fragte er, als Jos das Licht ausmachen wollte.

„Weil wir uns mögen."

„Ich mag ihn auch, aber ich küsse ihn nicht", sagte Isaac.

„Guck, ich mag dich und ich küsse dich", sagte Jos und beugte sich über Isaac, um ihm einen dicken, schmatzenden Kuss auf die Stirn zu drücken. „Mach dir keine Sorgen – du wirst das verstehen, wenn du älter bist. Ich verspreche es dir. Versuch jetzt zu schlafen." Isaac setzte sich auf und schlang seine kleinen Arme um Jos' Hals. Dieses Zeichen der Zuneigung und des Vertrauens hinterließ bei ihm immer einen Kloß im Hals. Isaac war der beste Teil seines Lebens und allein der Gedanke, dass er nicht immer bei ihm sein würde, war genug, um Jos' Herz zu zerreißen.

Isaac legte sich wieder hin und Jos zog die Decke hoch und küsste seinen Bruder noch einmal leicht auf die Stirn. „Gute Nacht."

Jos stand auf und verließ den Raum, zog die Tür halb zu und schaltete das Flurlicht aus. Er überlegte, ob er nach unten gehen sollte, um nach Kip zu suchen, aber stattdessen ging er ins Schlafzimmer. Er war wirklich müde. Sein Job war körperlich anstrengend, und an seinem freien Tag versuchte er normalerweise sich auszuruhen, aber er war den ganzen Tag nervös gewesen wegen des bevorstehenden Besuchs seiner Tante, weshalb er sich nicht hatte hinlegen können. Anstatt also wieder nach unten zu gehen, lag Jos mit einem der Bücher, die Kip ihm zum Lesen geliehen hatte, auf dem Bett.

Irgendwann musste er eingeschlafen sein, denn als er seine Augen öffnete, fand er das Buch auf seiner Brust vor und Kip, der auf ihn hinab sah.

„Die Türen sind alle zugesperrt." Kip nahm das Buch und legte es auf den Nachttisch. Dann beugte er sich näher. Der Kuss begann sanft, wurde aber immer leidenschaftlicher.

Jos vergaß seine Fragen und Zweifel, als Kip ihn festhielt und ihm langsam die Kleider auszog. Jos war zu sehr damit beschäftigt, die Aufmerksamkeit von Kip aufzusaugen, als die Geste zu erwidern, doch Kip war schnell und gesellte sich zu ihm ins Bett.

„Alles wird gut. Ich bin hier und ich gehe nirgendwo hin", sagte Kip.

„Wie kannst du das sagen?", fragte Jos. „Du kennst mich erst seit ein paar Wochen. Woher weißt du, dass du mich die ganze Zeit bei dir haben willst? Was ist, wenn du mich satt hast?"

Kip nahm Jos' Hand und legte sie auf seine Brust. „Kannst du das fühlen? Mein Herz rast, als wäre ich gerade einen Marathon gelaufen. Das machst du, indem du mich nur ansiehst. Immer wenn ich dich mit dem Kopf in einem Buch im Wohnzimmer sitzen sehe, muss ich mich daran erinnern, dass Isaac im Haus ist, sonst würde ich dich gleich auf der Stelle ausziehen und es direkt mit dir auf dem Boden treiben. Und das geht mir immer so." Kip ließ seine Hand los und streichelte über Jos' Halsansatz. Jos streckte sich, um ihm einen besseren Winkel zu ermöglichen, und Kip nutzte die Gelegenheit und saugte so stark an seinem Hals, dass Jos zitterte. „Siehst du. Du bist nicht der einzige, der solche Stellen finden kann." Kip kicherte und leckte dann erneut über die Stelle. „Da wirst du einen Knutschfleck haben."

„Kip. Wenn Billy das sieht, wird er wissen, woher ich es habe und …"

„Ich weiß, dass er es tun wird, und jeder wird wissen, dass du mir gehörst."

„Ist das so ein Macho-Ding?", fragte Jos, als er sich daran erinnerte, wie Kip sich ihm hingegeben hatte. Kip war ein Typ, der definitiv gerne die Kontrolle behielt.

„Nein. Das ist eine Josten Sache. Ich kann einfach nicht genug von dir bekommen." Kip wischte sich über die Wange. Jos hatte keine Ahnung, warum er weinte. „Ich werde dich nicht darum bitten, hier bei mir zu bleiben – ich verstehe, dass du eine Weile allein sein musst."

„Aber ich weiß, dass du für mich da bist", sagte Jos und zog Kip in einen Kuss. „Und das bedeutet nicht, dass wir dich nicht besuchen können."

„Und hier übernachten?", fragte Kip. Er wackelte mit seinen Hüften, ließ ihre Schwänze aneinander reiben und schickte damit eine Welle der Erregung durch Jos' Körper.

„Auf jeden Fall", stimmte Jos zu. Kips Hände glitten über Jos' Körper, sodass der alle Gedanken an seine Tante, seine Sorgen, Fragen und alles andere außer der Art und Weise, wie Kip ihn berührte, vergessen hatte. Kip rollte ihn herum und fand eine Stelle direkt über seinem Hintern, die Jos, wenn sie auf eine bestimmte Weise berührt wurde, ganz verrückt machte und in das Kissen wimmern ließ. Als Kip ihn wieder erneut umdrehte und zwei Finger in ihn gleiten ließ, keuchte Jos auf. Als die Finger durch Kips Schwanz ersetzt wurden, der langsam in ihn glitt und ihn so weit ausfüllte, dass er kaum nach Luft schnappen konnte, wusste Jos, dass er im Himmel war.

Die Art und Weise, wie Kip ihn ansah, schickte Jos sofort in andere Sphären. Alles, was er wollte, war mehr von dem, was Kip zu geben hatte, und er bekam es.

„Oh Gott", flüsterte Jos, als Kip den Winkel änderte und ihm fast schwindelig wurde.

„Ich weiß, dass ich deiner nie müde werde, weil ich … Ich weiß es einfach," murmelte Kip, während er immer fester zustieß. Jos machte sich nicht die Mühe, seine Zirkellogik zu korrigieren. Alles, was er tat, war den besten Sex seines Lebens zu haben.

8

DER UMZUGSTAG für Jos und Isaac kam viel schneller, als Kip wollte, aber er schwieg und half Jos, die wenigen Dinge, die er und Isaac hatten, aus seinem Haus zu tragen und in sein Auto zu packen. Nachdem er den letzten Kleidersack hinausgetragen hatte, überprüfte er, ob alle Lichter und Ventilatoren im Haus aus waren.

Alles wirkte so still und leblos. Wenn er sein Zuhause betrat, freute er sich immer, Isaacs Schritte zu hören, wie er ihm entgegen rannte, und Jos' Lächeln zu sehen, wenn er zum ersten Mal den Raum betrat. Jetzt wirkte das Haus düsterer. Ja, er verstand Jos' Gründe für den Umzug in seine eigene Wohnung. Jos war sein ganzes Leben lang von anderen abhängig gewesen. Kip verstand das; er tat es wirklich. Doch das half nicht gegen das Gefühl der Einsamkeit, wenn er daran dachte, später in sein leeres Zuhause zurückzukehren.

„Isaac sitzt im Auto", sagte Jos hinter ihm.

„Okay." Er drehte sich um und verließ das Haus, schloss die Tür hinter sich ab und ließ die drohende Einsamkeit dort zurück.

Dann fuhren sie in die Innenstadt. Es war höchstens eine halbe Meile, aber es fühlte sich so viel weiter an. So als würde er sie weit von sich weg bringen. Kip wusste, dass es seine eigene Schuld war, denn er hätte Jos sagen sollen, dass er wollte, dass sie bei ihm blieben, dass er ihm so viel bedeutete. Aber er hatte die Worte nicht aussprechen können, denn er wollte Jos nicht verschrecken oder irgendetwas überstürzen. Alles, was er letztendlich getan hatte, war, nicht auszusprechen, was er wirklich wollte, und nun war es zu spät. Jos zog aus und es würde alles nur verkomplizieren, wenn er es ihm jetzt erzählte.

Er und seine Freunde hatten Jos geholfen, von der Straße zu kommen und sein Leben wieder in Ordnung zu bringen. Jos war glücklich und der kleine Isaac war wie eine Blume aufgeblüht. Kip würde nichts tun, um das in Gefahr zu bringen und wenn Jos allein sein musste, um seinen eigenen Weg zu gehen, dann würde er ihm beistehen. Und er würde versuchen, geduldig zu sein, obwohl er glaubte, dass er viel Zeit damit verbringen würde sich auf Jos' Besuche und die versprochenen Übernachtungen zu freuen.

Kip hielt vor dem Gebäude und begann Jos beim Ausladen zu helfen. Mit vollen Armen folgte er Jos und Isaac durch die Tür und die Treppe hinauf zur Wohnung im zweiten Stock. Sie lag an der Seite des Gebäudes und hatte zwei

Fenster, die nach vorn zur Straße zeigten. Vom Flur in der Mitte der Wohnung ging eine Küche, die Schlafzimmer und das Bad ab. Das Wohnzimmer war recht groß. Die restlichen Räume waren klein, aber dem Grinsen auf Jos' Gesicht nach zu urteilen, kam es ihm wie ein Schloss vor.

„Einige Möbel waren schon hier und Donald hat mir geholfen, ein paar grundlegende Dinge zu besorgen", sagte er, als er die Schlafzimmertür öffnete. In jedem Zimmer stand ein Doppelbett mit einer Kommode, aber Jos' Aufregung zufolge könnte man auch denken, dass sie sehr luxuriös waren und vielleicht waren sie das für Jos auch. Kip versuchte, sich so gut wie möglich für Jos zu freuen, aber für ihn bedeutete dies alles das Ende von etwas, an das er sich gewöhnt hatte.

„Es sieht toll aus", sagte er mit einem Lächeln, von dem er hoffte, dass es nicht zu gezwungen wirkte. Er wollte, dass Jos glücklich war – mehr als alles andere –, aber er wollte auch selbst glücklich sein. Verdammt, er hatte es verdient glücklich zu sein und der Auszug von Jos und Isaac machte ihn traurig, aber das war nebensächlich. Kip stellte das, was er trug, auf Jos' Schlafzimmerboden ab, und ging dann zurück ins Wohnzimmer, um aus dem Fenster zu sehen. Manchmal reisten Menschen gemeinsam durchs Leben bis zu einem Zeitpunkt, an dem sich ihre Wege trennten. Das hatte ihm der Therapeut, den er und sein Vater besucht hatten, gesagt. Damals hatte er es auf den Verlust seiner Mutter bezogen, aber es galt auch für seine jetzige Situation. Vielleicht mussten seine und Jos' Wege für eine Weile getrennt verlaufen. Er blinzelte ein paar Mal, als der Wind den Baum aufschüttelte, der fast Fensterhöhe erreichte. Orangebraune Blätter wirbelten in der Luft und fielen dann auf die Straße.

„Ich denke, Isaac und ich können hier glücklich werden und lernen, wie man lebt."

„Das wisst ihr bereits", sagte Kip und schluckte den Rest der Worte, die aus ihm herausbrechen wollte, herunter. Für einen Moment sagte er sich, dass es noch nicht zu spät war. Dass Jos seine Meinung über all das hier ändern würde, wenn er ihm von seinen Gefühlen erzählte. Aber sobald Kip sich umdrehte und er die Freude in Jos' Gesicht sah, verlies ihn dieser Drang sofort. Es ging hier nicht um ihn. Es ging um Jos und das, was er brauchte. „Ich hole den Rest." Er eilte hinunter und zum Auto hinaus, dann brachte er noch eine Ladung Sachen herein. Als er das obere Ende der Treppe erreichte, erfüllte ein lautes, durchdringendes Kichern den Raum. Kip stellte die Taschen ab und folgte dem Geräusch ins Hinterzimmer, wo Isaac barfuß im Kreis tanzte, Weeble fest in seinen Armen hielt und aus vollem Halse sang, dass sie jetzt zu Hause seien.

„Onkel Kip", rief Isaac, als er zu ihm rannte. „Jos sagt, das ist mein Zimmer. Meins ganz allein. Ich mag es und Weeble gefällt es auch." Er legte seinen Bären auf das Bett, hob Pistazie auf und reichte Kip das Pferd. „Wirst du ihn mit nach Hause nehmen?"

„Wieso?"

„Spistazie ist traurig und möchte nicht, dass du einsam bist. Er mag das Zimmer bei dir zu Hause."

Kip widerstand dem Drang, das Pferd mitzunehmen. „Warum stellst du ihn nicht neben Weeble, damit sie sich gegenseitig helfen können, sich an ihr neues Zuhause zu gewöhnen?" Er würde Isaacs Pferd nicht nehmen. Er kniete sich vor Isaac nieder. „Du und Jos werdet hier glücklich werden und ich denke, Pistazie wird sein neues Zimmer genauso mögen wie das in meinem Haus. Vergiss nicht, dass du und Pistazie und Weeble jederzeit zu Besuch kommen können." Kip zog Isaac in eine Umarmung und stand mit ihm in seinen Armen auf. Isaac schlang seine Arme um Kips Hals.

„Ich liebe dich, Onkel Kip", flüsterte Isaac, woraufhin Kip seine Augen schloss.

„Ich liebe dich auch", sagte Kip und schaffte es auf wundersame Weise, dass seine Stimme nicht brach. „Du und Pistazie werdet glücklich sein und du wirst dein eigenes Zimmer mit deinem eigenen Bett haben."

„Ich muss mir nicht mit Jos ein Bett teilen?" Isaac lehnte sich zurück. „Er schnarcht." Dann vollführte er eine ziemlich gute Nachahmung seines Bruders.

„Tu ich nicht", sagte Jos, als er den Raum betrat. „Das nimmst du zurück." Er kitzelte Isaac am Bauch, sodass der kicherte und sich in Kips Armen wand. „Ich schnarche nicht."

„Doch, das tust du", sagte Kip.

„Siehst du?", sagte Isaac triumphierend.

Kip setzte ihn ab und Isaac packte Pistazie und Weeble, damit er ihnen ihr neues Zuhause zeigen konnte.

„Ich habe noch eine Ladung im Auto und dann muss ich mich für die Arbeit umziehen", sagte Kip. Er wusste, dass er gehen und den Rest ihrer Sachen holen sollte, aber seine Füße fühlten sich an, als wären sie zu Blei geworden.

Jos trat näher und legte die Hände um seine Taille. „Ich bin so aufgeregt, hier zu sein, aber du weißt, dass ich dich vermissen werde." Er vergrub sein Gesicht in Kips Hemd. In diesem Moment wusste Kip, dass es nicht nur ihm schwer fiel. Ja, das hier war etwas, von dem Jos dachte, er müsste es für sich selbst tun, aber das bedeutete nicht, dass es ihm leicht fiel.

„Du weißt, dass ich da sein werde, wenn du mich brauchst, aber du wirst mich nicht brauchen. Du wirst dir und Isaac ein gutes Leben aufbauen. Das ist eine schöne Wohnung."

„Und mit dem Mietzuschuss, meinem Job und dem Geld, das ich für Isaac bekomme, sollten wir finanziell gut aufgestellt sein. Aber ich gehe immer wieder in Gedanken alles durch und frage mich, wie ich es schaffen soll, und es macht mir so große Angst. Ich frage mich immer wieder, was ich tun werde, wenn ich wieder so versagen sollte, wie ich es beim letzten Mal getan habe."

„Das wirst du nicht. Du hast einen Job und dort sind Menschen, denen du nicht egal bist. Genauso wie du Freunde hast, denen du wichtig bist und die für dich da sind, wenn du sie brauchst. Aber ich glaube nicht, dass du sie brauchen wirst. Du wirst es schaffen, auf deinen eigenen Beinen zu stehen. Der einzige Grund, warum es vorher nicht geklappt hat, war Pech. Und Menschen, die dich ausgenutzt haben."

„Aber was ist, wenn ich es nicht schaffe?", flüsterte er. „Was ist, wenn ich wieder versage?"

„Dann kriegen wir das schon hin. Aber ich weiß, dass du das kannst. Wir haben dein Budget immer wieder überschlagen. Du kennst es auswendig. Klar, du und Isaac habt kein Geld für Kabelfernsehen oder für ein tolles Handy mit allem Schnickschnack, aber ihr könnt aufeinander aufpassen und ihr habt genug Geld für Freizeitaktivitäten. Arbeite einfach weiter hart, so wie du es gerade tust." Kip umarmte ihn und sie standen ein paar Minuten still. Er wollte Jos nicht gehen lassen. „Ich hole besser deine restlichen Sachen rein", sagte er schließlich und ging dann, um die letzten Sachen zu holen.

„WIE GEHT es Jos?", fragte Carter, als Kip ihn ein paar Stunden nach seiner Schicht hinter seinen Computern an seinem Schreibtisch fand.

„Gut. Er ist heute in seine Wohnung eingezogen."

„Du musst nicht gleich ganz so überschwänglich klingen", neckte Carter. „Komm schon, das ist nicht das Ende der Welt."

„Manchmal fühlt es sich so an", gab Kip zu. „Ich weiß, dass er nur in der Innenstadt ist. Wir haben uns nicht getrennt oder so, aber ..."

„Hast du ihm gesagt, was du für ihn empfindest?", fragte Carter.

„In gewisser Weise", antwortete Kip und beugte sich über den Schreibtisch.

Carter stöhnte auf. „Was zur Hölle heißt das? Über Morsecode? Hast du es an die Wand geklopft oder so? Oh, ich weiß: Du hast ihm in deiner erfundenen Sprache gesagt, dass du ihn liebst."

„Du hast viel zu viel ferngesehen", sagte Kip.

„Ernsthaft." Carter hörte auf zu tippen und sah ihn streng an. „Wenn du willst, dass Jos weiß, wie du dich fühlst, dann musst du es ihm sagen und nicht nur um den heißen Brei herumreden, sodass du nicht angreifbar bist."

„Das kannst du leicht sagen – du hast Donald."

„Ja. Und denkst du, es war einfach, Donald 'Ice' Ickle zu sagen, dass ich ihn liebe? Erinnerst du dich nicht daran, wie er drauf war? Gott sei Dank ist er seitdem ziemlich aufgetaut. Ich liebe diesen Kerl mit jeder Faser meines Herzens, aber es war verdammt beängstigend ... Und die beste Entscheidung, die ich je getroffen habe." Carter wandte sich wieder seinem Computer zu. „Ich wette, du bist nicht wegen einer Beziehungsberatung hier und ich sollte mich um meine eigenen Angelegenheiten kümmern, also was brauchst du?"

Kip war so dankbar, dass Carter das Thema gewechselt hatte, dass er ihn hätte umarmen können. „Ich habe mich gefragt, ob du noch mehr über Jos' Tante herausgefunden hast."

„Ich darf auch nicht alle Daten ansehen, aber ich habe etwas Seltsames gefunden. Wenn man nicht genau weiß, wonach man sucht, braucht man viel Glück. Und ich glaube, ich hatte etwas Glück. Aber ich gebe zu, ich weiß nicht, was es bedeutet. Ich weiß, dass Jostens Familie aus der Nähe stammt, da, wo auch seine Tante herkommt. Und es gibt einige Nachlassgerichtsakten, in denen Jos' Mutter und Tante genannt wurden. Kann sein, dass es nichts ist, aber ich hab um Kopien gebeten. Die Akten sind offen zugänglich, also habe ich es als normaler Bürger angefordert. Vielleicht ist es nur ein altes Testament, aber innerhalb eines einzigen Jahres hat Tante Kathy ihr Haus gekauft und ihr Geschäft eröffnet. Irgendetwas in ihrem Leben hat sich also schlagartig geändert."

„Interessant", sagte Kip. „Aber vielleicht bedeutet es nichts."

„Kann sein", sagte Carter und sah ihn an. „Aber sie hatte plötzlich ziemlich viel Geld zur Verfügung. Wir sind Polizisten und glauben nicht an Zufälle. Du hast mir gesagt, was sie Jos erzählt hat, und das klingt schon sehr nach dem amerikanischen Traum, oder? Zu perfekt, um wahr zu sein. Sie wirkt wie eine wirklich getriebene Person, und Teile dieser Geschichte passen einfach nicht zusammen."

„Sie hat gesagt, dass sie ein Erbe erhalten und ihre Schwester ihren Teil komplett ausgegeben hat", sagte Kip.

„In Ordnung. Aber irgendwas fühlt sich für mich nicht richtig an. Ich weiß nicht, was es ist." Carter wandte sich wieder dem Computer zu. „Wie gesagt, manchmal hat man Glück und manchmal gibt es viele Sackgassen. Nur zusätzliche Informationen werden uns sagen, worunter das hier fällt. Du könntest recht haben und es ist nichts, oder es könnte uns helfen, einer anderen Spur zu folgen."

„Wir müssen abwarten", sagte Kip, als er auf die Uhr blickte. „Wir sehen uns später. Danke für alles."

„Kein Problem. Ich liebe solche Sachen." Carter schenkte ihm ein Lächeln und wandte sich dann wieder seiner Arbeit zu. Kip aß schnell sein Mittagessen auf, bevor er sich alle Informationen in der Zentrale einholte, die er brauchte, und zu seinem Auto zurückkehrte. Er war seinem gewohnten Stadtteil zugewiesen worden, dem nordöstlichen Teil der Stadt, obwohl sich das ändern konnte, wenn Anrufe eingingen. Am Nachmittag kümmerte er sich um Kinder, die auf den Gehwegen Skateboard fuhren und wies sie auf den Park hin, in dem das Skateboard fahren erlaubt war. Er gab ihnen keine Strafzettel, weil sie wirklich überrascht schienen. Sie waren höflich und eilten in die angegebene Richtung, als er ihnen sagte, wo sie skaten durften. Seine Aufgabe war es, zu helfen, wo er konnte.

Es wurde früh dunkel. Kip fuhr die Hannover Street in Richtung Süden und beobachtete die Leute. Ein grob aussehender Mann, der den Bürgersteig entlang schlurfte, fiel ihm ins Auge. Seit er Jos begegnet war, merkt Kip, dass er den

Menschen, die auf der Straße lebten, mehr Aufmerksamkeit schenkte. Er hatte einige von ihnen kennengelernt und war mit ihren Routinen vertraut. Menschen, die einst gesichtslos gewesen waren, erkannte er jetzt. Es gab mehr Leute wie Jos da draußen, als er sich je vorgestellt hatte. An der Ampel der Louther Street blieb er stehen, wo er einem großen, schlecht gekleideten Mann nachblickte, der mit geschlossenem Mantel die Straße überquerte und sich gegen die Kälte wappnete. Die Ampelfarbe änderte sich von Rot zu Grün und Kip fuhr weiter. Er warf dem Mann einen erneuten Blick zu, aber er war bereits außer Sicht.

Kip hatte etwas Zeit, also hielt er an und stieg aus dem Auto. Er hatte eine ziemlich gute Vorstellung davon, wo der Mann war, und tatsächlich fand er ihn im selben Ladeneingang, in dem er Jos damals gefunden hatte. „Kann ich Ihnen helfen?", fragte Kip, der vorsichtig war und nicht zu nahe kam.

Der Mann drehte sich um.

Kip trat einen Schritt zurück, denn er starrte in Tyler Adamsons Gesicht. Der Mann, der Jos damals angegriffen hatte. Kips erster Instinkt war es, ihn anzugreifen, denn er hatte jemanden verletzt, der ihm wichtig war. Aber er war Polizist und er verhielt sich nach Protokoll. „Was machen Sie hier?"

„Ich schau mich nur um", antwortete Tyler, als er sich zum Gehen umwandte.

„Bleiben Sie, wo Sie sind", sagte Kip und nahm das Funkgerät, um sich im Revier zu melden. „Sollten Sie nicht im Gefängnis sein?"

„Ich wurde vor ein paar Tagen auf Kaution rausgelassen", antwortete Tyler.

„Setzen Sie sich einfach auf den Boden und bewegen Sie sich nicht." Kip rief über Funk nach Verstärkung.

„Sie können mich nicht ohne Grund festhalten. Unschuldig, bis die Schuld bewiesen ist und so", argumentierte Tyler.

„Entweder setzen Sie sich jetzt oder ich nehme an, Sie wollen mir drohen", sagte Kip. Er erhielt die Antwort, dass Verstärkung unterwegs sei. Hinter ihm tauchten die Blaulichter eines Polizeiwagens auf und im nächsten Moment war Carter an seiner Seite.

„Was ist los?"

„Das ist der Verdächtige, den ich beim Angriff auf Jos festgenommen habe. Er sagt, er wurde auf Kaution freigelassen, und ich muss es überprüfen. Er ist schnell gewaltbereit."

„Ich werde auf ihn aufpassen", erwiderte Carter und Kip kehrte zu seinem Auto zurück, telefonierte und forderte über seinen Computer die entsprechenden Informationen an. Die Antwort schockierte ihn.

„Wie hast du es geschafft, auf Kaution rauszukommen?", fragte Kip, als er zurückkam. Soweit er das beurteilen konnte, hatte Tyler kein Geld.

„Mein Bruder", spie Tyler und Kip fragte sich, warum dieser Typ jemanden so verachten konnte, der bereit war, sein Geld für einen Loser wie ihn aufs Spiel zu setzen.

„Dein Bruder hat die Kaution bezahlt?", fragte Kip.

Tyler nickte. „Kann ich jetzt gehen?", fragte er, die Hände in die Luft gereckt, als wäre er ein Geistlicher, der einen Segen gab. Er hätte einen Emmy gewinnen sollen, so wie er übertrieb. „Die Heilsarmee wird in wenigen Minuten ihre Türen öffnen."

„Wo ist Ihr Bruder?"

„Zu Hause."

Kip ließ ihn gehen. Er wünschte, er hätte einen Grund, ihn zu durchsuchen, um etwas zu finden, was ihn ins Gefängnis bringen könnte. Wenn Kip später gekommen wäre und Tyler länger im Eingangsbereich des Ladens gesessen wäre, hätte er ihn vielleicht fürs Herumlungern drankriegen können, insbesondere weil ein Verbotsschild an der Tür hing.

Er und Carter sahen zu, wie Tyler den Bürgersteig hinabging. Kip zitterte, als eine Windböe aufkam und die ersten Regentropfen fielen. „Jos scheint keine ruhige Minute vergönnt, egal was passiert."

„Manchmal geht man zwei Schritte vorwärts und einen Schritt zurück", sagte Carter. „Das ist einfach scheiße. Das Gesetz, das wir einhalten sollen, macht manchmal Dinge, die uns verrückt machen. Es geht darum, die Rechte aller zu schützen, einschließlich meiner, deiner, Jos' und sogar denen dieses Typen."

„Manchmal ist es trotzdem scheiße", murmelte Kip.

„Ich widerspreche dir sicher nicht." Carter stieg wieder in sein Auto. Kip meldete sich über Funk, dass er frei war und stieg ebenfalls in sein Auto. Jetzt musste er Jos erklären, was passiert war.

Kip verbrachte den Rest seiner Schicht in einem nervösen Zustand. Er hatte sich noch nie in seinem Leben so über den Regen und die Kälte gefreut. Es bedeutete, dass diese Nacht wenig zu tun war. Als er pünktlich zur Polizeistation zurückkam, fuhr er mit seinem Wagen so schnell wie möglich zum Café Belgie. Er fand einen Parkplatz gleich um die Ecke und eilte hinein. Er sah Jos nirgendwo.

„Hi, Kip", sagte Billy ein wenig atemlos. „Jos ist vor ungefähr zehn Minuten gegangen. Er sagte, er würde Isaac aus der Kindertagesstätte holen."

„Bei diesem Wetter?" Es waren nur ein paar Blocks, aber trotzdem …

„Er hatte einen Regenschirm und eine gute Jacke dabei, also dachte er, es würde schon gehen. Als er los ist, hat es nicht so stark geregnet, aber wie ich sehe, wurde der Regen stärker. Du kannst ihn wahrscheinlich ohne Probleme einholen."

„Danke", sagte Kip, ehe er wieder aus dem Café eilte. Er lief direkt zu seinem Auto und folgte der Route, von der er hoffte, dass Jos sie genommen hatte. Er erreichte die Kindertagesstätte und ging hinein.

Isaac rannte auf ihn zu und winkte ihm mit einem großen Blatt Papier entgegen. „Ich habe das für dich gemacht", sagte Isaac und Kip nahm das Papier in die Hand. Natürlich konnte er nicht genau erkennen, was es war. „Du und Jos halten Händchen unter dem Tisch." Isaac kicherte und Kip sah die groben Umrisse von dem, was Isaac ihm sagte.

„Wirst du mal ein berühmter Künstler?", fragte Kip, während er die Tür im Auge behielt. Sein Herz klopfte. Wenn es noch stärker hämmern würde, würde sein Hemd vibrieren.

„Nein. Ich werde Polizist wie du", sagte Isaac bestimmt. „Dann werde ich vielleicht Künstler … Und Cowboy, damit ich Spistazie reiten kann."

Kip unterdrückte ein Kichern. Er fand es toll, dass Isaac jetzt Träume hatte und er mochte die Vorstellung, dass er mitgeholfen hatte, dies zu ermöglichen. „Das ist wunderbar. Du kannst alles werden, was du willst."

„Ein Cowboy-Polizist?", fragte Isaac.

„Das kannst du. Die gibt es an manchen Orten." Kip wandte sich an Miss Carrie. „Jos war auf dem Weg, um Isaac abzuholen."

„Er war noch nicht hier", sagte sie.

Kip nickte, als er wieder zur Tür blickte. Er hoffte höllisch, dass er nur einen anderen Weg nahm, sodass Kip ihn einfach verpasst hatte. Tyler wieder draußen auf der Straße zu begegnen, hatte ihn wirklich durcheinander gebracht. Aber trotzdem: Jos war noch nicht hier und er war bisher nie zu spät gekommen, um Isaac abzuholen. Kip zog sein Telefon heraus und wählte, aber es meldete sich gleich die Mailbox.

„Lass uns dich anziehen, um nach draußen zu gehen und Jos zu suchen. Er ist wahrscheinlich gerade auf dem Weg hierher." Mit jeder weiteren Minute wurde Kip immer nervöser. Er starrte auf die verdammte Tür und wollte, dass sich das Ding öffnete und Jos hereinkam.

Als Isaac fertig angezogen war und bereit zu gehen, war Jos immer noch nicht aufgetaucht. Kip sammelte Isaacs Papiere und Zeichnungen ein und steckte sie sorgfältig unter seinen Mantel. Er schloss das Auto auf und setzte Isaac in seine Sitzerhöhung.

Kip fuhr los, entlang der Wege, die Jos hätte nehmen können. Er sah ihn nicht und hielt deshalb vor dessen Wohnung. Hinter den Fenstern war es dunkel, also war Jos offensichtlich nicht da. Während er und Isaac im Auto saßen, rief Kip Miss Carrie an, die bestätigte, dass Jos immer noch nicht da war und das Zentrum kurz davor war zu schließen. Kip legte auf und fuhr wieder los. Er machte die Scheinwerfer an und drehte das Auto um, entschlossen, Jos' möglichen Routen so gut wie möglich zu folgen. Irgendetwas war passiert und alles, was Kip vor seinem inneren Auge sehen konnte, waren Tyler und Jos an der Hauswand. Er packte das Lenkrad, fast wie gelähmt von der Angst, Tyler könnte Jos gefunden haben.

Er fuhr noch einen anderen Weg entlang, über die Bedford Street und dann zur Kindertagesstätte. Einen Block weiter hielt er an und sprang aus dem Auto. Neben dem Rad eines geparkten Autos lag eine Gestalt auf der Straße. Etwas, das im Wind flatterte, erregte seine Aufmerksamkeit. Es stellte sich heraus, dass es sich um die Überreste eines Regenschirms handelte. Als er nahe genug kam, sah er eine vertraute blaue Jacke und helles Haar.

Kip holte sein Handy heraus und rief einen Krankenwagen. „Hier ist Officer Kip Rogers. Ich brauche sofort einen Krankenwagen und Polizeihilfe. Ich befinde mich auf der Bedford Street zwischen Pomfret und South." Für die Dauer des Anrufs schaffte er es, die Panik aus seiner Stimme zu halten. Sobald er aufgelegt hatte, kniete Kip neben Jos nieder. Er hatte Angst ihn zu berühren oder zu bewegen, falls er damit etwas noch schlimmer machte. Er schaffte es, Jos' Hals leicht zu berühren und fand einen Puls. Er rannte zum Auto und nachdem er Isaac versichert hatte, dass er Jos gefunden hatte und ihm helfen würde, schnappte er sich einen Regenschirm vom Boden des Rücksitzes, öffnete ihn und benutzte ihn, um Jos vor dem anhaltenden Regen zu schützen. Innerhalb von Minuten hörte er Sirenen. Zuerst kam ein Krankenwagen und die Sanitäter machten sich an die Arbeit, um Jos in Decken zu hüllen und ihn auf eine Trage zu verfrachten. Als nächstes kamen Kips Kollegen und begannen Fotos zu machen und herauszufinden, was passiert war.

Kip blieb bei Isaac, während Jos in den Krankenwagen verladen wurde, folgte ihnen dann ins Krankenhaus und trug Isaac durch den Noteingang. Kip erklärte, wer er war und warum er dort war. Dann setzte er sich mit Isaac zusammen in den Warteraum und versuchte, vor Nervosität nicht zusammenzubrechen.

Er schaffte es, klar genug zu denken, um Donald und Carter anzurufen, um ihnen mitzuteilen, was los war. Außerdem rief er Billy im Restaurant an.

„Sobald wir schließen, komme ich vorbei", sagte Billy. „Wir haben Jos und Isaac über uns versichert, als er angefangen hat bei uns zu arbeiten, also muss ich dir seine Daten geben."

Isaac wusste, dass etwas nicht stimmte und dass Jos verletzt war. Kip hielt ihn fest, ließ Isaacs Kopf auf seiner Schulter ruhen, während er sich an ihn klammerte. „Wird Jos wieder gesund?"

„Ja", antwortete Kip jedes Mal, wenn Isaac fragte, und hoffte so sehr, dass er nicht log.

Schließlich durften sie zu Jos. Sie wollten Isaac nicht mit rein lassen, aber Kip zeigte seine Dienstmarke und erklärte, dass Isaac seinen Bruder sehen müsse. Sie gaben nach und Kip trug Isaac ins Krankenzimmer.

Jos lag auf einem Bett in einem abgesperrten Bereich. Er atmete Sauerstoff durch eine Maske ein.

„Wofür ist das?", fragte Isaac und zeigte auf den Monitor.

„Es sagt ihnen, wie es um das Herz von Jos steht. All diese Zahlen helfen ihnen, Jos zu helfen."

„Schläft er?", fragte Isaac.

„Er hat sich den Kopf gestoßen", sagte ein Arzt hinter ihnen. „Sind Sie seine Familie?"

„Das, was er an Familie hat, ja. Das ist sein Bruder Isaac. Jos und ich sind ein Paar." Er wusste, dass der Arzt ihm ohne Jos' ausdrückliche Erlaubnis nur sehr wenig sagen konnte und er hatte keine Gelegenheit gehabt, ihm diese

Erlaubnis zu geben. „Keine Sorge, ich kenne die Regeln." Er seufzte. Er wollte unbedingt wissen, was passiert war. „Ich habe Isaac nur mitgenommen, damit er ihn sehen kann."

Der Arzt nickte und ging weiter seiner Arbeit nach. Er überprüfte Jos sorgfältig. „Ich werde einige Untersuchungen machen." Natürlich konnte er nicht sagen, was für Untersuchungen und das war höllisch frustrierend.

„Ich bin Polizeibeamter. Ich bin derjenige, der ihn gefunden hat."

„Sind Sie in offizieller Funktion hier?"

„Das kann ich sein", sagte Kip. Er setzte Isaac sanft ab und behielt ihn in seiner Nähe, bevor er sich über Funk beim Polizeirevier meldete. Er erklärte, wo er war, und ihm wurde bestätigt, dass sie Informationen über Jos' Zustand brauchten.

„Ich werde dem zuständigen Beamten mitteilen, dass Sie diese Informationen erhalten und an ihn weiterleiten", sagte Helen zu ihm. „Die werden dankbar sein. Es gibt diese Nacht viel zu tun."

„Es ist offiziell", sagte Kip und zog ein kleines Notizbuch aus seiner Hemdtasche. Er war darauf trainiert worden, immer ein Notizbuch zur Hand zu haben, also trug er es stets bei sich.

„Er erlitt eine Gehirnerschütterung, wahrscheinlich durch einen Zusammenstoß mit einem Auto. Er hat mindestens eine gebrochene Rippe und mehrere Abschürfungen." Kip schrieb alles auf. „Zu diesem Zeitpunkt wissen wir noch nicht, wie schwer seine Gehirnerschütterung ist", erklärte der Arzt. Kip sah, dass Isaac näher am Bett stand und Jos' Hand hielt.

„Jos, wach auf", sagte Isaac und drehte sich dann zu Kip um.

„Schon okay", sagte Kip und versuchte ihn zu beruhigen. Er trat näher an Isaac heran und wandte sich an den Arzt.

„Wir werden mehr wissen, sobald wir einige Testergebnisse haben. Wir nehmen ihn auf und bringen ihn in ein Zimmer, wenn wir fertig sind. Ich erwarte ehrlich gesagt nicht, dass er heute Nacht aufwacht. Hinterlassen Sie eine Nummer am Schreibtisch und wir rufen Sie dann an."

Es fühlt sich an, als würde Kips jemand den Boden unter den Füßen wegreißen. Das bedeutete, dass es schlimm war – Jos könnte im Koma liegen. „Danke", sagte er und teilte der Polizei schnell die Informationen mit, die er erhalten hatte. Dann hob er Isaac in seine Arme. Kip hasste es, Jos alleine zu lassen, aber hier zu bleiben wäre nicht gut für Isaac und sein Wohlergehen hatte Priorität. Kip ging zum Bett, nahm Jos' Hand und rieb leicht mit dem Daumen über den Handrücken. Er stand schweigend an Jos' Seite. Er wünschte sich, er würde aufwachen und er hoffte so sehr, dass er ihn nicht schon verloren hatte.

„Er soll aufwachen, wenn er schläft", sagte Isaac. Er legte seinen Kopf auf Kips Schulter und wimmerte leise. Kip wollte sich ihm anschließen. Er verstand, wie sich Isaac in diesem Moment fühlte.

131

„Lass uns dich nach Hause bringen", sagte Kip. „Du kannst Jos morgen früh sehen." Er hoffte, dass das ein Versprechen war, das er halten konnte, um ihrer beider Willen.

Kip ging, nachdem er eine Nummer hinterlassen hatte, die sie anrufen konnten, sollte Jos in nächster Zeit aufwachen. Dann setzte er Isaac ins Auto und fuhr durch die nassen und verregneten Straßen zu Jos' Wohnung. Er ließ sie mit dem Schlüssel herein, den Jos ihm gegeben hatte, weil er Isaac manchmal abholte, und ging nach oben, um Isaac zu helfen, sich fürs Bett fertig zu machen.

„Werde ich Jos morgen früh sehen?", fragte Isaac mit tränenden Augen, als er ihn von seinem Bett aus ansah. Weeble und Pistazie lagen neben ihm.

„Hoffentlich." Kip machte das Licht aus.

„Ich möchte nicht, dass Jos tot ist wie Mama", sagte Isaac und Kips Kehle schnürte sich zusammen. Er konnte einige Sekunden lang nicht sprechen.

„Ich weiß. Ich auch nicht." Er strich über Isaacs Kopf und tat etwas, was er seit vielen Jahren nicht mehr getan hatte: Er sprach ein Gebet. Es war ein einfaches Gebet, aber er sprach es für Isaac, der es nicht verdiente, einen anderen Menschen zu verlieren, der ihn liebte, und er sprach es für Jos, damit er stark bleiben und das alles durchstehen würde. Verdammt, ja, er betete auch für sich selbst, weil er nicht wusste, was er mit dem Loch in seinem Herzen anfangen würde, das übrig bleiben würde, wenn Jos etwas zustieße. „Gute Nacht. Ich werde hier sein, das verspreche ich."

Isaac nickte und drehte sich um. Er war offensichtlich müde und Kip war erleichtert, als er gleich einschlief. Er wünschte, das wäre ihm auch möglich. Nachdem Kip Isaac lange beobachtet hatte, ging er ins Wohnzimmer. Er setzte sich auf den Stuhl, den er Jos bei seinem Einzug geschenkt hatte, schaltete den alten Fernseher ein und starrte ausdruckslos auf den Bildschirm. Schließlich fand er eine Decke und versuchte etwas zu schlafen, aber natürlich schreckte ihn jedes Geräusch auf. Mehr als einmal griff er nach seinem Handy, weil er dachte, es hätte vibriert, aber es war nur sein nervöses Bein, das ihm einen Streich spielte.

Er schlief schließlich ein, aber er schreckte auf, als sein Telefon tatsächlich vibrierte. Es stellte sich heraus, dass es eine Facebook-Nachricht von jemandem war, der versuchte, ihm irgendwas zu verkaufen. Kip wollte das verdammte Telefon quer durch den Raum schleudern, aber er seufzte nur, ehe er es wieder einsteckte, und versuchte, seinen unruhigen Verstand zu beruhigen, um wieder einzuschlafen.

Sobald Licht durch die Fenster schien, gab Kip den Versuch zu schlafen auf und streckte seinen schmerzenden Nacken und Rücken, bevor er in die Küche ging, um Kaffee zu kochen.

Isaac kam in seinem Pferdepyjama herein und trug Weeble unter dem Arm. „Ich hab Durst."

Kip holte ihm etwas Orangensaft und machte ihm eine Schüssel Müsli. Während Isaac aß, rief Kip das Krankenhaus an. Er fand heraus, dass Jos in einem Einzelzimmer lag und die Besuchszeit um neun begann. Sonst nichts.

„Lass uns dich anziehen und dann bringe ich dich zur Schule."

„Ich will zu Jos", sagte Isaac am Daumen lutschend. Kip hatte ihn das noch nie tun sehen, selbst auf dem Stresshöhepunkt ihres Leben, als sie zum ersten Mal bei ihm wohnten. Vielleicht konnte Isaac mit fast allem fertig werden, solange er Jos bei sich hatte. Kip begann zu verstehen, wie er sich fühlte.

„Ich weiß. Aber lass uns deine Zähne putzen und dann kannst du dich anziehen und deine Freunde in der Schule besuchen. Ich werde zu Jos gehen und mich vergewissern, dass es ihm gut geht."

„Ich will mit dir hingehen", sagte Isaac wimmernd, woraufhin Kips Bestimmtheit in sich zusammenbrach wie ein Kartenhaus. Er würde ihn mitnehmen und hoffen, dass es gute Neuigkeiten gab.

„Okay. Iss dein Müsli auf und zieh dich an. Dann gehen wir zu Jos." Was zum Teufel sollte er sonst tun? Jos war Isaacs einzige Familie – nun ja, abgesehen von der eiskalten Tante. Kip schob es auf, sie anzurufen, denn sobald sie Isaac in die Finger bekam, würde sie ihn nicht mehr loslassen.

Kip trank seinen Kaffee aus und rief Donald an, um ihn auf dem Laufenden zu halten. „Wir sind jetzt auf dem Weg zum Krankenhaus."

„Okay. Ich hoffe, es geht ihm schnell besser", sagte Donald. „Du weißt, dass die Dinge schnell sehr kompliziert werden, wenn das Gegenteil der Fall ist." Kip wusste das nur zu gut. Er war kein Verwandter und hatte keine Rechte, um Entscheidungen für Isaac zu treffen.

„Ich bin fertig", sagte Isaac, als Kip sich von Donald verabschiedete und auflegte.

„Dann machen wir uns bereit zu gehen."

Isaac eilte davon und Kip erledigte ein paar Telefonate, ehe er Isaac folgte, um nach ihm zu sehen und ging dann, um nach ihm zu sehen. Isaac war in seinem Zimmer. Er hatte ein T-Shirt angezogen, aber es war verkehrt herum und er war gerade dabei, zu versuchen, in seine Hose zu schlüpfen. Kip grinste und half ihm dabei, ehe er ihm auch das Shirt richtig anzog. Der Junge war so bezaubernd. Kip hatte nie viel darüber nachgedacht, Kinder zu haben, aber jetzt, nachdem er Isaac bei sich hatte, konnte er sich vorstellen, mit Jos in einem Haus voller Kinder zu leben, vielleicht sogar mit einem Baby.

„Kannst du deine Schuhe anziehen?", fragte Kip und Isaac rannte los, um ein Paar Schuhe zu holen. Kip fand ein Paar Socken und sah zu, wie Isaac sich auf den Teppich fallen ließ und sie anzog. Kip vergewisserte sich, dass der Klettverschluss an Isaacs Schuhen richtig zu war, holte ihm eine Jacke und brachte ihn dann ins Wohnzimmer, wo er ihn Cartoons schauen ließ, während er so gut er konnte aufräumte. Er war schockiert über das Chaos, das ein kleiner Junge innerhalb von fünf Minuten hinterlassen konnte.

Bevor sie gingen, rief Kip bei der Polizei an. Er hatte noch ein paar Überstunden, also nutzte er diese. Sein Chef hatte Kinder und war ziemlich verständnisvoll, wenn es um Familienangelegenheiten ging. Außerdem übernahm Kip oft Schichten für andere Leute, daher fühlte er sich nicht allzu schuldig.

„Bist du bereit zu gehen?", fragte er Isaac, als er fertig war.

Isaac sprang auf und packte Pistazie. Kip schaltete den Fernseher aus. Dann nahm er Isaacs Hand und sie verließen die Wohnung.

Der Regen hatte irgendwann in der Nacht aufgehört. Es war immer noch bewölkt, aber die Sonne versuchte verzweifelt durch die Wolkendecke zu brechen. Irgendwie schaffte es Kip, Isaac ins Auto zu setzen, ohne dass er davonraste, um in einer der nahegelegenen Pfützen zu spielen. Er sah, wie er sie beäugte und an einem anderen Tag wäre er vermutlich davongelaufen. Aber stattdessen saß Isaac ganz ruhig, während Kip ihn anschnallte, ehe sie so schnell als möglich zum Krankenhaus fuhren.

Er war ein Polizist, der darauf trainiert war, mit schwierigen Situationen umzugehen, aber er fühlte sich, als ob er nur wenige Sekunden davon entfernt war zusammenzubrechen. Er zwang sich stark zu bleiben, weil Isaac im Auto saß. Am Straßenrand anzuhalten und sich der Sorge und Angst hingeben, war also keine Option. Er parkte das Auto und hielt Isaacs Hand, als sie den Parkplatz zum Krankenhaus überquerten. Isaac hielt Pistazie fest unter seinem Arm geklemmt. Er war ein erstaunlicher kleiner Junge, genau wie sein Bruder ein unglaublicher Mann war.

„Josten Applewhite", sagte Kip.

„Es tut mir leid, aber er ist zu jung, um mit Ihnen hochzugehen", sagte die Dame.

„Isaac ist Jostens Bruder."

„Es tut mir leid", sagte sie erneut.

Kip war nicht in der Stimmung, um darüber zu diskutieren, und er würde Isaac durch nichts davon abhalten lassen, seinen Bruder zu sehen. Was war, wenn das Schlimmste passieren würde? Er wollte gar nicht darüber nachdenken. Kip zog seine Brieftasche heraus und zeigte ihr seine Dienstmarke. „Ich bin nicht offiziell hier, aber ich sage Ihnen, dieser kleine Junge wird seinen Bruder sehen."

„In Ordnung," sagte sie. „Er ist in Zimmer 304."

„Dankeschön." Kip hob Isaac in seine Arme und trug ihn zum Aufzug. Sie fuhren nach oben und Kip fragte sich immer wieder, was er vorfinden würde, wenn er dort ankam. Er ging den Flur entlang, ließ Zimmer für Zimmer hinter sich, ehe er vor der Zimmertür Nummer 304 stehen blieb. Er stieß die Tür auf und trat ein.

Jos lag auf dem Bett und sah genauso aus wie in der Nacht zuvor. Die Maschinen waren immer noch an ihm angeschlossen und blinkten ihm ihre Nummern entgegen.

„Jos", sagte Isaac und wand sich, weil er auf den Boden gesetzt werden wollte. Er eilte zum Bett und tätschelte Jos' Hand. „Du musst aufwachen."

„Kumpel, ich glaube nicht …" Kips Stimme blieb ihm in der Kehle stecken, als Jos' Augen sich öffneten und dieses vertraute Blau, die wärmste Farbe, die er je gesehen hatte, den dunklen Raum erhellte. Isaac brach in Tränen aus, als Jos leicht über seinen Kopf streichelte.

„Mir geht es gut", flüsterte Jos. „Mir wird es wieder gut gehen."

„Ich dachte, du gehst wie Mama zu den Engeln", sagte Isaac schniefend, ehe er erneut in Tränen ausbrach.

„Das tue ich nicht und ich werde für dich da sein, solange du mich brauchst", sagte Jos, seinen Bruder sanft tröstend. Kip blieb zurück und beobachtete die beiden mit einem Lächeln im Gesicht.

„Ich habe gehört, dass du reingekommen bist", sagte Jos über Isaacs Kopf hinweg. „Ich konnte dich nicht sehen, aber ich wusste, dass du hier bist und dass es Zeit ist aufzuwachen."

„Ich war nicht …" Er trat an die andere Seite des Bettes, ehe er Jos' Hand nahm. „Du hast keine Ahnung, wie sehr du mich erschreckt hast. Als ich dich am Straßenrand fand …" Er gab den Versuch auf zu sprechen.

„Wir haben dich gesucht", flüsterte Isaac. „Du warst auf der Straße, ganz nass, und hast dich nicht bewegt, wie Mama." Hatte Isaac seine Mutter sterben sehen? Der Gedanke war Kip bis zu diesem Moment noch nie gekommen. Er würde nachfragen müssen, aber er hoffte, dass Isaac nur davon sprach, als er seine Mutter bei ihrer Beerdigung gesehen hatte.

„Ich überquerte die Straße und hörte Bremsen. Das ist das Letzte, woran ich mich erinnere", sagte Jos. „Mir geht es jetzt gut und ich habe euch beide bei mir. Und das ist alles, was zählt."

Eine Krankenschwester kam ins Zimmer, doch als sie sah, dass Jos wach war, lächelte sie und ging wieder. Sie kam ein paar Minuten später zurück, untersuchte Jos und schüttelte sein Kissen auf. „Reden Sie nicht zu viel. Sie müssen sich ausruhen. Ich habe den Arzt gerufen und ihm gesagt, dass Sie wach sind. Er meinte, dass er bald nach Ihnen sehen wird." Sie lächelte breit. „Sie haben uns alle ein wenig Sorgen gemacht."

„Er ist mein Bruder", sagte Isaac mit der Andeutung eines Lächelns, während er sich die Tränen wegwischte.

„Das ist wunderbar. Dein Bruder ist ein sehr starker Mann und ich bin sicher, er weiß, wie viel Glück er hatte." Sie schenkte Isaac ein Lächeln, als er sich wieder gegen das Bett lehnte und seinen Kopf auf die Matratze legte. Kip vermutete, wenn er könnte, würde er zu Jos ins Bett kriechen.

Nachdem sie ihn fertig untersucht hatte, ging die Schwester und Kip beugte sich über das Bett. „Ich hatte noch nie so viel Angst."

„Mir geht es gut", sagte Jos.

„Ich weiß. Ich wusste nicht, dass der Stuhl, den ich dir geschenkt habe, so unbequem ist, aber das verdammte Ding hat mir Zeit gegeben, über vieles nachzudenken. Ich wollte das Richtige für dich tun, also habe ich geschwiegen.

Aber ich werde nicht mehr still sein. Ich liebe dich, Jos. Als ich dich letzte Nacht sah, wurde es mir erneut bewusst. Das Leben ist viel zu kurz, um auf das zu warten, was man wirklich will."

„Aber …"

„Ich will, dass du bei mir bist. Ich habe dich ausziehen lassen, und schlimmer noch, ich hätte dich fast verloren. Wenn du bezweifelst, dass du es alleine schaffen würdest, denk einfach an alles, was du schon erreicht hast. Du hast dein Leben fast von Grund auf neu aufgebaut und dich um Isaac gekümmert, während du mein Herz erobert hast. Ich glaube, du kannst alles schaffen."

Kip beugte sich näher und spürte, wie die Tränen kamen. Er lehnte sich sanft gegen Jos' Wange.

„Wirst du jetzt schmalzig?", fragte Isaac.

„Ist es in Ordnung, wenn es so ist?", fragte Kip und Isaac wandte sich ab. Kip nahm das als Erlaubnis, um Jos sanft zu küssen. „Ich liebe dich so sehr."

Jos seufzte leise. „Ich liebe dich auch. Ich war so einsam ohne dich. Ich glaube, ich dachte, ich müsste es allein schaffen."

„Wir haben beide viel Zeit alleine verbracht. Vielleicht besteht die wahre Herausforderung darin, zu lernen, wie man zusammen lebt, denn das ist es, was ich will. Und ich hoffe, es ist auch das, was du willst."

„Ja, das ist es. Ich war glücklich bei dir. Glaubst du, Donald wird sauer sein, wenn ich zu dir zurückziehe? Er hat mir schließlich geholfen, die Wohnung zu finden."

„Ich denke, er wird eine andere Familie finden, die die Wohnung genauso dringend braucht wie du." Er wollte vor Freude schreien und tanzen. „Wir sollten uns jetzt darauf konzentrieren, dass du wieder gesund wirst. Um den Rest kümmern wir uns später."

Jos schloss seufzend die Augen.

„Schläft er?", fragte Isaac.

„Ja", flüsterte Jos und lächelte dann, was Isaac zum Grinsen brachte und auch auf Kips Gesicht ein Lächeln zauberte. Er zog den Stuhl zu sich und setzte sich. Als Isaac zu ihm kam, hob Kip ihn auf seinen Schoß und Isaac schlief ziemlich schnell ein. Er hatte offensichtlich in der Nacht nicht viel mehr geschlafen als Kip. Als der Arzt hereinkam, sagte er, dass sie jetzt, wo Jos wach war, noch ein paar Tests mit ihm machen würden. Außerdem hätte Jos eine gebrochene Rippe, aber es sah gut aus, dass sich Jos vollständig erholen würde.

ZWEI TAGE später kam Jos nach Hause – nicht in seine Wohnung, sondern in Kips Haus. Er hatte immer noch Schmerzen und seine Rippe tat weh, wenn er sich bewegte, aber Kip brachte ihn ins Bett und Isaac blieb stundenlang bei ihm.

Jos machte ein Nickerchen und Isaac spielte leise im Wohnzimmer, als Kip einen Anruf von Carter bekam.

136

„Ich habe heute die Papiere bekommen, die ich angefordert habe, und ich glaube, ich habe etwas Interessantes herausgefunden. Jos' und Isaacs Großvater hat einen Treuhandfonds für sie eingerichtet und rate mal, wer der Treuhänder ist?"

„Tante Kathy", sagte Kip.

„Genau. Es war nicht super viel Geld, aber auch nicht nichts. Ich wette, die gute alte Tante Kathy dachte, wenn sie das Sorgerecht für Isaac hätte, dann könnte sie sein Geld in ihr Geschäft „investieren". Laut Testament gehört Jos' Geld bereits ihm und es liegt nur so rum. Sie hat keine Kontrolle darüber, weil er schon über achtzehn ist." Carter klang so glücklich. Das war die Art von Dingen, für die er lebte – Antworten auf die Rätsel zu finden, die ihr Job ihnen bot. Das war seine Gabe.

„Sie wird bald gar nichts davon mehr kontrollieren", sagte Kip. „Vielen Dank. Schick mir, was du hast, und wir beauftragen einen Anwalt, damit sich der das genau ansieht. Wenn sie irgendwelche Gesetze gebrochen haben sollte, dann wird sie sehen, was sie davon hat." Kip legte auf und ging im Zimmer auf und ab. Er war so wütend, dass er die Hände zu Fäusten ballte, ehe er sie wieder locker ließ. Nachdem er sich beruhigt hatte, ging er nach oben und fand dort Jos, der langsam aus dem Badezimmer kam.

„Was ist passiert?", fragte Jos, als Kip ihm zurück ins Bett half.

„Carter hat angerufen. Er hat für uns Informationen über deine Tante herausgefunden."

„Ich erinnere mich", sagte Jos, als er sich unter die Bettdecke legte.

„Nun, er hat etwas gefunden. Anscheinend hat dein Großvater einen Treuhandfonds für dich und alle anderen seiner Enkelkinder hinterlassen. Du bist alt genug, um deinen Anteil am Treuhandvermögen zu beanspruchen. Er hat deine Tante Kathy zur Treuhänderin ernannt. Wir glauben, dass sie, wenn sie das Sorgerecht für Isaac bekommen hätte, seinen Teil des Geldes in ihr Geschäft investieren wollte."

„Oh", sagte Jos leise.

„Sie hätte dir von dem Fonds erzählen sollen, als du achtzehn wurdest, aber stattdessen hat sie geschwiegen und dir das Geld vorenthalten."

„Also, was machen wir jetzt?", sagte Jos völlig ruhig.

„Wir werden einen Anwalt beauftragen und er wird sich darum kümmern. Ich denke, dass wir genug haben, um deine Tante unter Druck zu setzen, damit sie jemand anderen als Treuhänder für Isaac fungieren lässt."

„Okay", flüsterte Jos.

„Bist du nicht sauer? Ich meine, wenn du das Geld gehabt hättest, wärst du mit Isaac vielleicht nicht auf der Straße gelandet. Verdammt, deine Tante hat dich gefunden und sie hat immer noch nichts getan, um dir zu helfen. Dass ..." Kip stand auf und begann auf und ab zu gehen, während seine Wut immer mehr wuchs. „Wie kannst du so ruhig bleiben? Sie ..."

„Wir wussten, dass sie irgendetwas geplant hatte und jetzt haben wir unsere Antwort."

„Aber wenn du das gewusst hättest, wärst du nicht auf der Straße gelandet und …"

Jos stand langsam auf. „Dann hätte ich auch dich nicht kennengelernt. Wie kann ich mich also darüber ärgern?"

„Weil du es verdienst, wütend zu sein. Ich bereue nichts von dem, was passiert ist. Ich schwöre, ich würde alles wieder genauso tun, eine Million Mal, wenn ich dadurch dich und Isaac in meinem Leben habe. Das weißt du hoffentlich. Aber die Tatsache, dass du all das durchgemacht hast –"

„Ich weiß und ich werde wahrscheinlich später darüber wütend sein. Aber im Moment bin ich zu müde und möchte nicht an sie denken." Jos hielt seinen Arm fest. „Würdest du mir helfen, meinen Bademantel anzuziehen? Ich möchte nach unten gehen. Ich habe es satt, im Bett zu liegen." Jos sah ihn mit Hitze in den Augen an. „Außer …"

„Dafür bist du noch nicht fit genug", sagte Kip. „Aber wenn du versprichst, es ruhig angehen zu lassen, kümmere ich mich später gut um dich." Kip umarmte Jos sanft und fragte sich, wie er es geschafft hatte, einen Mann wie ihn in einer regnerischen Nacht in einem Türeingang zu finden.

„Das hast du immer", sagte Jos und legte seinen Kopf auf Kips Schulter. Kip wollte nicht loslassen, aber er griff nach Jos' Robe und half ihm, sie anzuziehen. Dann führte er Jos langsam zur Treppe und hinunter ins Wohnzimmer, wo Isaac mit Papier und Buntstiften am Couchtisch saß und zeichnete.

Sobald Isaac sie hörte, sah er auf und grinste. „Was zeichnest du?", fragte Jos, als er auf dem Sofa saß.

Isaac reichte Jos das Blatt Papier und Kip beugte sich zu ihm hinunter, damit er das Bild auch sehen konnte. „Das bin ich, das bist du, und das ist Onkel Kip. Ich habe euch Händchen haltend gezeichnet, aber ohne eklige Küsse."

Kip verdrehte die Augen und küsste Jos dann zum Spaß leicht auf die Wange. „Wie wäre es, wenn wir es einrahmen und dann an die Wand hängen?" Er wusste den richtigen Platz dafür – direkt neben den Bildern seiner Mutter und seines Vaters. „Das ist unser erstes Familienfoto", flüsterte er Jos zu, der sich umdrehte, lächelte und ihn küsste.

EPILOG

„ICH BIN gleich da", rief Jos, als es an der Tür klingelte.

„Wahrscheinlich sind es Donald und Carter", sagte Kip aus der Küche. „Sie wollten etwas früher kommen, um zu helfen. Wir dachten, Isaac und Alex könnten eine Weile miteinander spielen." Ein leichter Krach, gefolgt von Gemurmel, verriet Jos, dass irgendetwas Kip Schwierigkeiten bereitete. „Alles gut."

„Okay." Er öffnete die Tür und etwas, oder besser gesagt jemand, raste an ihm vorbei. Isaac quietschte ein wenig, als er Alex sah.

„Ich habe viele Legos da", sagte Isaac. „Können wir zum Spielen in mein Zimmer gehen?"

„Ja. Aber denk daran, dass ihr alles wieder aufräumen müsst", erinnerte ihn Jos.

„Das werden wir", versprach Isaac und schon rannten die beiden davon.

„Willkommen im Haus der Verrückten", sagte Jos und schloss die Tür gegen die Kälte, bevor er Donald und dann Carter umarmte. „Kip ist in der Küche und kämpft mit dem Truthahn. Ich glaube, der Truthahn gewinnt." Er hängte ihre Mäntel auf.

„Red und Terry haben gesagt, dass sie vielleicht etwas später kommen. Red bekam am Ende seiner Schicht noch einen Anruf."

Jos nickte. „Das hab ich schon halb erwartet." Langsam begann er zu verstehen, was es bedeutete, mit einem Polizisten eine Beziehung zu führen. Kip kam oft zu spät nach Hause und mehr als einmal hatte Jos besorgt auf dem Sofa gesessen, wenn ein Vorfall in der Stadt gemeldet wurde.

„Das gehört einfach dazu, wenn man sie in unserem Leben hat", sagte Donald und strahlte Carter an. „Ich würde auch nichts daran ändern wollen … Außer der Tatsache, dass er nicht immer zu Hause anruft." Donald stieß Carter gegen die Schulter. „Wo soll ich das hinstellen?" Donald hob die Schüssel, die er trug, ein wenig hoch.

„In die Küche", sagte Jos und ging voran. Kip spülte ein paar Kartoffeln ab. Jos glaubte, dass es die Pfanne war, die er vor ein paar Minuten krachen gehört hatte. Er machte im Kühlschrank Platz und stellte die Salatschüssel hinein.

Kip stellte die Kartoffeln auf den Herd und seufzte. „Ich glaube, das war es." Der Truthahn befand sich im Ofen, die Küche duftete bereits danach. Der

139

Rest kochte auf dem Herd. „Hat jemand Lust auf ein Bier oder Wein? Ich auf jeden Fall."

„Ich nehme, was immer du nimmst", sagte Carter, als Kip in den Keller ging und mit einer Flasche Wein zurückkam. Jos holte die Gläser, während Kip die Flasche entkorkte, und schenkte anschließend ein. Nachdem er die Gäste bedient hatte, reichte er Jos ein Glas und legte einen Arm um seine Schultern.

„Du bist so still geworden", flüsterte Kip.

Das geschah manchmal. Die Wendungen, die sein Leben genommen hatte, überwältigten ihn manchmal noch immer. In letzter Zeit waren es vorwiegend gute Dinge, dennoch machten ihn die meisten Veränderungen nervös.

„Ich dachte, du müsstest heute vielleicht arbeiten", sagte Carter.

„Darryl schließt an Thanksgiving. Es ist Familienzeit für sie. Sie verbringen den Urlaub immer mit Billys Brüdern. Das scheint bei ihnen eine große Sache zu sein." Er nippte an seinem Glas und ließ das Glück in seinem Leben die Oberhand gewinnen. Die schlimmste Zeit seines Lebens lag hinter ihm. Manchmal kehrte er in seinen Träumen dorthin zurück und mehr als einmal war er in Panik aufgewacht und hatte gedacht, er wäre auf der Straße, besonders dann, wenn es stürmte. Aber es wurde seltener.

„Eine Frau und ihre Tochter sind in deine alte Wohnung eingezogen", sagte Donald. „Sie waren so glücklich, sie zu bekommen, und der Vermieter war wirklich verständnisvoll."

„Er schien nett, als ich mit ihm gesprochen habe." Er und Isaac waren erst vor wenigen Wochen offiziell aus der Wohnung aus- und bei Kip eingezogen. Die Dinge mit seiner Tante waren noch nicht ganz geklärt, aber ihr Anwalt kümmerte sich darum. Es klang nicht so, als würde Tante Kathy sich sehr wehren und es ging nur noch darum, den ganzen Papierkram zu erledigen. Er erhielt sein Geld und Kip hatte ihm geholfen, ein Konto dafür einzurichten. Er war entschlossen, von dem zu leben, was er verdiente und das Geld für Notfälle und für Isaacs Zukunft aufzuheben. Auf keinen Fall würden er und Isaac jemals wieder auf der Straße landen. Allein dieser Gedanke beruhigte ihn sehr.

Es klingelte an der Tür. „Das müssen Red und Terry sein", sagte Kip.

„Ich geh hin, ich bin am nächsten dran", sagte Carter und verließ die Küche. Jos stellte sein Glas ab, um ihm zu folgen. Er hörte Terrys und Reds Gelächter, ehe er von beiden umarmt wurde. Er nahm ihre Mäntel und die von ihnen mitgebrachten Weinflaschen ab, bevor er sie alle in die Küche führte, wo ihnen ein Glas Wein gereicht wurde und sie sich unterhielten.

„Jos", sagte Red, als er den Raum betrat. „Kip hat mich gebeten, dir das hier zu geben. Wir haben mit dem Richter gesprochen und er hat zugestimmt es freizugeben, solange du zustimmst, es bei Bedarf zurückzugeben." Red ließ einen Goldmünzenanhänger in seine Hand fallen. „Er sagte, es sei dir wichtig."

Jos nickte, als er den Anhänger ansah. Die Halskette seiner Mutter, das einzige, was ihnen von ihr geblieben war. Er hatte ehrlich gesagt nicht erwartet, sie noch einmal zu sehen und schluckte, als er sich die goldene Kette um den Hals legte. „Ist es", flüsterte er.

Jos entschuldigte sich mit den Worten, nach den Jungs sehen zu müssen, und ging nach oben. Doch eigentlich brauchte er einfach nur einen kleinen Moment für sich allein. Selbst jetzt überraschten ihn Kips Aufmerksamkeit und die Güte seiner neuen Freunde manchmal.

Die Jungs waren ruhig, was nicht unbedingt ein gutes Zeichen war. Er fand sie in Isaacs Zimmer auf dem Boden. Um sie herum stapelten sich alle Legosteine, die sie hatten. Niemand wusste, was sie da gerade bauten, aber sie schienen Spaß zu haben. „Wir stellen gleich Snacks raus, also kommt in ein paar Minuten runter, wenn ihr welche wollt."

„Erdbeeren?", fragte Isaac. Er hatte die Schalen vorhin gesehen und im Auge behalten.

„Ja", antwortete Jos und Isaac sah Alex an, als er sich die Lippen leckte.

„Onkel Kip hat auch einen Schokoladenkuchen geholt", teilte Isaac mit. Sie versuchten immer noch herauszufinden, wie er Kip nennen sollte und Jos fand, er würde Isaac die Wahl lassen. Im Moment nannte er ihn Onkel Kip, aber wer wusste, wie Isaac ihn in Zukunft ansprechen würde.

„Und Onkel Terry hat Kürbiskuchen mitgebracht", sagte Jos.

Isaac verzog das Gesicht. „Ich mag nur Halloween-Kürbisse und esse keine Kürbisse", sagte er, woraufhin Alex nickte. Sie waren offensichtlich eher Schokoladenkuchen-Typen.

„Du kannst nach dem Abendessen essen, was immer du willst. Also macht hier fertig und dann könnt ihr zu uns kommen." Jos lächelte und ging wieder nach unten. Der Fernseher lief, der Ansager sprach bereits über das erste Spiel des Tages. Kip war in der Küche und arbeitete am Abendessen, das erstaunlich gut aussah. Jos bereitete die Vorspeisen vor und trug sie ins Wohnzimmer, bevor er die Jungs nach unten rief. Sie klangen wie eine Elefantenherde, als sie die Treppe hinunter rannten.

Die Jungs halfen ihnen mit dem Essen und Jos ging zurück in die Küche, damit Kip nicht alles alleine machen musste.

Es dauerte eine Stunde, aber dann war das Abendessen endlich auf dem Tisch: ein Truthahn, normale Kartoffeln und Süßkartoffeln, grüne Bohnen, Preiselbeersoße, Salat, Soße und Füllung – die war gekauft und nicht selbst gemacht, aber das erzählte er niemandem. Die Kerzen wurden angezündet und in die schönen Gläser kamen Wein und Wasser. Jos rief alle herein und er und Carter brachten die Jungs auf ihre besonderen Plätze am Ende des Tisches. Jeder nahm seinen Platz ein und das Essen wurde herumgereicht, bis alle etwas von allem hatten.

„Kannst du glauben, dass das hier geklappt hat?", sagte Kip und alle am Tisch nickten. Es war ein Wunder gewesen, dass Carter und Kip es geschafft hatten, die Feiertage freizubekommen und sie das Abendessen in Reds Schicht einplanen konnten.

„Wunder gibt es immer wieder", sagte Red, blickte dabei Terry tief in die Augen.

Donald und Carter nickten einander zu, bevor Carter sich dicht zu Alex lehnte und dessen kleine Hand kurz hielt.

Jos tat dasselbe mit Isaac und schluckte schwer. In gewisser Weise hatten sie alle ihre eigene Art von Wunder erlebt. Jos konnte sich jeden Tag glücklich schätzen, dass er Kip hatte.

„Beobachtet Mom uns von dort aus, wo die Engel sind?", fragte Isaac.

„Darauf kannst du wetten", antwortete Kip, „und ich glaube, sie lächelt zu dir hinunter." Das schien die Antwort zu sein, die Isaac hören wollte, und aß grinsend weiter. Kip warf Jos ein Lächeln zu und griff unter dem Tisch nach seiner Hand.

„Du warst unser Wunder", sagte Jos leise.

„Ich wollte gerade sagen, dass du und Isaac meine Wunder wart."

Jos schluckte schwer und griff nach seinem Glas. Kip tat dasselbe, ehe er aufstand. „Ich verspreche, es kurz und bündig zu machen, damit wir alle essen können – ist das kein Genuss?" Alle stöhnten und Jos verdrehte die Augen. Manchmal konnte Kip sehr schnulzig werden. „Also gut, wie wäre es damit …?" Er hob sein Glas. „Auf die Familie." Alle standen auf und sechs Gläser trafen sich in der Mitte des Tisches.

LESEPROBE
MALEN NACH ZAHLEN
VON ANDREW GREY

1

DEVON STARR stand an der Wand der Galerie und stieß einen erleichterten Seufzer aus. Die Eröffnung seiner neuen Ausstellung schien gut zu laufen. Er hatte mit jedem geplaudert, und die Begeisterung war förmlich greifbar gewesen. Den roten Aufklebern auf den Stücken nach zu urteilen, hatte er viele seiner Arbeiten verkauft. Das war der wahre Anlass der ganzen Übung, auch wenn anscheinend niemand außer Roz, der Galeriebesitzerin und Managerin, darüber reden wollte. Nein, stattdessen hatte er den ganzen Abend darüber gesprochen, woher die Inspiration für ein Werk stammte oder was er auf dem Bild hatte einfangen wollen. Einige Kenner hatten bereits eine Vermutung gehabt, was Devon ihrer Meinung nach durch seine Kunst ausdrücken wollte und wollten nun wissen, ob sie damit richtig lagen.

Viele Leute hatten sich leise unterhalten. Ihre Gespräche waren äußerst interessant. „Wir sollten einfach kaufen und damit gleich von Anfang an dabei sein. Die Werke sind schnell weg und alle seine Arbeiten steigen im Wert." Daraufhin eilten sie zu einem der Galeriemitarbeiter und wenige Minuten später erschien ein roter Punkt auf dem Bild ... und ein Teil von Devons Seele flog zum Höchstbietenden davon.

Na gut, vielleicht hatte es früher gestimmt, dass ein Stück von ihm in jedem Bild steckte, aber in den letzten Jahren ... Devon hatte es nicht einmal bemerkt, bis es zu spät gewesen war. Seine Seele schien in sich selbst zusammengeschrumpft zu sein. Die Werke an diesen Wänden stellten gute Kunst dar, enthielten jedoch – anders als seine älteren Stücke – kein Teil von ihm. Vielleicht war das aber auch nur ihm selbst bewusst.

„Gut gemacht", stellte Roz fest, die gerade angeflattert kam, ein Glas Weißwein in der Hand. Devon wandte sich kurz ab. Als er sie wieder anschaute, stand das Weinglas auf einem Tisch und sie fuhr fort: „Allein heute Abend haben wir bereits die Hälfte der Bilder verkauft, und es kommen nachher noch Leute, die an den restlichen interessiert sind." Devon stimmte in ihr Lächeln ein.

„Danke. Das ist toll.". Seine Energiereserven waren leer und mussten dringend wieder aufgeladen werden. Hier in New York bedeutete das, die nächsten zwei Tage zu schlafen, um danach die nächsten Projekte in Angriff zu nehmen.

„Roz." Andy, ihr Assistent und rechte Hand, erschien leise neben ihnen. „Oh, hallo Devon." Sie schüttelten sich die Hände. „Da gibt es etwas, das ihr beide sehen solltet." Er deutete mit dem Kopf Richtung Büro, ging voran und schloss die Tür hinter ihnen. Andy deutete auf einen großen Monitor. „Das hier habe ich aus Gefälligkeit bekommen, aber es wird morgen erscheinen." Er drehte den Monitor so, dass Devon die Kritik lesen konnte.

„Die neueste Ausstellung von Devon Starr, der die New Yorker Kunstszene erst vor vier Jahren im Sturm erobert hat, wirkt … einfallslos. Die Werke sind technisch gut, lassen aber an Schwung fehlen und springen einen nicht von der Leinwand an wie seine früheren Stücke. Seit seiner ersten Vernissage bin ich ein Fan seiner Bilder, die mich umgehauen haben. Doch seine jüngsten Stücke haben eine kleine Bauchlandung hingelegt." Der Artikel ging mit einem Überblick der Ausstellung weiter und Devon sprang zum Ende. „Devon Starrs Arbeiten sind immer noch gut, und gute Kunst ist es wert, an die Wand gehängt zu werden. Großartige Kunst berührt jedoch die Seele … und genau die fehlt hier."

Roz wurde bleich und Devon bekam nur noch schwer Luft. Nicht dass der Kritiker unrecht hatte, aber seine Schwächen lagen jetzt offen vor der ganzen Welt. Und obwohl er wusste, dass es stimmte, tat es doch weh. „Was sollen wir jetzt machen?", fragte er, während sein Magen rumorte.

„So viel wie möglich verkaufen und nach vorne schauen", erklärte Roz.

Devon ertrug es nicht, noch länger auf die Wörter zu starren. Sie fingen an, in seinen Augen zu schmerzen. Das letzte bisschen seines Durchhaltevermögens schien wie ein schnell fließender Bach davonzuströmen, und er war nicht in der Lage, es zu stoppen. „Ich brauche einen Drink. Vielleicht besser eine ganze Flasche Jack." Er scherzte nicht. Das heftige Verlangen überrollte ihn mit der Wucht eines Güterzugs. Er bemühte sich durch die Nase ein- und den Mund wieder auszuatmen.

„Devon, ich …" Roz umklammerte fest seine Hände. „Das ist keine Lösung."

Devon seufzte. „Natürlich ist es das. Das sind die ersten Bilder, die ich stocknüchtern gemalt habe. Vielleicht gelingt es mir nur betrunken, die Energie und den Teil meiner Seele anzuzapfen, den diese Leute von mir haben wollen." Seine Hände zitterten.

Andy holte einen Stuhl und dirigierte ihn darauf.

„Nein. Ist es nicht. Das ist ein kleiner Rückschlag. Du brauchst lediglich etwas Zeit, damit die Inspirationen wieder zu dir finden." Roz hatte sanft die Hand auf seine Schulter gelegt. Devon spürte die Berührung wie durch Nebel und Watte, als würde die Schulter nicht zu seinem Körper gehören. „Andy, bringst du Devon bitte nach Hause? Hier gibt es heute nichts mehr zu tun." Roz kam um den Stuhl herumgelaufen und stellte sich vor ihn. „Das war die Meinung einer Einzelperson. Die Leute heute Abend haben die Bilder alle geliebt. Bitte denk daran, ehe du etwas Unüberlegtes tust", bat Roz. Tiefe Sorgenfalten hatten sich in ihr Gesicht gegraben.

Tief Luft holend hievte sich Devon vom Stuhl hoch. „Ich komme schon klar", versicherte er ihr … und sich selbst. Seinen hart erkämpften Sieg gegen die

Flasche würde er nicht wegen einer einzigen Kritik verloren geben. Er hatte hart für das hier gekämpft, und dieser Krieg würde den Rest seines Lebens andauern. Zu manchen Zeiten wurde er viel näher an den Verteidigungslinien geführt als zu anderen, und jetzt gerade befanden sich die Hunnen direkt vor dem Tor und schlugen es fast kaputt. Doch es hielt und Devon würde dafür sorgen, dass das so blieb. „Bring mich einfach nach Hause."

Roz sah nicht überzeugt aus, aber Devon war müde und musste etwas essen. Er folgte Andy aus der Galerie hinaus, die Hintertreppe hinab. Auf dem Parkplatz stand ein weißer Hyundai. Das Auto hatte definitiv schon bessere Tage gesehen, aber Devon stieg ein und ließ Andy die chaotische Sixth Avenue hinauffahren und dann links in seine ruhige Straße im Village abbiegen. „Bist du sicher, dass du klarkommst?"

„Ja. Ich komme klar", versicherte er sowohl Andy als auch sich selbst. Das würde er. Die Hunnen befanden sich bereits auf dem Rückzug, und je klarer er denken konnte, umso mehr verstärkte er seine Verteidigung.

Devon stieg aus dem Auto, bedankte sich bei Andy und winkte ihm zum Abschied.

Als er tief die Nachtluft einatmete, musste er von dem Geruch fast husten. Das hier war New York. Er wäre jede Wette eingegangen, dass er selbst mit verbundenen Augen und Ohrstöpseln durch die bloße Geruchskombination aus Müll, Pisse und Menschen genau sagen konnte, wo er sich befand. Er schob den deprimierenden Gedanken beiseite und machte sich auf den Weg zum kleinen Feinkostgeschäft an der Ecke. Da sie gerade schließen wollten, eilte er hinein, holte sich ein Sandwich und ein paar Salate, bezahlte und lief zu seinem Wohnhaus. Dort angekommen, stieg er die Stufen zu seinem zweigeschossigen Apartment Schrägstrich Studio hoch. Nachdem er aufgeschlossen und die Rolltür zur Seite geschoben hatte, zog er sie wieder zu und schloss sich ein.

Aus dem Kühlschrank holte er sich eine Limo, setzte sich an den Tisch und begann automatisch zu essen. Devon wusste, dass er die Bewegungen vollkommen mechanisch ausführte, und das schon seit einer ganzen Weile. Statt zu leben, hatte er einfach nur existiert. Er musste dringend aus seinem Schneckenhaus herauskriechen und wieder am Leben draußen teilnehmen. Draußen bedeutete jedoch Clubs, tanzen und saufen, saufen, saufen.

Musste er sich tatsächlich halb tot trinken, um seine Kunst produzieren zu können – diese eine Sache, durch die er sich lebendig und wertvoll fühlte? Das war die verdammte Frage und dem Kunstkritiker Martin-wie-auch-immer nach zu urteilen, lautete die Antwort: Ja.

Der Gedanke jagte ihm eine Höllenangst ein, ergab jedoch Sinn. Wie er sich während des Essens immer wieder sagte, spiegelte das jedoch nur die Meinung einer einzigen Person wider.

Nachdem er die Verpackungen weggeworfen hatte, begab sich Devon ins Badezimmer. Er stieg aus seinen Galerieklamotten und stellte sich unter die Dusche, wo er versuchte, den Gestank des Versagens und der Frustration abzuschrubben. Er schien jedoch für immer an ihm haften zu bleiben. Irgendwann gab er auf, drehte das Wasser ab, trocknete sich ab und schaltete alle Lampen aus. Im einzigen anderen, vom ansonsten offenen Loft abgetrennten Raum, stieg er ins Bett. Durch die raumhohen Fenster des Hauptraums drangen tagsüber die verschiedensten Arten natürlichen Lichts herein. Jetzt jedoch ließen sie das nächtliche Glühen der Stadt ein, das Schlaf für ihn unmöglich gemacht hätte. Doch sobald er sich in seinem dunklen Schlafzimmer befand, übermannte ihn glücklicherweise das Vergessen. Allerdings nur kurz.

IM GEGENSATZ zu Devons Hirn herrschte in der Stadt eine unnatürliche Stille. Drei Uhr morgens, und er wanderte durch das Loft, strich unruhig wie ein eingesperrter Tiger hin und her und wusste nicht, was er tun sollte. Normalerweise hätte er gemalt, doch die verdammte Kritik ließ ihn nicht los, und die Vorstellung, einen Pinsel in die Hand zu nehmen, ängstigte ihn zu Tode. Daher ließ er alles, wo es war, und tigerte einfach weiter unruhig auf und ab.

Devon schloss die Augen und versuchte, ein passendes Bild heraufzubeschwören – irgendetwas, das ihm zu einer Inspiration verhalf. Er stand vor seinen auf die Straße hinausgehenden Fenstern, doch kein Bild erschien. Die Quelle, die die Gefühle seiner Seele hervorgesprudelt hatte, schien versiegt zu sein. Devon wusste, dass es sogar noch schlimmer stand und seine Seele verhungert und gestorben war. Eine andere Erklärung gab es nicht.

Vielleicht war er einfach fertig und die Gabe – wie viele Menschen es nannten – verschwunden. Vielleicht war sie wirklich aus einer Flasche gekommen. Und falls das zutraf, gab es sie nicht mehr und Devon würde ohne klarkommen müssen.

Ein einzelner Schlag erklang an seiner Tür und hallte wie ein Gong durch das Loft. Devon ging hinüber und schloss sie auf. „Verdammt, schläfst du eigentlich auch mal irgendwann?", wollte er wissen, während er zurücktrat.

Eine Tüte in einer Hand, eine Kiste Cola in der anderen, kam sein Freund Stephen hereinspaziert. „Ich habe die Kritik gesehen und mir gedacht, dass du vor diesen Fenstern stehen und dich fragen würdest, was du jetzt tun sollst." Stephen ähnelte einem Sonnenstrahl und genau das brauchte Devon jetzt. „Ich habe Mint Chip und Mississippi Mud Eis mitgebracht. Also setz dich auf deinen Hintern, dann stopfen wir uns damit voll, bis wir ins Zuckerkoma fallen und in einer völlig neuen Welt erwachen."

Devon ließ sich aufs Sofa plumpsen. „Hast du schon wieder *Sex and the City* geguckt?" Er griff nach dem Becher Mint Chip Eis und nahm den Deckel ab.

Stephen holte Löffel aus der Küche und öffnete dann mehrere Getränkedosen. „Sei nicht so gehässig. Ich biete dir einen Ritualtrank und Trost, also mach kein Theater." Er schnappte sich das dunkle Schoko-Karamell-Eis und nahm neben ihm Platz. „Für dich habe ich koffeinfreie Cola gekauft. Ich hatte Angst, dass das Koffein nach dem ganzen Zucker ansonsten unsere Köpfe explodieren lässt."

Devon schüttelte nur den Kopf. „Was macht das schon? Wenn das verdammte Teil explodiert, muss ich keine Kritiken mehr darüber lesen, wie fantasielos ich doch bin."

Stephen nahm einen großen Löffel voll und stellte den Becher dann auf den Tisch. „Du beschwerst dich seit Monaten, dass du dich leer fühlst und hast trotzdem weitergemalt. Jetzt, wo es jemand anspricht, bläst du Trübsal und wirst zum Schwarzmaler." Schnell schnappte er sich den Eisbecher, bevor Devon danach greifen konnte. Nachdem sie jeder noch einen Löffel gegessen hatten, tauschten sie die Geschmacksrichtungen. „Du hast also gerade eine harte Zeit. Ja und? Finde etwas, das dich inspiriert, geh raus und mal es. Du bist erfolgreich und hast Geld, also verschwinde verdammt noch mal aus der Stadt, mach einen Ortswechsel und such' dir etwas, das deine Seele wieder auflädt."

Es klang so einfach. Devon nahm einen Löffel voll von der Schokoladeneiscreme und schloss angesichts des intensiven Karamellgeschmacks mit einem verzückten Aufstöhnen die Augen. „Das sagst du so einfach." Er trank einen Schluck Cola. „Es ist fast wie im College. Weißt du noch?"

„Ja, nur dass ich am Ende nicht zu dir ins Bett steigen werde, du morgen früh nicht total geknickt aufwachen wirst, während mein Hintern von dem Schlagstock zwischen deinen Beinen verdammt wund ist." Stephen gluckste. „Habe ich schon mal gemacht, und das hätte fast unsere Freundschaft zerstört."

Devon stimmte in das Lachen ein. „Ich bezweifle, dass mein Schwanz etwas damit zu tun hatte. Es lag eher daran, dass wir dachten, wir wären verliebt und tatsächlich versucht haben, ein Paar zu sein." Mann, was für ein absolutes Desaster. Devon liebte Stephen von ganzem Herzen, aber sie waren in keinster Weise dazu bestimmt, sich ineinander zu verlieben.

„Je mehr wir uns bemüht haben, desto schlimmer wurde es."

„So schlecht waren wir gar nicht", erwiderte Devon gereizt. Er fühlte sich schikaniert.

„Du hast so laut geschnarcht, dass du damit hättest Tote aufwecken können", beschwerte sich Stephen.

„Ich hatte eine Nasenscheidewandverkrümmung, die inzwischen behoben ist, vielen Dank auch. Und vergiss nicht, dass du im Schlaf redest." Dieses Spiel konnte man auch zu zweit spielen.

„Und du hast nie etwas aufgehoben. Das Zimmer im Studentenwohnheim war schon ohne deinen Hindernisparcours aus dreckigen Unterhosen klein genug."

„Und du hast äußerst pedantisch darauf geachtet, was wohin gehört." Stephen schob seine Unterlippe zu einem Schmollmund vor, der süß ausgesehen hätte … vor zehn Jahren.

„Nur, damit ich die Sachen finden konnte, ohne erst alles auseinandernehmen zu müssen", konterte Devon.

„Trotzdem ist es dir gelungen, mindestens dreimal in der Woche den Schlüssel zu verlieren." Stephen grinste. „Ja, es gab durchaus Gründe, warum es mit uns nicht geklappt hat. Doch sobald wir diese ganze Paarsache gelassen haben … und ich zu meinem eigentlichen Zimmergenossen zurückgezogen bin, hat sich alles wieder normalisiert."

„Abgesehen von deiner unnatürlichen Faszination für meinen Schwanz", stieß Devon grinsend hervor.

Stephen verdrehte die Augen. „Na gut. Eine Sache hat immer funktioniert. Im Bett lief es mit uns großartig." Im Laufe der Jahre hatten sie die Freunde mit gewissen Vorzügen-Nummer ein paar Mal gemacht, und es hatte funktioniert. Nichts Langfristiges, keine Verpflichtungen, nur ein Abend mit einem Freund, der mit großartigem Sex endete. Ja, diesen Teil hatten sie im Griff gehabt. Den Rest … überhaupt nicht.

Devon nahm noch einen Bissen und stieß ein Gähnen aus. „Wir sollten das Zeug wegräumen und schlafen gehen. Willst du nach Hause?" Müdigkeit machte sich breit.

Als Stephen den Kopf schüttelte, stellte Devon das Eis ins Gefrierfach und Stephen und er gingen ins Bett.

Es war schön, nicht alleine zu sein. Schon bald darauf drehte sich Stephen um und schlief ein. Devon folgte kurz darauf.

SEIN MUND fühlte sich an, als hätte er die ganze Nacht durchgesoffen. Devon schmatzte mit den Lippen und kletterte vorsichtig aus dem Bett, um Stephen nicht zu wecken. An der Schlafzimmertür stoppte er, schaute zurück und musste lächeln. Sein Freund schlief tief und fest und Devon fragte sich zum millionsten Mal, warum sie es einfach nicht hinbekamen.

Dann aber rollte sich Stephen herum und furzte lautstark. In sich hineinlachend machte sich Devon auf den Weg ins Badezimmer. Da hatte er seine Antwort.

Nach dem Zähneputzen kam er sich wieder wie ein Mensch vor. Er rasierte sich und ging zurück ins Schlafzimmer, wo er sich leise anzog und dann den Raum verließ, damit Stephen so lange schlafen konnte, wie er wollte.

Vor den riesigen Fenstern wartete Arbeit auf ihn: eine Staffelei mit Leinwand. Er betrachtete sie, um sie dann kopfschüttelnd herunterzunehmen. Das Bild ähnelte denen in der Ausstellung und musste aussortiert werden. Er überlegte, ob er Stephen malen sollte, verwarf jedoch auch diese Idee. Es gab nichts, das er tun wollte, nichts, das ein Feuer in seinem Bauch entfachte und ihn etwas fühlen ließ.

„Gammel einfach ein paar Tage herum und schau Fernsehen", schlug Stephen vor, als er in Unterhose, sich den Hintern kratzend, aus dem Schlafzimmer kam.

„Du weißt schon, dass du einen festen Freund oder sogar einen Ehemann haben könntest, wenn du dich nicht immer wie ein lange verheirateter Hetero benehmen würdest?"

Stephen streckte ihm den Mittelfinger entgegen und widmete sich dann seinem Becher Kaffee. „Arsch."

„Vielleicht, aber ich kratze mich nicht, als hätte ich einen verdammten Tripper." Als Devon sich vom Fenster abwandte, musste er mehrmals blinzeln. Plötzlich begann sein Telefon zu klingeln. Als er danach griff, erkannte er die 907, die Vorwahl von Zuhause. Die Nummer kam ihm jedoch nicht bekannt vor.

„Hallo?", meldete er sich skeptisch. Halb erwartete er einen Telefonverkäufer, der seine Nummer mit einer ihm vertrauten überdeckt hatte.

„Devon?", fragte eine Stimme, die er sofort wiedererkannte.

„Mrs. Fitzgerald? Oh, es ist schön, Ihre Stimme zu hören." Er schloss die Augen und die Bilder von Zuhause – das er vor Jahren aus emotionaler Notwendigkeit verlassen hatte – kehrten zurück.

„Süßer … Ich wünschte, ich hätte bessere Neuigkeiten. Es geht um deinen Dad." Sie klang so traurig, wie er es nie zuvor gehört hatte. Mrs. Fitzgerald war einer dieser Menschen, die von Tragödien verfolgt zu sein schienen. Dennoch machte sie jedes Mal einfach mit ihrer „morgen scheint wieder die Sonne" Einstellung weiter.

„Was ist mit ihm? Ich habe erst letzte Woche mit ihm gesprochen. Da war alles in Ordnung", erwiderte Devon, während langsam die Angst an ihm zu nagen begann.

„Es geht ihm nicht gut. Dein Dad hatte vor zwei Tagen einen leichten Schlaganfall. Er ist soweit okay. Der Arzt meint, wenn er sich ausruht und ausgewogen ernährt, wird er sich wieder erholen. Er sitzt den ganzen Tag lang alleine in der Hütte oder geht zum Trading Post, um dort zu essen und viel zu viel zu trinken. Das war der Auslöser. Ich weiß es. Dieses ganze schreckliche, fette Essen dort."

„Wo ist er jetzt?"

„Dein Dad liegt im Krankenhaus in Anchorage. In ein paar Tagen holen Joe und ich ihn ab. Sie wollen, dass er sich ausruht, sind sich aber sicher, dass er das nicht tun wird, sobald er wieder zurück in seinem Haus ist. Dazu kommt noch die Tatsache, dass sich der nächste Arzt 65 Kilometer entfernt in Wasilla befindet. Daher wollen sie erst sicherstellen, dass sein Gesundheitszustand stabil ist und er sich auf dem Weg der Besserung befindet. Natürlich kann er ein paar Wochen hier wohnen, aber ich wollte dir lieber mitteilen, was los ist. Himmel, der Kerl ist so stur wie ein Esel."

„Das erklärt, warum er nicht angerufen und mir gesagt hat, was passiert ist", stellte Devon leicht verstimmt fest.

„Ziemlich wahrscheinlich." Sie hielt inne und sagte etwas in den Hintergrund. „Besteht die Möglichkeit, dass du herkommst und bei ihm bleibst? Zumindest eine Zeit lang? Er braucht seine Familie. Joe und ich verstehen, wenn dir das zu viel ist. Schließlich nehmen dich dein Leben, der Erfolg und all das sehr in Beschlag." Die Worte hätten bissig klingen können, doch ihr Tonfall verriet das genaue Gegenteil.

Devon nahm sich ein paar Sekunden Zeit, sich in seiner Wohnung umzuschauen und seufzte. So leer und niedergeschlagen hatte er sich noch nie gefühlt. Nur der Gedanke an seine Freunde und Unterstützer – darunter Stephen und Roz –, die ihn liebten und ihm einen gehörigen Tritt in den Hintern versetzen würden, sollte er auch nur einen einzigen Tropfen trinken, hielt ihn davon ab, sich auf den Weg zum Schnapsladen zu machen und eine Flasche zu kaufen. Sie liebten ihn genug, um notfalls einzugreifen.

„Ich muss erst mal schauen. Mal sehen, was ich tun kann, in Ordnung?" Das war das Höchste. Unfähig einen klaren Gedanken zu fassen und völlig unterkoffeiniert, war er im Moment nicht zu mehr in der Lage. „Ich rufe Sie bis heute Abend zurück. Danke, dass Sie mir Bescheid gesagt haben."

„Natürlich sage ich dir Bescheid. Du gehörst zur Familie und er braucht dich. Der alte Sturkopf merkt es nur nicht."

„Danke." Er verabschiedete sich und legte auf.

„Was war das denn … ein Anruf aus dem eisigen Norden? Mich würdest du nie dorthin bekommen. Ich würde mir nur meinen kleinen Hintern abfrieren und mir gefällt er ganz gut, da wo er ist." Stephen drehte sich tatsächlich um, um einen Blick auf seinen eigenen Hintern zu erhaschen. „Er wird doch nicht schlaff, oder? Es gibt nichts Schlimmeres als einen älter werdenden Mann, der nicht bemerkt, dass ihm der Hintern bald in der Kniekehle hängt."

„Reiß dich zusammen", forderte Devon ihn auf, als er die von Stephen angebotene Tasse Kaffee entgegennahm. „Mein Vater hatte einen leichten Schlaganfall. Er liegt im Krankenhaus, aber anscheinend geht es ihm soweit gut. Sie werden ihn bald entlassen." Er trank einen Schluck und fühlte sich von Sekunde zu Sekunde benommener.

„Soll ich dir bei den Reisevorbereitungen helfen? Ich kann während deiner Abwesenheit die Wohnung hüten."

Devon zuckte mit den Schultern.

„Komm schon, es ist dein Dad. Er braucht deine Hilfe." Stephen setzte sich Hüfte an Hüfte neben ihn. „Wenn mein Vater mir sagen würde, dass er meine Hilfe braucht … tja, das wäre, wenn die Hölle zufriert. Nachdem ich mich aus meiner tiefen Ohnmacht wieder aufgerappelt hätte, würde ich für ihn da sein. Er ist schließlich mein Dad."

„Trotz eures jahrelangen Streits?"

„Klar. Dank Opa besitze ich einen Treuhandfonds. Dagegen kann Dad nichts mehr unternehmen. Außerdem, wenn er mich um Hilfe bitten müsste, wäre das für ihn, wie seinen Stolz und seine Eier gleichzeitig zu schlucken." Lachend warf Stephen den Kopf in den Nacken.

„Das habe ich mir gedacht."

„Ja okay, die Beziehung zu meinem Dad ist beschissen. Aber das ist bei deinem nicht so. Du liebst ihn. Also steig in ein Flugzeug, flieg verdammt noch mal nach Alaska und kümmere dich ein paar Wochen lang um ihn. Er hatte einen Schlaganfall und hätte sterben können. Willst du immer nur übers Telefon mit ihm reden …? Ich denke nicht."

Devon knurrte: „Das ist … kompliziert."

„Ist es immer, aber irgendwie wird man damit fertig." Stephen zog sein Handy hervor. „Es gibt gleich morgen früh einen Flug ab LaGuardia. In Seattle steigst du um und fliegst weiter nach Anchorage." Er begann wie verrückt auf den Tasten herumzudrücken.

„Was machst du da?"

„Kaufe dir ein Ticket. First Class für alle Flüge, Baby." Er machte weiter. „Okay. Ich habe einen Wagen in Anchorage für dich gemietet, mit dem du in diese winzige Stadt fahren kannst, in der dein Dad lebt. Und morgen früh wird dich ein Taxi direkt vor der Haustür abholen und zum Flugplatz bringen. Und jetzt ruf die nette Lady an, die dir Bescheid gesagt hat. Ich habe dir die Einzelheiten und die Reiseroute gemailt, damit du es an sie weiterleiten kannst." Stephen legte das Handy zur Seite und verschränkte die Arme vor der Brust.

„Warst du eigentlich immer schon so penetrant?", wollte Devon wissen.

„Ja. Penetrant ist mein zweiter Vorname." Er erhob sich vom Sofa und steuerte Devons Schlafzimmer an. „Wo bewahrst du deine Koffer auf? Unter dem Bett? Und besitzt du noch Kleidung für den eisigen Norden oder müssen wir shoppen gehen?" Mit einem erwartungsvollen Lächeln drehte er sich um. Der Mann liebte das Shoppen ebenso sehr, wie die Jungs zu Hause auf Sachen zu schießen.

„Ich habe jede Menge. Danke." Da er sich nicht aufhalten lassen würde, ging Devon mit. Es war einfacher, einen Wasserfall hinauf zu schwimmen, als sich gegen Stephen zu wehren, wenn der erst einmal ein Ziel vor Augen hatte. Nachdem Stephen sich im Schlafzimmer angezogen hatte, öffnete er den Schrank und begann Sachen hervorzuziehen. Mit mehreren Kleiderbügeln in der Hand, hielt er plötzlich inne.

„Warum hast du solche Angst, zurückzukehren?", stellte er die eine Frage, die Devon in all den Jahren ihrer Freundschaft nie beantwortet hatte. Es war ihm immer gelungen, der Frage auszuweichen. „Hast du den Star des Eishockey Teams verführt?"

Devon heulte auf. „Nein, ich habe mich in den örtlichen Sunnyboy verliebt."

„Und …"

„Er hat meine Liebe nicht erwidert." Devon zuckte mit den Schultern. „Außerdem war er mein bester Freund. Und ein Hetero mit zwei Kindern und einer Exfrau. Vermutlich macht er gerade Ehefrau Nummer zwei den Hof. Doch das spielt keine Rolle. Ich bin über ihn hinweg." Wegen dem Mann, über den er nie hinweggekommen war, hatte er sich mehr als zehn Jahre ferngehalten.

„Wirklich?", fragte Stephen.

„Ja. Es ist zehn Jahre her, und er hat sein eigenes Leben. Obwohl das keine Rolle spielt. Craig ist hetero und …

Stephen setzte sich auf die Bettkante. „Dahinter steckt mehr, als du mir erzählst. Sehr viel mehr. Bist du je mit Craig zusammengekommen? Ist dein Herz seinetwegen in eine Million winzige Stücke zersprungen?"

„Nein und nein. An dieser ganzen Herz-zerbrechen-Sache war jemand ganz anderer schuld. Jemand, der damals überhaupt nicht wusste, was ich für ihn empfinde." Er verlagerte sein Gewicht und kam zu dem Entschluss, dass er jetzt genauso gut auch noch den Rest erzählen konnte. „Jedenfalls ging danach alles den Bach runter."

Stephen beugte sich gespannt vor. „Wer war es?"

Devon schüttelte den Kopf. „Darum geht es ja. Es gab diese Gerüchte, und ich war ziemlich sicher, dass Enrique schwul ist, konnte aber doch nicht die Gerüchteküche der Stadt gegen ihn aufbringen. Außerdem war ich ein solches Wrack und hielt mich nicht gut genug für ihn. Dann wurde alles nur noch schlimmer." Oh Mann, diesen ganzen Mist zu erzählen, brachte ihn dazu, sich einen Drink zu wünschen.

„Tut mir leid. Ich …" Stephen verstummte.

Devon seufzte, als Bilder dieser dunklen Tage seine Erinnerung überschwemmten. Er kämpfte gegen die Dunkelheit an, die ihn zu übermannen drohte. „Ich rede nicht oft von meiner Mutter, aber das sollte ich." Die Erinnerungen trafen ihn hart, und er musste blinzeln. „Nach dem Scheiß mit Craig kamen in der Stadt Gerüchte auf, dass ich schwul sei. Eine Zeit lang war es echt übel, es gab eine Menge Getuschel und Eltern, die ihre Kinder nicht mehr aus den Augen ließen. Bis Mom dem ein Ende bereitete. Sie nahm es mit allen auf – einschließlich meines Dads – ganz der Champion, der sie immer war." Devon wischte sich über die Augen. „Wie du weißt, ist meine Mom kurz vor meinem Wegzug gestorben."

„Du hast erzählt, es wäre ein Autounfall gewesen", warf Stephen ein.

Devon nickte. Sein Sponsor bei den Anonymen Alkoholikern hatte ihm gesagt, dass er mit dem Auslöser seines Trinkens klarkommen müsste. Daher hatte er seine Geschichte zwar in einer Zusammenkunft geteilt, bis zu diesem Moment aber nirgendwo sonst. Er konnte den Herzschlag in seinen Ohren hören.

„Mom war zu einem Meeting der PFLAG – diese Organisation für Angehörige und Freunde von Schwulen und Lesben – gefahren. Sie wollte unbedingt begreifen, was ich durchmachte." Devon versuchte den Klumpen in seiner Kehle herunterzuschlucken, als der Verlust, den er gewöhnlich in Schach hielt, sich wie ein Tsunami aufbäumte. Mit tiefen Atemzügen stand er es durch. Obwohl ihn das Verlangen nach einem Drink überkam, akzeptierte er das Glas Wasser, das Stephen ihm in die Hand drückte. „Der Unfall passierte auf dem Rückweg." Mittlerweile hatte er begriffen, dass es nicht seine Schuld war. Doch der Verlust seiner Mutter und Heldin, die Gerüchte, Craig, all das war zu viel gewesen.

Und jetzt würde er sich zusätzlich zu allem anderen auch noch mit der ganzen zehn Jahre alten Last obendrauf auseinandersetzen müssen. Mann, er müsste lediglich die Reste seines ramponierten Herzens umschiffen und trocken bleiben. Dafür wäre ein verdammtes Wunder nötig.

ANDREW GREY ist Autor von mehr als hundert Werken zeitgenössischer schwuler Romanzen. Nach siebenundzwanzig Jahren in verschiedenen amerikanischen Konzernen, hat er sich nun mit seinem Mann Dominic und seinem Laptop in Zentral-Pennsylvania niedergelassen. Eine interessante Mischung. Andrew wuchs im Westen von Michigan mit einem Vater auf, der es liebte, Geschichten zu erzählen, und einer Mutter, die sie gerne las. Seitdem hat er im ganzen Land gelebt und die ganze Welt bereist. Er ist Gewinner des RWA Centennial Award, hat einen Master-Abschluss der University of Wisconsin-Milwaukee und arbeitet hauptberuflich als Autor. Andrews Hobbys sind das Sammeln von Antiquitäten, die Gartenarbeit und das Abstellen seines schmutzigen Geschirrs überall außer in der Spüle (insbesondere wenn er gerade schreibt). Er ist sehr dankbar für seine tolerante Familie, seine fantastischen Freunde und den unterstützendsten und liebevollsten Partner der Welt. Andrew lebt derzeit im schönen historischen Carlisle in Pennsylvania.

E-Mail: andrewgrey@comcast.net
Website: www.andrewgreybooks.com

Von Andrew Grey

Veröffentlicht von DREAMSPINNER PRESS
www.dreamspinner-de.com

FEUER UND WASSER

ANDREW GREY

CARLISLE

1

Carlisle Cops: Teil Eins

Officer Red Markham kennt die Schattenseiten des Lebens. Von einem Autounfall, der seinen Eltern das Leben kostete, hat er hässliche Narben davongetragen, die ihm den Umgang mit anderen Menschen schwer machen. Sein Job als Polizist auf den Straßen von Carlisle, Pennsylvania, trägt ebenso dazu bei, da sich in letzter Zeit Drogenmissbrauch mit tödlichem Ausgang häuft. Eines Nachmittags wird Red wegen eines Kindes, das bei einem Unfall fast ertrunken wäre, zum örtlichen Schwimmbad gerufen. Am Unfallort stellt er fest, dass das Kind von dem Rettungsschwimmer Terry Baumgartner gerettet wurde. Red ist nicht überrascht, als der gut aussehende Terry ihn und sein hässliches Gesicht keines Blickes würdigt.

Mit anzuhören, dass einer der Rettungskräfte ihn für oberflächlich hält, öffnet Terry die Augen. Vielleicht ist er doch nicht so nett, wie er immer gedacht hat. Seine Freundin Julie schlägt vor, dass er Menschen unterstützt, denen es nicht so gut geht, indem er Essen an ältere Leute liefert. Auf seiner Tour trifft er die offenherzige Margie, eine Frau, die sagt, was sie denkt. Es stellt sich heraus, dass sie die Tante von Officer Red Markham ist.

www.dreamspinner-de.com

FEUER UND EIS

ANDREW GREY.

CARLISLE
COPS
2

Carlisle Cops: Teil Zwei

Carter Schunk ist ein hingebungsvoller Polizist mit einer schwierigen Vergangenheit und einem großen Herzen. Als er zu einer häuslichen Ruhestörung gerufen wird, findet er eine tödlich verletzte Frau und Alex, ein Kind, das dringend Hilfe benötigt. Das Jugendamt wird gerufen und der letzte Mann, den Carter sehen will, tritt durch die Tür. Vor einem Jahr hatte Carter eine kurze Affäre mit Donald und stellte fest, dass dieser kalt wie Eis ist, als sie zu Ende ging.

Donald (Ice) Ickle hatte ein hartes Leben, das er mit niemandem teilt und er hat sein Herz vor allem und jedem verschlossen. Einerseits um sich davor zu bewahren, verletzt zu werden und andererseits, um mit seinem Job, in dem er sehr gut ist, zurechtzukommen, denn er tut, was er tun muss, ohne sich emotional zu involvieren. Als er Carter wiedertrifft, behält er seine übliche Distanz bei, doch Carter geht ihm unter die Haut und entgegen besseren Wissens lässt er sich von Carter dazu überreden, Alex aufzunehmen, als so kurzfristig kein Platz in einer Pflegefamilie zu finden ist. Carter bietet sogar an, ihm bei der Versorgung des Jungen zu helfen.

Donald spricht mit niemandem über seine Vergangenheit, am wenigsten mit Carter, der selbst seine Vergangenheit gern für sich behalten möchte. Doch es sind die Geheimnisse von Alex, die sie zusammenbringen oder auseinanderreißen können – Geheimnisse, die der Junge ihnen nicht erzählen kann, die aber dennoch der Schlüssel zum Glück für sie drei sein könnten.

www.dreamspinner-de.com

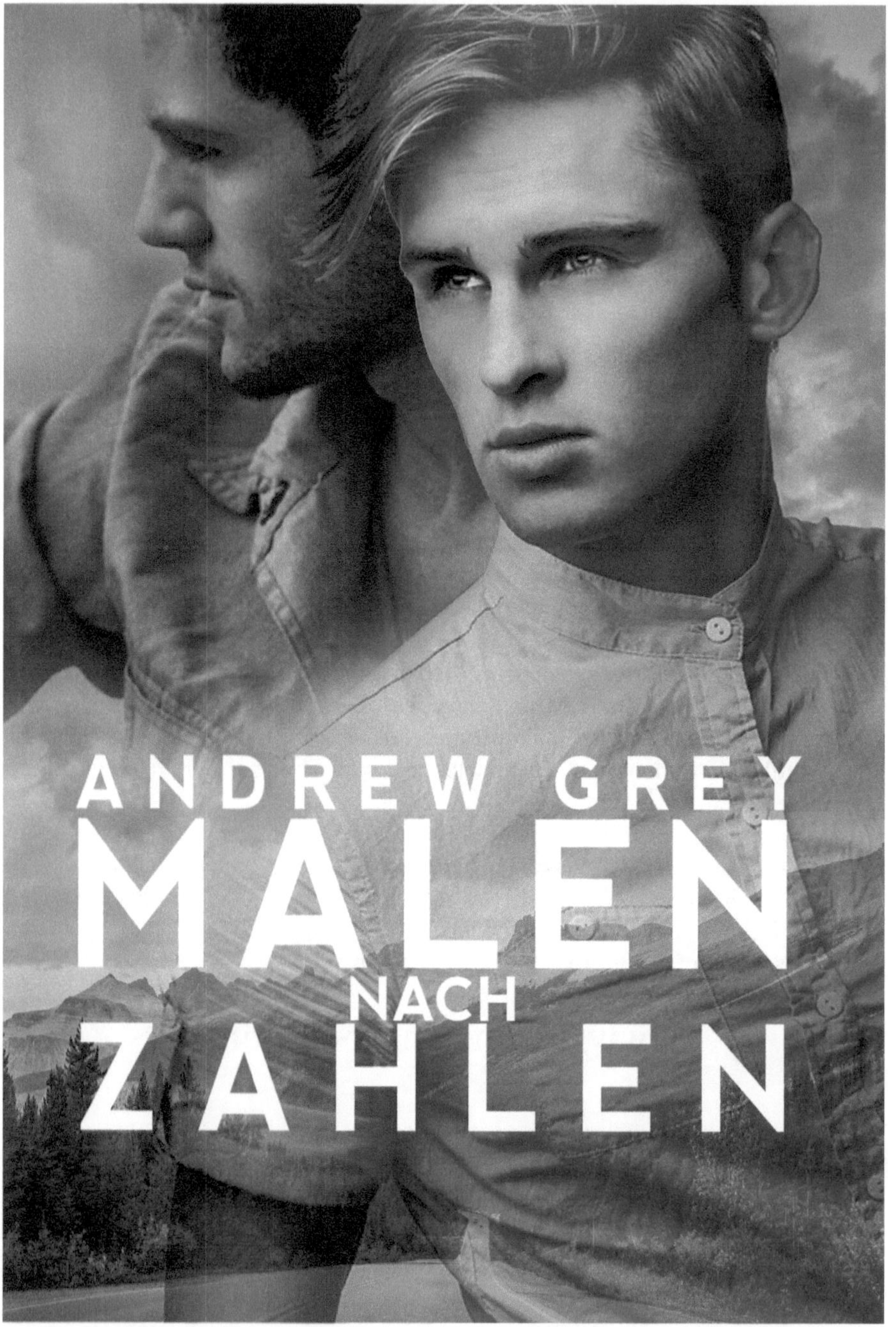
ANDREW GREY
MALEN
NACH
ZAHLEN

Verhelfen das Polarlicht und eine Liebe im zweiten Anlauf einem sich quälenden Künstler zu neuer Inspiration?

Als der New Yorker Maler Devon Starr seine Sucht aufgibt, verschwindet auch seine Inspiration. Devon braucht eine Veränderung und reist wegen des Schlaganfalls seines Vaters nach Hause, nach Alaska. Die kleine Stadt, in der er aufgewachsen ist, ist jedoch nicht mehr so wie in seiner Erinnerung.

Enrique Salazar kann sich noch ausgesprochen gut an Devon erinnern und macht es zu seiner persönlichen Mission, Devon die Augen für die wilde Schönheit und all die Möglichkeiten um sie herum zu öffnen. Die beiden Männer kommen sich näher, und gerade als Devon langsam begreift, was immer für ihn da war, sind sie gezwungen, sich gegen eine Bergbaugesellschaft zu wehren, die die unberührte Natur bedroht, dank derer sie sich verliebt haben. Der gemeinsame Kampf verstärkt ihre Bindung noch, doch als das Verlangen, wieder einen Pinsel in die Hand zu nehmen, zurückkommt, vernimmt Devon auch den Ruf der Stadt.

Ein Mann gefangen zwischen zwei Welten. Devon bleibt nur, seinem Herzen zu folgen.

www.dreamspinner-de.com

NEUE WEGE

Andrew Grey

Geschäfte kann man planen, Liebe passiert …

Thomas Stepford hat über Jahre eine sehr erfolgreiche Firma aufgebaut. Jetzt, mit neununddreißig, wünscht er sich ein ruhigeres Leben. Als seine Eltern Hilfe brauchen, kehrt er zurück nach Hause. Weil er seine Geschäfte nicht einfach so an den Nagel hängen kann, wird ein Assistent für ihn eingestellt. Brandon macht sein Leben leichter, aber auch erst richtig kompliziert …

Brandon Wilson kommt frisch vom College und braucht einen Job. Seine Mutter besorgt ihm eine Stelle – als Assistent bei Mr Stepford. Thomas scheint sich nicht daran zu erinnern, aber Brandon hat schon einmal für den umwerfend attraktiven, älteren Mann gearbeitet: Vor Jahren hat er bei Thomas den Rasen gemäht. Thomas war Brandons Jugendschwarm. Und jetzt ist er Brandons Boss.

Thomas und Brandon sind beide entschlossen, ihre Beziehung rein geschäftlich zu halten. Sie lernen, miteinander zu arbeiten, selbst als das Knistern zwischen ihnen immer stärker wird. Als ihre Leidenschaft füreinander schließlich zum Siedepunkt kommt und sie gerade soweit sind, ihren Gefühlen nachzugeben, wird Thomas von seinem alten Leben eingeholt. Er muss zurück nach New York. Und dann erfüllt sich für Brandon ein Traum: Er bekommt ein Angebot aus Hollywood.

Hat ihre neugefundene Liebe noch eine Chance?

www.dreamspinner-de.com

Robin, der Empfänger eines neuen Herzens, weiß, dass er es nicht einfach an den Erstbesten verschenken darf …

Robin hat in letzter Zeit viel erlebt, von einer Herztransplantation bis hin zu einer sehr schmerzhaften Trennung. Doch seine Erfahrungen haben ihn gelehrt, dass das Leben kurz ist, und er ist bereit, jeden Tag zu nutzen und einen Neuanfang zu machen. Ein Job bei Euro Pride Tours ist genau die Art von Abenteuer, die er sucht. Dabei lernt er die Welt kennen und kann sein Leben genießen, aber an Liebe denkt er überhaupt nicht. Er ist sich nicht sicher, dass sein Herz das ein weiteres Mal verkraften könnte.

Johan mag seine Familie enttäuscht haben, indem er seinen eigenen Weg geht, aber als er Robin kennenlernt, hat er nicht vor, ihn im Stich zu lassen. Die beiden Männer sind für den anderen genau das, was ihm gefehlt hat, um sich wieder vollständig zu fühlen. Auch ist Johan nicht der Mann, für den Robin ihn ursprünglich gehalten hat, sondern er ist der Richtige, um Robins geborgtes Herz schneller schlagen zu lassen. Während einer Rundreise durch Süddeutschland kommen sie sich näher, aber als Robins Ex sich der Reisegruppe anschließt, könnte er ihrer aufkeimenden Liebe ein jähes Ende bereiten.

www.dreamspinner-de.com

Alles Nur Für Dich

ANDREW GREY

Der einzige Weg zum Glück ist Freiheit: die Freiheit, im Leben und in der Liebe dem eigenen Herzen zu folgen. Diese Freiheit in Anspruch zu nehmen erfordert allen Mut, den ein junger Mann aufbringen kann ... Aber er muss sich der Aufgabe nicht allein stellen.

Im kleinen konservativen Sierra Pines, Kalifornien, ist Pastor Gabriel das Gesetz. Sein Sohn Willy folgt seinen Vorgaben ... bis er in Sacramento einen Mann kennenlernt und ihn kurz darauf in seiner Heimatstadt wiedertrifft – genau vor der Nase seines Vaters.

Reggie ist der neu ernannte Sheriff von Sierra Pines. Sein Engagement für den Beruf verlangt, dass er seine Sexualität nicht zur Schau stellt. Aber als er Will wiedertrifft, wird er das Gefühl nicht los, dass sie füreinander bestimmt sind. Er möchte Wills Geheimnis wahren, bis Will bereit ist der Welt zu zeigen, wer er ist. Als wäre es nicht schon genug, sich gegen die Kirche und die Stadtbewohner zu stellen, drohen die Gefahren von Reggies geliebtem Job der Romanze ein Ende zu bereiten, ehe sie noch richtig begonnen hat.

www.dreamspinner-de.com

SEIN GRÖßTER
FANG

ANDREW GREY

Es könnte der Fang seines Lebens werden.

Zweimal im Jahr flieht William Westmoreland vor seinem unerfüllten Leben in Rhode Island nach Florida, um sich auf Mike Jansens Fischerboot einzumieten und auf den Golf hinauszufahren. Der Ausblick dort bietet zwar mehr als nur das kristallblaue Wasser und die tropischen Gefilde, aber William hat sich nie weiter vorgewagt. Er ist einfach nicht der Typ für eine Urlaubsromanze.

Mike hat seinen Charterservice in Apalachicola gegründet, um für seine Tochter und seine Mutter sorgen zu können. Ihre Sicherheit ist ihm dabei immer wichtiger als seine eigene. Er will sich nicht eingestehen, dass seine Zuneigung zu William mit jedem seiner Besuche wächst.

An einem wunderschönen Tag beginnt Williams und Mikes letzte Fischfangtour, aber ein unberechenbarer Hurrikan bringt alles ins Wanken und die beiden Männer sitzen plötzlich fest. Mitten in Regen und Sturm werden sie von der Leidenschaft überwältigt, die sie all die Jahre unterdrückt haben. Zurück im Alltag warten allerdings zu viele Verpflichtungen auf William. Werden die beiden es schaffen, die Distanz zwischen ihnen zu überwinden und einen Ort zu finden, an dem sie beide ganz sie selbst sein können? Ihre Reise mag von rauem Seegang geprägt sein, aber die hoffnungsvolle Zukunft, die sie am Ende erwartet, ist die Turbulenzen wert.

www.dreamspinner-de.com

www.ingramcontent.com/pod-product-compliance
Lightning Source LLC
Chambersburg PA
CBHW031236260626
47169CB00007B/2326